DEAL

Direction artistique et couverture : Mathieu Persan
Correction : Catherine Garnier
Conception graphique intérieure et mise en page : Farida Jeannet

44, quai Henri IV – 75004 Paris
ISBN : 978-2-38094-643-7
Dépôt légal : janvier 2025
SANG-FROID N° 22

6

DEAL

Maman : « Tu ne rentres pas après 22 heures, OK ? »

Papa : « Faites ce que vous voulez, tant que vous ne me ramenez pas les flics à la maison. »

C'est arrivé en fin d'après-midi. Il faisait beau. L'air était chargé du parfum qui embaume à la belle saison, quand le soleil écrase la ville et fait remonter les effluves du bitume. Pour les Grenoblois c'est l'odeur qui annonce l'été. Celle du diesel mélangé à la neige souillée des parkings de station de ski rappelle l'hiver. On ne remercie jamais assez les grands groupes pétroliers. On rentrait du lycée, traînant nos 17 ans sur l'avenue en direction de la station-service qui faisait office de poste-frontière entre nos deux immeubles. Comme toujours Lino était impérial en survêt Lacoste immaculé, Air Max bleues et blanches aux pieds. Ses tenues étaient toujours impeccables. Il ne supportait pas la moindre trace et par-dessus tout qu'on lui salisse. On pouvait le chambrer, on pouvait l'insulter, à la limite il pouvait encaisser qu'on traite sa mère ; mais les vêtements non, c'était impossible, impensable. La première fois que je l'avais vu allonger quelqu'un, c'était un imprudent qui avait osé essuyer la semelle de sa basket sur son jean flambant neuf. Lino l'avait couché d'une droite placée à la base du menton.

Passé la station on s'est arrêtés en bas de chez Lino. Le cul posé sur la barrière en bois qui délimitait l'entrée de sa résidence, je l'écoutais me dresser le portrait de cette fille croisée en soirée. En bon Coratin Lino ne pouvait s'empêcher d'agiter ses mains et de brasser l'air pour me décrire son physique et sa tenue.

Tandis que je commençais à me faire ma propre image de cette beauté à béret, pantalon en Stretch moulant, cheveux châtains et taches de rousseur, une moto a surgi sur l'avenue. Elle est rapidement arrivée à notre hauteur et j'ai tout de suite reconnu le modèle. C'était une CBR 900 au carénage bleu blanc rouge agrémenté d'une touche d'orange, magnifique, rutilante, le top de l'époque. Après nous avoir dépassés, elle a ralenti, tourné à gauche au carrefour puis à droite au stop et s'est engouffrée en roulant au pas dans le parking devant les commerces. Tout en écoutant Lino qui poursuivait le récit de sa tentative de drague infructueuse, j'admirais le ballet de la CBR chevauchée par deux types habillés en bleu de travail, coiffés d'un casque intégral à visière argentée. Cet accoutrement leur donnait une allure de spationautes égarés sur le plancher des vaches et je me suis fait la réflexion que c'était quand même improbable d'être en habit de chantier sur une CBR en plein après-midi. Mais entre ça ou les gamins de 15 ans qui pilotaient de grosses cylindrées allemandes, le quartier n'était jamais avare en excentricités mécaniques.

Arrivée à l'extrémité du parking, la moto a fini par s'arrêter devant le bar. En terrasse quelques clients sirotaient leurs cafés et leurs demis en profitant de leur RMI et du soleil de fin de journée. Alors que le moteur continuait à tourner, le passager est descendu sans enlever son casque.

Il s'est dirigé vers l'entrée du bar, s'est arrêté devant la porte, a tendu le bras droit et a ouvert le feu. C'est très décevant un coup de feu en vrai. *Poc, poc, poc.* Rien à voir avec les énormes détonations jouissives entendues dans les films. D'ailleurs des curieux sont sortis des magasins pour voir qui étaient ces gamins qui jouaient encore avec des pétards. Ils sont vite rentrés quand ils ont vu le sang gicler, le verre voler et les clients assis à la terrasse tenter de s'enfuir en hurlant recroquevillés sur eux-mêmes.

Le tireur a vidé son chargeur comme on pisse sur un platane en sortie de boîte à 4 heures du matin et il est remonté tout aussi tranquillement à l'arrière du deux-roues. En un coup de gaz, la CBR est arrivée à la sortie du parking. Alors qu'il allait s'engager dans l'avenue, le pilote a brusquement freiné pour éviter un camion et la moto s'est figée à notre hauteur. Les deux casques se sont alors tournés vers nous et nous ont fixés. On ne distinguait pas leurs visages, car les visières métallisées reflétaient les rayons du soleil, mais ils nous regardaient. J'aurais pu détaler, m'enfuir, courir me réfugier sous une voiture comme j'avais vu les grands du quartier le faire quand j'étais môme lors des règlements de comptes entre cités, mais ni Lino ni moi n'avons esquissé le moindre geste, comme hypnotisés par ces deux êtres en bleu de travail qui nous irradiaient de lumière. C'était presque beau. Je ne sais pas combien de temps cela a duré, j'imagine qu'à cet instant nos deux motards avaient mieux à faire que de rester à nous dévisager dans les volutes de carburant tièdes, mais suffisamment longtemps pour je commence à revenir à moi. Et à me chier dessus. C'est curieux, la peur, la vraie. Les émotions s'effacent. Le corps prend le relais et ne subsistent que quelques signaux d'alerte : le vertige, la brûlure, la nausée ; et un semblant de langage.

– Baisse les yeux, baisse les yeux. Regarde en bas, regarde en bas…

Je l'ai répété à Lino, encore et encore…

– Regarde en bas, regarde en bas, regarde en bas…

Je n'aurais jamais cru que ça puisse être aussi violent de baisser les yeux. Oui, juste les baisser et regarder par terre. Fixer le sol comme si on pouvait le creuser, s'enterrer vivant et disparaître. Baisser les yeux pour montrer qu'on ne voit rien, qu'on n'a rien vu ; d'ailleurs on n'était même pas là. Baisser les yeux comme pour hurler qu'on ne dira rien, qu'on ne parlera pas, qu'on va fermer sa gueule. On n'est pas des balances ! Baisser les yeux pour montrer qu'on sait, qu'on a compris et qu'on ne veut pas mourir. Pas comme ça. Pas tout de suite.

J'ai répété à Lino de regarder en bas. Je l'ai répété à voix basse comme une prière et la CBR a bien voulu nous épargner. Dans un rugissement elle s'est retrouvée en quelques secondes à l'autre bout de l'avenue et a disparu peu après dans la brume de l'horizon. La moto enfuie, le silence s'est imposé. Sans bruit, sans cris ni plaintes, les clients ont doucement commencé à ressortir des commerces. Lino et moi nous sommes instinctivement dirigés vers le bar. À aucun moment ne nous est venue l'idée de quitter les lieux. Non, c'était une évidence que nous allions aller voir ça de plus près. Quitte à côtoyer la mort, autant en garder un souvenir.

Devant le bar la terrasse était vide. L'entrée était couverte de débris mais les baies vitrées étaient intactes. Dans l'encadrement de la porte un homme en état de choc, des éclats de verre plein la poitrine et les joues mouchetées de sang, se tenait la tête en répétant d'une voix blanche qu'il ne fallait pas rester là. Lino lui a ordonné de bouger et le type s'est effacé, laissant apparaître quelques mètres derrière lui une table où s'était tenue une partie de cartes. Sur une des chaises, un corps ensanglanté s'affaissait lentement. C'était un homme d'un certain âge, vêtu d'un costume sombre mais la chemise ouverte et sans cravate. Il portait une gourmette, quelques chevalières et une chaîne en or autour du cou. Affalé sur son siège, il semblait être aspiré au sol, comme englué dans un marécage de chair, de sang et d'éclats d'os. Il n'y avait pas d'autres victimes. L'homme de la moto n'avait pas tiré au hasard. Son contrat prévoyait la mise à disposition d'un véhicule avec chauffeur et l'élimination d'un nom et d'un visage incrustés au décor de la ville comme les pizzerias des quais. Ceux d'une vieille gloire du Milieu grenoblois qui ne pourrait plus déguster beaucoup de calzone. Criblé de balles, il agonisait en s'écroulant sur lui-même.

J'observais ce corps percé cherchant en vain de l'air comme un poisson hors de l'eau et j'ai trouvé ça un peu décevant. Inconsciemment ou non j'avais toujours imaginé que face à l'horreur on était traversé par je ne sais quelle grande émotion, intense, puissante, de celles qui vous ravagent et vous déchirent de l'intérieur, mais non, c'est fade. On regarde, c'est tout. J'ai donc vu le vieux tomber de sa chaise et s'écrouler sur le carrelage du bar comme une merde. Au moment de l'impact, un soupir glaireux s'est échappé. C'est alors que la porte des W-C s'est ouverte. Un type a passé timidement la tête et a murmuré :

– C'est fini ?

Mieux que dans un mauvais western, à la fin de la scène du saloon, juste après la fusillade. Quand le fermier qui était resté le cul sur les W-C, le pantalon baissé sur les chevilles, sort vérifier que le carnage est terminé alors que la fumée se dissipe et que les morceaux de papier arrachés par les plombs s'échouent en douceur sur le sol. Le silence de mort qui fit écho à sa demande permit à l'homme des toilettes de comprendre que le pire était temporairement derrière lui. Prenant soin de passer au plus loin du cadavre et d'éviter les flaques d'hémoglobine, il a quitté l'établissement sans se retourner et sans payer ses consommations. Personne ne lui a réclamé.

Pendant qu'on admirait le vieux qui n'en finissait pas de crever, un attroupement s'était formé autour du bar. Il n'y avait que des hommes. Dans l'assemblée, pas de stupeur, encore moins de recueillement. Il se passait enfin quelque chose et cela semblait ravir tout le monde. On s'interpellait et se chambrait bruyamment, que l'un avait fait le coup, que l'autre allait avoir des représailles, qu'untel avait failli y passer et que certains feraient bien de se méfier. Personne ne semblait choqué ou attristé de quoi que ce soit. Incapable d'éprouver la moindre émotion à peu près identifiable, j'ai décidé de faire comme tout le monde. J'ai donc ri comme un con de la mort d'un homme.

Cinq bonnes minutes après la fin de la fusillade, la police a fini par se pointer. Deux voitures de bleus, suivies de la BAC, bientôt rejointe par d'autres patrouilles. Il en sortait de partout. Des fourgons, des camions, des motos, des berlines banalisées. Je n'avais jamais vu autant de flics.

Il y avait des uniformes qu'on ne croisait jamais. Des chemises blanches, des galons, des dorures, des casquettes, des képis… Pour eux aussi la fusillade semblait l'occasion de se retrouver. On croisait les collègues perdus de vue depuis trop longtemps, on prenait des nouvelles des enfants, on s'échangeait les numéros. Il n'y avait aucune gravité dans l'air, rien de solennel, non juste le plaisir et l'excitation de participer à un évènement qui brisait la routine et décollait le nez de la mélasse du quotidien. Entre les tenues et l'ambiance, il ne manquait qu'un punch au jus d'orange acide et des canapés industriels au surimi pour se croire à un vin d'honneur ; et toute cette scène avec ce corps inerte, ce sang et ces douilles de petit calibre s'est mise à ressembler à une énorme farce.

Alors que depuis de longues minutes la moitié du quartier s'essuyait les pieds et l'ADN au milieu de la scène du crime, la BAC s'est décidée à installer un périmètre de sécurité. Après avoir posé la Rubalise, un des inspecteurs s'est emparé d'un mégaphone et a invité toute personne qui avait assisté à la scène ou vu quelque chose à se manifester auprès de ses collègues. C'est à ce moment-là que la place s'est vidée. Les flics ont terminé la fête entre eux.

Quelques jours après la fusillade, il y a eu un défilé de grosses bagnoles en bas de chez Lino. Affalé sur le canapé du salon, j'ai aperçu une petite dizaine d'hommes âgés qui discutaient sur un balcon au quatrième étage de la barre d'immeuble. Par la fenêtre ouverte et malgré la rumeur du quartier, je les entendais échanger en français et en italien en agitant les bras en direction du bar qui avait servi de dernière demeure au vieux mafioso. Ils étaient nerveux et parlaient trop fort pour qu'on ne les remarque pas. Je les trouvais un peu âgés pour s'énerver comme ça. Leurs visages ridés inspiraient plus la crainte d'un AVC que la menace d'une vendetta. J'ai observé la scène quelques minutes puis je suis descendu jouer au foot.

J'avais besoin.

Tout est vrai. J'ai simplement modifié certains noms, prénoms ou surnoms. Je voulais raconter, j'espère ne pas avoir trop écrit.

Il faut bien que quelqu'un le fasse. On ne pourra pas comprendre la suite si on ne sait pas d'où elle vient.

Je n'étais pourtant pas le mieux placé.

Peut-être que si.

Celui que j'étais ou celui que je pense être ?

Peut-être que j'écris pour enfin parler d'une seule voix.

Intro

Deal = achat-revente de drogues.

Ça n'aurait jamais dû arriver. Le pire c'est que je l'ai vu mais je n'ai rien fait pour l'arrêter. Et ça a fini par me dévorer. Mais avant d'aller plus loin, une mise au point s'impose. Que l'on ne se trompe pas, il y avait et il y a toujours deux espèces bien distinctes, même si elles sont intimement liées : les brasseurs et les dealers.

Certes le brasseur vend de la drogue : shit, coke, héroïne, taz ou n'importe quel autre produit quelque peu psychoactif, mais même si les volumes ou les quantités sont parfois importants, ce n'est pas son activité principale. Ce n'est pas son travail. Le brasseur commence la plupart du temps à vendre pour assurer sa consommation personnelle et il peut au fil du temps gagner de l'argent, mais ce n'est pas son projet de vie ; ou de mort. Le brasseur a des clients, mais il fournit également ses amis, ses potes ou disons son entourage, car la notion d'amitié devient floue dès qu'on parle d'illicite et de drogue. Le brasseur n'a pas de point de deal ou de « four ». Il n'a pas d'équipe ni d'employés. Il fait ça chez lui ou se déplace chez ses clients, mais il n'a pas pignon sur rue ni de territoire ou de secteur sous son contrôle. Le brasseur peut parfois engranger des sommes respectables, mais il ne les blanchit pas, ne les réinvestit pas dans le marché légal. Il les passe en conso, les claque en soirées, en fringues ou les gaspille autrement, mais il ne remplit pas son frigo avec et ne se constitue pas de patrimoine. Le brasseur est réellement dans le marché noir, même si ce dernier n'existe pas, il n'y a qu'un seul marché et il est gris, mais disons qu'il n'est pas assez important pour entretenir des liens directs avec le marché officiel de biens et de services. Le brasseur n'est pas armé, sauf période de paranoïa aiguë, et il ne craint pas le règlement de comptes. Au pire une embrouille ou une carotte, mais il ne fait pas la guerre. Évidemment le brasseur est en contact avec des dealers et c'est d'ailleurs grâce à cela que s'il a un soupçon d'honnêteté, il fait rapidement le distinguo entre les deux.

Et si comme tous les fumeurs de shit j'avais déjà eu affaire à toutes sortes de vendeurs et revendeurs, pour moi le deal commence avec Bébé.

Bébé

La drogue est illégale, interdite, hors la loi. Et alors ? Il faut bien s'en procurer.

Dans les années 90, le deal est encore une affaire de contacts. On se fournit toujours en direct auprès d'une personne qu'on connaît. Il y a bien deux ou trois endroits dans Grenoble où l'on peut acheter à la sauvette, mais on a plus de chances de s'y faire escroquer ou dépouiller que de repartir avec un bout. Pour trouver du shit j'ai donc plusieurs plans et Bébé est l'un d'entre eux.

La connexion s'est faite par Mus, un ami commun du lycée, mais je ne le sollicite qu'en dernier recours et je n'y vais jamais seul. De tous les brasseurs que je côtoie, Bébé est celui dont je me méfie le plus. Car même sur de petites quantités, même avec des acteurs costumés en survêt, basket, casquette évoluant dans un décor de cage d'escalier repeinte à la pisse et la bière séchée, à l'instar de n'importe quel commerce le deal génère nécessairement des rapports de séduction. Un client, il faut l'appâter, le mettre en confiance et surtout il faut le garder. Alors pour que la lune de miel dure le plus longtemps possible, on camoufle, on maquille, on enjolive. Le deal est un mariage sans contrat, mais pas sans contrainte. Et sur ce marché des cœurs à prendre enfumés, Bébé est un spécimen unique. Une caricature du gendre idéal. Tellement lisse et tellement propre qu'il pourrait jouer le rôle du capitaine de l'équipe de football américain dans une sitcom. Mais pas besoin d'un doctorat en psychologie pour déceler que comme dans toute bonne série Z, sous le vernis AB Productions se tient en état d'alerte permanent un Patrick Bateman version light à l'appétit insatiable pour tout ce qui sent la merde de près ou de loin ; toujours entre deux plans cul, trois plans bizness et au minimum une fille éplorée qui n'a toujours pas compris qu'il ne la rappellera jamais. Car ce qui fait la particularité de Bébé, sa plus grande arme et son meilleur atout, c'est sa beauté. Il n'est pas juste mignon comme tant de jeunes de son âge. Non, il est purement et simplement beau ; et il le sait. Les filles et les femmes bavent devant lui et même celles qui voient clair dans son jeu ne peuvent s'empêcher de le mater du coin de l'œil. Et il porte des Buffalo. Forcément je le déteste. On se fréquente donc de loin, se croisant de temps à autre au gré des intérêts de chacun pour acheter ou vendre du shit.

À quoi ça tient finalement la rencontre d'une vie… On ne mesure jamais vraiment tout ce que la drogue a fait pour nous.

Ce vendredi en sortant des cours, par le hasard de l'offre et de la demande et surtout de ceux qui ont quelque chose à rouler et de ceux qui espèrent qu'on va faire tourner, je me retrouve dans le même cercle de fumeurs que Bébé. Après un ballet harmonieux où se seront croisés sans aucune logique apparente pour les profanes, mais chorégraphié à la perfection pour les connaisseurs, collages, filtres marocains et cartons, le dernier joint tombe au sol, entraînant la dissolution instantanée de l'assemblée et je me retrouve à faire un bout de chemin avec lui. Je ne le pensais pas aussi bavard. Bébé parle encore plus qu'il ne fume et m'expose avec un débit mitraillette son week-end qui arrive, à base de soirée, son, DJ, filles, ecstasy en forme d'étoile, coke en écaille et buvards doubles faces. Je ne comprends pas la moitié de ce qu'il raconte mais finalement quand il y a moins de monde pour le faire briller il est plutôt sympathique ou tout du moins distrayant. Au moment de se quitter, il me propose de passer chez lui un de ces soirs goûter le nouveau shit qu'il vient de chopper. Ça sent la ficelle un peu grosse pour m'en vendre derrière, mais après tout pourquoi pas, on ne refuse jamais une occasion de fumer à l'œil.

Deux jours plus tard, je suis en bas de chez lui à tester ce fameux shit en compagnie de Sergio, un de ses voisins qui lui sert de faire valoir. Effectivement il est pas mal pour du tcherno. Bébé parle toujours autant, mais ne cherche pas plus que ça à me refourguer sa cargaison. La soirée est agréable. Les bancs du square ont les tags accueillants, les réverbères le sodium qui réchauffe. Le temps s'égrène en boulettes, on traîne en enchaînant des banalités aussi légères que la fumée de nos bédos. J'y retourne le lendemain, puis le surlendemain, je reviens le jour d'après et me retrouve bientôt à passer la plupart de mes soirées en bas de chez Bébé.

En le fréquentant de plus près je réalise qu'il est déjà un vrai brasseur et qu'il navigue dans d'autres sphères que mes fournisseurs habituels. Grâce à son grand frère Steve, il est en contact avec des dealers de shit, mais pas que : coke, ecstasy, LSD, héroïne... ils font souvent affaire avec des mecs de quartier, notamment deux gros dealers,

Yacine et la Teigne, et sont en permanence dans des histoires de brasse, de prods, de filles et de thunes. Autour d'eux gravite une foule de lascars et de cramés en tout genre et le deal et la défonce sont institutionnalisés. Ici tout produit qui se consomme se vend et inversement. La drogue et l'argent régentent et fluidifient tous les rapports et cela donne des cocktails improbables : les toxicos croisent le monde de la nuit, les cailleras font affaire avec les teufeurs, les clubbeurs se défoncent avec les Gitans et les PD finissent en after avec les bouseux.

Les premiers temps je me tiens en retrait de l'œil du cyclone et me contente de profiter du spectacle et des largesses qu'offre le bizness de Bébé. Pour moi c'est un univers inaccessible. Je ne fais pas partie de la caste des dominants et je n'ai jamais eu le niveau de testostérone nécessaire pour rivaliser avec les mâles alpha qui dominent les débats depuis l'époque du bac à sable. La majorité des gars autour de Bébé eux ont choisi leur camp. Ceux qui ne sont pas déjà des dealers ou des brasseurs d'un certain calibre sont au minimum de ceux que l'on craint. Ceux qui ont déjà fait leurs preuves. Je n'étais pas de cette race-là et je le savais. Même si c'était tout en bas de l'échelle j'avais toujours su où me situer et cela m'avait souvent évité les pires embrouilles. Mais au fil des bouts de shit et des liasses qui ne cessaient de grossir sous mes yeux et à mesure que j'étoffais ma culture psychoactive et criminelle quelque chose a germé au plus profond de moi. OK je ne serais jamais le plus violent ou le plus respecté. Sûrement pas le chef de meute et encore moins celui que les filles rêvent d'accrocher à leur tableau de chasse mais le deal, ça c'était pour moi. Chercher le produit, le négocier, l'acheter, le détailler, le vendre, trouver des clients, les garder, augmenter les quantités, grossir son bénéfice. Et recommencer. Toute cette mécanique avec ses codes, ses rites et son décorum. Je ne voulais plus la frôler et regarder la tempête se déchaîner depuis la rive. Je voulais plonger au cœur du vortex. Ce n'était pas seulement pour avoir moi aussi ma part du gâteau, fumer à l'œil et avec quelques billets en poche. Non c'était plus viscéral, plus fondamental. Je voulais être ça, car j'étais fait pour ça. C'était une évidence. En tout cas pour une partie de moi. L'autre n'en voulait pas. Et c'est à cet instant que mon écartèlement a débuté. Et je doute qu'il soit un jour terminé.

Pour me lancer j'avais l'embarras du choix, rien qu'au lycée je pouvais solliciter six brasseurs différents mais le réseau de Bébé était de loin le plus important et celui qui m'offrait le plus de perspectives ; et de fantasmes. Je suis donc allé frapper à la porte de Steve, son grand frère. Il avait beau être instable, caractériel et cramé du matin au soir, il n'en restait pas moins un brasseur de premier plan et il m'a vu arriver de loin.

Quand vous débutez dans le deal il est très rare que vous ayez les fonds pour acheter la marchandise cash. Votre fournisseur vous fait alors crédit. Il vous fait un « croum ». Dans sa grande mansuétude, Steve a bien voulu m'avancer 25 grammes de shit sur deux semaines. Ce qui lui a permis de me le vendre à un tarif proche de l'escroquerie. J'étais une proie facile, il le savait et moi aussi. Mais l'essentiel était ailleurs. J'avais mon premier 25. En rentrant chez moi le bout fourré dans la poche de mon survêtement, j'avais l'impression de faire passer trois tonnes à la frontière espagnole. L'adrénaline me faisait fondre les membres. Une fois arrivé chez moi, je me suis précipité dans ma chambre. J'étais comme un gosse avec un nouveau jouet. Je palpais le bout, le sentais, le scrutais sous tous les angles puis le posais sur ma table de nuit. Je l'observais de loin le temps que l'excitation remonte et je le reprenais en main.

Le 25. 25 grammes de shit. La première quantité avec laquelle on pouvait espérer dégager un petit bénéfice. Le calcul était simple comme un problème de math de SEGPA : une barrette faisant environ 3 grammes, il y avait donc huit barrettes à 100 francs l'unité sur un 25. Le mien m'ayant été avancé – ou plutôt extorqué – à 600 francs, je pouvais espérer me sortir deux barrettes de conso. Les inconnues de cette équation étant l'euphorie et la naïveté du brasseur novice qui peuvent le pousser à fumer bien plus que prévu et se montrer beaucoup trop généreux avec ses amis et/ou clients. Bien évidemment, je me suis mis dedans sur les deux tableaux. Mais j'ai quand même réussi à rembourser Steve en une semaine. Surpris que je lui ramène sa thune aussi vite, il a accepté de me refaire un autre 25 à croum. Je lui en ai repris un la semaine d'après et un autre dix jours plus tard. Voyant que je lui ramenais son argent en temps et en heure, Steve s'est un peu détendu et j'ai réussi à lui faire cracher 50 grammes à croum à un tarif à peu près acceptable. À partir de là j'ai commencé à respirer. J'ai pu élargir ma clientèle et augmenter un peu mon bénéfice. Enfin surtout augmenter ma conso, car tout ce que je gagnais partait immédiatement et intégralement en fumée.

En quelques semaines j'étais donc devenu un brasseur. Sans envergure, maladroit, hésitant, mais un brasseur quand même. Jamais la question du bien et du mal ne m'a taraudé. Jamais la peur de l'interdit ne m'a assailli. En tout cas pas au point de faire machine arrière. Tout était simple et naturel, comme si cela avait toujours été là. « Mais pourquoi il a fait ça ? Hein pourquoi ? Maman était gentille, papa n'était pas là ? Le béton, l'immigration ? Bourdieu à l'apéro et Jung au dessert ? » Les bonnes âmes pensent souvent, à tort, que le crime, l'illicite, appelez ça comme vous voulez, est un non-choix, une malédiction qui s'abat sur vous et dont vous êtes la pauvre victime innocente écrasée par le poids d'un tragique destin qui s'impose à vous. Mais à de très rares exceptions, c'est un choix. Certes, vous êtes souvent trop jeune pour en saisir toutes les conséquences à l'échelle d'une vie, mais vous savez très bien ce que vous êtes en train de faire. Je savais très bien ce que je faisais. Bien sûr, il y a l'attrait de l'illégal, le sulfureux, l'excitant et plus prosaïquement avec les drogues la possibilité d'avoir sa consommation gratuite, mais ça n'explique pas tout. L'adolescence charriait son cortège de spleen et de mélancolie ; et si le cannabis est un don du ciel ce n'est pas la panacée. Le shit apaise, soulage, endort, mais aussi loin qu'on le chasse, le réel réapparaît fatalement un jour ou l'autre pour vous lacérer la face. Alors que faire de cette angoisse qui monte ? Que faire de ce vide qui ne cesse de se creuser ? De tout ce temps qui ne passe jamais assez vite ? Que faire quand l'avenir que vous proposent les adultes ne déclenche au mieux qu'un ennui profond, mais le plus souvent le dégoût et la panique ? On sous-estime trop souvent la lucidité de la jeunesse ; surtout quand elle ne s'est pas encore inventé un mensonge pour continuer à vivre. L'illicite ça occupe, ça comble et ça vous donne un statut. Être brasseur c'est déjà être quelqu'un ou quelque chose. Cela vous définit un minimum. Vous n'êtes plus seulement un ado en errance parmi les autres, vous valez un tout petit peu mieux, vous êtes au moins capable de gérer votre bizness aussi minuscule soit-il. On vient vers vous. On a besoin de vous. Même si c'est par intérêt, c'est déjà ça.

Shit

Tu fumes du jaune ? Du mousseux ? Du X 3, du gras, du filtré… ? Apprécie ta chance. Nous on fumait du tcherno.

Le tcherno c'était les savonnettes, les « saves ». Des pains de shit rectangulaires de 250 grammes et d'environ 5 centimètres d'épaisseur, se terminant en pointes aux quatre extrémités. Dessus était toujours apposé un poinçon représentant un logo d'une marque connue à l'international, souvent celui d'un constructeur automobile : Renault, Mercedes… Mais le tcherno, en dehors de rares exceptions délicieusement épicées, c'était avant tout un mauvais, voire très mauvais shit d'où le nom Tchernobyl. Un mauvais shit mais le seul disponible à grande échelle. On entendait parler une fois l'an de « pollen », d'« aya » ou de « double zéro », souvent par des fumeurs de l'âge de nos parents, mais on en voyait rarement la couleur ou dans des quantités négligeables, et la bonne herbe était encore plus rare. Alors on fumait du tcherno et on en fumait beaucoup : des cartons, des marocains, des sticks, des deux feuilles, des trois feuilles, des tulipes, des soufflettes, des pipes, des shiloms, des bangs…

J'ai crapoté mon premier joint à 15 ans et deux ans après le cannabis est mon activité principale. Je m'en pète un ou deux le matin avant d'aller en cours et me relance à la pause de 10 heures, je me mets en appétit avant le déjeuner et j'enchaîne juste après pour digérer, je m'entretiens à la récréation de l'après-midi et me cartonne en sortant des cours, j'augmente la dose vers 22 heures et j'écrase mon dernier joint en éteignant la lumière pour me mettre au lit. Je fume la semaine, j'atteins mon apogée le week-end et c'est encore pire pendant les vacances. Je suis donc ce que l'on appelle vulgairement un gros fumeur. Un parmi les autres. Mes frères, mes amis, les filles que j'embrasse et 90 % de mes connaissances fument. C'est simple, pour moi, le monde se divise en deux catégories : ceux qui fument et les autres. La dernière boussole qui m'empêche de me transformer définitivement en cendrier humain, c'est le respect que j'ai pour ma mère qui fait que je ne fume pas devant elle ; et le manque d'argent.

Alors on pourrait disserter à l'infini sur ce qui pousse la jeunesse à consommer de la sorte, mais tout cela tient en peu de mots : le cannabis, à 17 ans c'est trop bon.

Lycée

J'ai toujours aimé les chemisiers. Ce soupçon de bourgeoisie qu'il installe chez les femmes. Ça me renvoie à des images d'enfance au flou rassurant parfumé au Chanel N° 5. Des cousinades, des mariages, des premières communions dans la famille de ma mère quand je pensais encore que j'étais simplement français.

Ce matin-là, la CPE en porte un écru qui laisse entrevoir l'opulence de sa poitrine. Un tailleur bleu marine tente de contenir la générosité de ses formes ayant dépassé la quarantaine et des bas noirs terminent leur course sur des escarpins à talons carrés permettant d'envisager les incessants allers-retours dans le lycée. Malgré la toute-puissance hormonale qui régit mon existence, tout cela est un peu trop vieillot. Si l'on rajoute qu'elle est la mère d'un de mes anciens camarades de classe, on évite le risque d'érection incontrôlée. On l'évite mais de peu.

C'est rare, mais pour une fois je suis à peu près attentif quand un adulte me parle et ce qui est encore plus rare c'est qu'un adulte m'écoute réellement. La CPE veut comprendre. Cela fait une semaine que je ne suis pas allé en cours. Pas une seule fois. Tous les jours je me lève à 7 h 30, je m'habille, prépare mon sac, dis au revoir à ma mère et quitte la maison à l'horaire habituel. Je pousse le vice jusqu'à emprunter le bon chemin, mais une fois hors de portée d'éventuels regards indiscrets, je bifurque et rejoins le groupe. On est entre quatre et six en fonction des jours et du courage des uns et des autres. Certains sèchent une journée sur deux, d'autres juste le matin ou l'après-midi et on est un noyau dur de trois à ne jamais y aller. On squatte les uns chez les autres en fonction des heures de départ et de retour des parents. Les premiers jours le lycée a appelé à la maison ce qui m'a permis d'intercepter les messages sur le répondeur, mais au bout du quatrième la CPE a contacté directement nos parents au travail pour échanger avec eux sur cette curieuse vision de la parentalité. Bien sûr je savais dès le début comment tout ça finirait, mais il est des âges où chaque jour est une vie.

Dans son infinie bonté, ma mère a une nouvelle fois pris sur elle et trouvé les mots pour réussir à me toucher et me remettre sur les rails. Gueuler sur un ado c'est simple. Le punir c'est du même tonneau. Y avoir accès c'est une autre paire de manches.

En ce lundi de grisaille hivernale, je suis donc de retour au bahut. La CPE est venue me chercher en classe au milieu du cours de math. Elle a voulu me voir parce qu'elle veut comprendre. Comprendre pourquoi je ne suis pas allé en cours pendant une semaine et surtout ce que j'ai fait. Qu'est-ce qu'on a bien pu faire de nos journées pendant une semaine ? Elle conçoit l'euphorie de la liberté et des instants volés. Elle imagine la glande, les sorties en ville. Elle entend le simple plaisir d'être entre nous. Mais passé l'excitation des deux premiers jours, il faut bien les remplir. C'est long une journée, alors une semaine. Surtout quand il fait un temps de chien. Elle veut donc savoir ce qu'on a bien pu faire.

À l'instant où elle a posé la question je me suis vu dans mon salon saturé de fumée, un filet de bave au goût de cendre sur les lèvres recrachant le gigantesque nuage de mon bang à moitié allongé sur les jambes de Mina, en prévision de la montée qui s'apparentait plus à un malaise vagal qu'à une défonce au shit. Quand on en est à couler l'équivalent de deux joints dans une douille, on prend ses précautions. Je me suis ensuite vu en discussion avec Steve pour la négociation d'un 50 grammes et une nouvelle fois chez moi en train de détailler des barrettes.

La CPE ne pouvait pas gérer ça. Elle voulait comprendre et sûrement voulait-elle aussi m'aider, mais la vérité aurait été trop violente. Elle m'avait connu enfant et la fracture avec ce que j'étais devenu était trop importante. Pour une fois qu'un adulte s'intéressait sincèrement à moi, je ne pouvais pas lui faire ça. Elle avait encore besoin de ses illusions et d'un reste de vocation pour sauver des cas moins désespérés que le mien. Je lui ai donc répondu qu'on avait passé le temps à zoner devant la télé et à traîner en ville. C'était un peu léger comme explication.

Essayant en vain de croiser mes yeux occupés à regarder mes pieds, elle a brodé quelques minutes sur mon avenir, le bac et quelques autres sujets convenus qu'imposait son statut puis elle est revenue à la charge. Bon Dieu qu'est-ce qu'on avait bien pu faire pendant une semaine? J'ai revu mon bang, mon couteau de cuisine et le sèche-cheveux et j'ai ressorti la version de la télé. La CPE a laissé passer un long silence. Elle savait qu'elle n'obtiendrait rien de plus. Et je savais qu'elle était trop loin de la vérité pour l'entendre. L'entretien s'est terminé dans un mix de morale appuyée et de promesses mal assurées. La CPE s'en est contentée. Je n'avais rien d'autre à lui offrir. En me ramenant en classe, elle m'a donné des nouvelles de son fils. Je n'ai pas non plus osé lui dire que je l'avais toujours considéré comme un trou du cul.

Le lycée, cette passerelle branlante entre l'enfance et la vie d'adulte. Tant si joue et si peu en reste. J'ai fait mon maximum pour y aller le moins possible. Quand on a fait ses armes dans un collège ZEP qui était peu ou prou la décharge de l'académie de Grenoble, l'arrivée dans un lycée lambda est un choc. Le shit devient alors votre meilleur allié pour survivre. Le jour de la rentrée en seconde, le proviseur est passé dans notre classe. À la fin de son discours de bienvenue, il a demandé aux élèves arrivant de mon collège de lever la main et s'est lancé dans une diatribe menaçante nous expliquant par le menu que chez lui les choses étaient bien différentes de ce que nous avions connu et que nous allions devoir nous adapter au plus vite. La classe tout entière s'est retournée vers nous. Nous étions les nouveaux pestiférés.

Comme la plupart de ceux de cette époque mon lycée était une sorte de coffee shop à ciel ouvert. La cigarette étant autorisée dans la cour, de fait, les joints l'étaient aussi. On y fumait partout et tout le temps. Certains tapaient leurs bangs aux chiottes pendant que d'autres poussaient une prof de biologie jamais revenue de 68 à tirer sur leur spliff. Tous les groupes consommaient : les hippies, les métalleux, les corbeaux fans de black metal, les cailleras, les lascars, les skateurs et même ceux trop neutres pour être rangés dans une catégorie. Pour se fournir, il suffisait d'attendre la récréation ou de passer commande pour la fin des cours. Il m'est même arrivé de me faire livrer une demi-save directement au bahut.

Les adultes semblaient n'avoir aucune conscience de l'étendue de la consommation et du trafic dans l'établissement. Ils se bornaient à chasser de temps en temps les nuages trop odorants ou les collages ostentatoires. Comme à l'extérieur, la prohibition n'avait aucun impact. Et cela n'avait rien à voir avec la situation géographique de l'établissement situé dans un no man's land urbain loin de toute cité ou de tout quartier dit sensible. D'ailleurs les plus grosses affaires de trafic de shit dans un lycée avaient eu lieu dans un des établissements les plus huppés de la banlieue de Grenoble. Les familles de la bonne bourgeoisie locale avaient eu du mal à encaisser le choc. Elles qui pensaient avoir préservé leur progéniture en l'éloignant des pauvres et des Arabes. Comme si le vice était une affaire de classe.

Je continue donc à aller au lycée. Disons que j'y vais physiquement, car je suis tellement défoncé la majorité du temps que je suis incapable de me souvenir de quoi parlait le cours en sortant de la salle. Mais en même temps, l'école quand vous êtes en train de tomber amoureux d'une drogue et pris en otage par votre sexe…

Romain

La première carotte qu'on prend, c'est comme revivre sa première éjaculation précoce. Paralysé par la honte et la haine de soi, on se retrouve en quelques instants dépossédé de son corps et étranger à sa propre virilité. On voudrait mourir plutôt que d'endurer cela.

Hier soir j'ai organisé une soirée. Ma mère m'avait laissé l'appartement pour le week-end et j'ai invité quelques amis à venir perdre leur samedi soir avec moi. Une soirée de la fin des années 90 : fumer, écouter de la musique, fumer, refaire le monde, fumer, zapper sur la 1, 2, 3, 5 et 6, fumer, grignoter, fumer, fumer, fumer…

Depuis quelque temps j'ai changé de fournisseur. Malgré mes demandes insistantes et répétées, Steve a refusé catégoriquement de m'avancer de plus grosses quantités de shit. Au départ j'ai pensé toucher le plafond de verre à cause de Yacine ou de la Teigne. Les dealers apprécient rarement que des merdeux dans mon genre traînent trop près de leur bizness. À juste titre ils se méfient de l'inexpérience et des hormones incontrôlées. Mais non, Steve était juste un gros con. Il ne voulait pas, c'est tout. J'ai donc dû me résoudre à trouver mes propres plans, car il y a urgence. Je fume tellement que ce n'est plus la conso d'un 25 dont j'ai besoin, c'est d'un 25 de conso. Et pour cela je devais taper dans la save ou a minima dans la demi-save.

Mon pedigree de brasseur étant plus mince que le papier d'une feuille à rouler j'ai mis plusieurs semaines à trouver quelqu'un voulant bien accepter de me faire croum sur de telles quantités.

J'en étais presque à me faire une raison quand lors d'une sortie en ville je suis tombé sur Romain, une ancienne connaissance à qui j'avais pris quelques barrettes quand je commençais à fumer. Il était maintenant étudiant et pour arrondir ses fins de mois brassait toujours et même un peu plus, car il a accepté que l'on se revoie pour parler affaires. Dès notre premier rendez-vous j'ai réussi à négocier une demi-save à 1 500 francs à croum sur un mois. Je l'ai remboursé en deux semaines, ce qui a eu pour effet de rassurer Romain et de solidifier notre partenariat. Rapidement je me suis retrouvé à enchaîner les demi-saves, goûtant enfin aux joies de la conso quasi illimitée. Je dis quasi, car ne pas payer son shit vous apprend une règle fondamentale des drogues : plus il y en a, plus on consomme.

Hier soir donc j'ai fait une soirée. Juste avant d'aller m'écrouler dans ma chambre terrassé par la série de bangs que je venais de m'envoyer, Bébé m'a appelé pour savoir s'il pouvait faire un crochet par la maison pour récupérer un bout avant de partir en soirée. En lui ouvrant la porte j'ai eu la mauvaise surprise de découvrir qu'il était accompagné de Conor, une des stars tendance *Orange mécanique* de cité du premier cercle de Steve, mais je n'ai pas eu les couilles de le laisser sur le palier. De toute façon, il savait où j'habitais maintenant. À peine le temps que Bébé finisse son collage que Conor avait déjà jeté son dévolu sur ma meilleure amie, Mina, qui découvrait ainsi les voluptés de la drague par une caillera cocaïnée. Pour ne pas que tout cela finisse en viol caractérisé, je me suis assuré que Bébé garde un œil sur Conor le temps qu'il finisse son spliff et je suis parti rejoindre les bras enfumés de Morphée. En quittant le salon, j'ai jeté un œil au petit coffre en bois dans lequel je gardais mes dents de lait quand j'étais gosse et qui me servait désormais à stocker l'argent du deal. J'ai eu un temps d'hésitation, mais je l'ai finalement laissé en place. Quand même, je n'allais pas commencer à virer parano. Qui oserait me voler chez moi ? J'étais mignon.

Ce qui est bien avec le shit, c'est que si vous avez suffisamment consommé la veille, vous savez en ouvrant les yeux le lendemain que votre journée est déjà foutue ; alors autant continuer. Je coule donc ma première douille encore au lit aux alentours de midi. Mina, qui était restée dormir à la maison avec quelques amis, a finalement résisté aux assauts de Conor. Il lui faut une barrette pour finir le week-end que je coupe sur le cul de ma demi-save. Elle me paie cash et je range l'argent dans mon coffre. Sauf qu'il n'y a plus de coffre. En tout cas il n'est plus là où je l'ai laissé hier soir en partant me coucher. Je retourne le salon, je retourne ma chambre, je retourne l'appartement. Dix minutes plus tard, en nage, j'ai déplacé tous les meubles de la baraque, mais aucune trace de mon coffre. Sueur. Panique. Je me suis fait niquer, comme un bleu. Et au vu du casting de la soirée, je ne vois qu'une seule personne susceptible d'avoir fait le coup. Je fous Mina et les autres à la porte et pars en catastrophe chez Bébé.

Je le cueille au saut du lit encore bouffi des prods de la veille. On s'embrouille instantanément. Hurlements, postillons, grands gestes et visages bien trop rapprochés pour espérer que quoi que ce soit de pertinent en ressorte. Bébé ne cesse de me jurer sur la tête de sa mère que Conor n'a rien fait. Connaissant leurs rapports, ça ne me rassure pas plus que ça. Il finit par me parler d'un gars qui les attendait dans la voiture quand ils sont passés chez moi hier soir et qu'ils ont fait monter peu après que j'étais parti me pieuter, mais il ne le connaît pas plus que ça, c'est le pote d'un pote à Conor. La version de Bébé tient encore moins debout que lui. Il couvre Conor, j'en suis sûr. Je balance encore quelques salves de menaces et joue au mec prêt à tout, mais c'est vraiment pour la forme. L'affaire était pliée depuis longtemps. Même si Bébé mentait très mal, je savais bien qu'il n'était pas vicieux au point de me voler. Alors qu'est-ce que j'allais faire ? Partir à la recherche de Conor qui avait déjà dû dépenser mon fric en coke, en alcool et en putes ? Et une fois que je lui aurais mis la main dessus ? Au mieux j'allais me faire humilier, mais il y avait plus de chances que je me fasse défoncer. La réputation de Conor venait de sa capacité à engloutir les prods et à faire des allers-retours en prison, mais avant tout de la longue liste des mecs qu'il avait laissés sur le carreau ; seul ou accompagné. Moi la dernière fois que je m'étais battu, ça remontait à mon entrée au collège. On pouvait immédiatement évacuer l'idée de le planter ou de lui tirer dans les jambes. Pour l'avoir testé dans une embrouille peu de temps avant, je savais qu'une arme si on la sort c'est pour s'en servir. Et très peu en sont capables. On pouvait bien repasser par la case bagarre à l'ancienne mais même si par un improbable enchaînement de miracles j'arrivais à prendre le dessus dans un combat en tête à tête est-ce que ça me ramènerait mon argent ? Maintenant que Conor savait où j'habitais c'était foutu. Ça allait être sympa le jour où il débarquerait avec sa bande de raclures de quartier pour se venger et me lyncher en bas de l'immeuble sous les yeux de ma mère. Bébé et Steve m'avaient assez conté ses exploits pour savoir de quoi il était capable. J'avais ma fierté et en fouillant bien il devait me rester un soupçon d'orgueil, mais est-ce que ça valait le sang et les larmes ? Et d'être tricard dans la moitié de Grenoble ? J'ai vite eu fait de peser les pour et les contre. Il y avait beaucoup de contre. J'ai fait une croix sur ma thune.

Je n'avais pas beaucoup en bénéfice, mais il y avait les 1 500 francs de Romain et je ne me voyais pas le baiser. Je voulais bien accepter le vice du deal, mais j'avais un minimum de dignité. Je n'étais pas un carotteur. Quelques jours après je suis donc passé le voir et lui ai tout raconté. Je lui ai promis que je le paierais dès que possible, je ne savais pas quand, mais il avait ma parole. Romain n'était qu'un petit étudiant en sociologie qui brassait pour assurer sa conso et améliorer l'ordinaire. Il a bien vu que je n'avais pas son fric et qu'il n'avait d'autre choix que d'attendre et d'espérer que je ne l'entube pas.

J'avais obtenu un sursis, mais le problème restait entier. Il fallait que je trouve 1 500 balles. Aucun de mes amis ne disposait d'une telle somme et je n'allais bien évidemment pas solliciter mes parents. Qu'est-ce qui pouvait justifier que j'aie besoin en urgence d'autant d'argent ? C'est mon grand frère, Callahan, qui m'a sauvé. Son amour m'est apparu sous la forme d'une enveloppe jetée à la gueule sans un mot, si ce n'est l'injonction de le rembourser au plus vite et jusqu'au dernier centime. Pour la tendresse on repassera, mais je n'allais pas en plus réclamer un câlin.

Le soir même je file chez Romain. Les heures passées à y goûter et négocier du shit auraient dû m'accoutumer mais je n'ai jamais réussi à m'y faire, son appart m'a toujours foutu la nausée. C'est un condensé de tout ce que l'esthétique hippie-babacool des années 90 a produit de pire. Un obscur agglomérat d'Inde et d'Afrique de carte postale aux effluves de roulées froides et de bières éventées. Le sol est couvert de tapis aux motifs orientaux industriels, les murs parsemés de posters des Ogres de Barback et un djembé hors d'usage fait office de guéridon dans le hall. L'air est chargé d'encens, la chaîne HI-FI crache du mauvais ska et pour peser les bouts de shit sur la balance, des figurines de Warhammer font office de poids. On est loin des *Affranchis*. Je m'assieds sur un pouf face à Romain qui essaie tant bien que mal de faire la conversation pour dissiper son malaise. Je passe sur les formules de politesse et lui tends l'enveloppe.

– Tiens c'est les 1 500 francs. Vas-y recompte.

L'étudiant en sociologie se liquéfie et dans un soupir de soulagement se vide comme s'il allégeait sa conscience :

– C'est les sous ? Vraiment ?! Pfiouuuuuuuuuu… Ben merci. Sérieux merci ! je vais te dire franchement je pensais que jaaaaaaaaamais tu me paierais. C'est fou ! J'étais persuadé que je ne reverrais jamais ma thune. Vraiment MERCI !!! Non mais regarde-nous ? Je n'aurais jamais pu te demander le fric. Tu vois ce que je veux dire hein ? Enfin d'où tu viens, qui tu connais, tout ça… Moi je suis quoi : étudiant ? Non sérieux c'est dingue. Ah ben merci, vraiment merci ! Ah putain c'est fou ! J-A-M-A-I-S j'aurais cru…

« T'es étudiant mais t'es surtout un gros fils de pute. Explique-moi : je viens d'où en fait enfoiré ? Parce que j'ai une gueule d'Arabe et un survêt je viens d'un quartier ? Et ça change quoi ? Je connais qui ? Il y a du monde avec moi ? J'ai déjà ramené du monde chez toi ? Non regarde, je suis venu tout seul comme d'habitude pour te rendre ton oseille parce que j'ai une vague morale et deux trois principes, mais toi t'en as rien à foutre en fait. Tu voulais ta thune et rien d'autre. » Voilà ce que je me suis dit intérieurement quand j'ai vu sa gueule de premier communiant se déconfire à la vue de la liasse de billets. Il était tout chose, le Romain, que je lui rende son fric. Sur la table il y avait pas mal de barrettes, des 25 et deux demi-saves. Je me suis dit qu'il allait faire un geste, me donner un bout de 5 ou me faire un prix en guise de remerciement. Au moins, me dépanner un joint ou deux ; on se connaissait bien quand même. Mais non, j'ai bien vu qu'il n'allait rien me lâcher.

Romain continuait à parler tout seul, mais plus il piaillait moins je l'entendais. Ça bougeait en moi. C'était localisé au niveau de l'abdomen. L'impression que mes viscères glissaient et se réorganisaient dans l'espace. C'est ensuite remonté jusqu'à mon plexus, ça s'est frayé un chemin dans ma gorge, ça m'a transpercé le palais et finalement explosé dans le crâne ; et j'ai percuté. Percuté qu'il n'y avait en réalité qu'un échange d'argent et de marchandise. Il vendait, j'achetais. Il voulait sa thune, je voulais mon shit et basta. Le deal se bornait à ça. Même à une échelle aussi insignifiante que la nôtre dans son deux-pièces d'étudiant en sociologie avec son horrible sarouel et ses cheveux gras, on en était là, point. Il n'y avait rien d'autre à attendre ou espérer. Le savoir est une chose, le comprendre en est une autre.

Ce jour-là j'ai aussi intégré quelque chose de plus important encore. Si je voulais, je le dépouillais le père Romain. Lui, son shit, sa thune, et il ne ferait rien. Il était plus âgé, plus grand, plus costaud, mais il avait peur de moi. La crainte et le respect que l'on pouvait inspirer aux autres n'étaient donc pas qu'une question d'actes ou de physique. Cela venait aussi et surtout de ce que l'on dégageait et de ce que les autres projetaient sur vous. Le vrai pouvoir était ailleurs.

Tandis que Romain poursuivait son monologue, je suis peu à peu revenu à moi et j'ai songé aux différentes manières de mettre fin au rendez-vous. J'ai envisagé celle de lui éclater la face à coups de savate. C'était jouable. Si je me levais, Romain n'allait pas bouger. Il continuerait à jacasser et j'aurais pu tranquillement me placer à un mètre de lui légèrement de côté. Là, sans élan, je lui aurais brisé la mâchoire et ouvert la lèvre en deux avec mon pied. En appuyant bien ma frappe, je pouvais même espérer lui briser quelques dents dont les éclats se seraient perdus au fond de sa gorge au milieu du sang et des glaires. Une fois au sol je l'aurais enchaîné avec un penalty dans le sternum suivi d'un nouveau dans la face pour le terminer. Suffocant de douleur, il m'aurait vu à travers ses yeux emplis de larmes rassembler son shit et son fric, les fourrer dans mon sac à dos et disparaître. Sans oublier, avant de claquer la porte, de lui balancer sa putain de figurine Warhammer en métal dans la gueule. Mais j'ai préféré abréger. J'ai prétexté un autre rancart et je me suis barré.

Je savais bien que je n'étais pas assez méchant pour lui faire tout ça.

C'est la dernière fois que j'ai vu Romain. Je n'ai plus jamais eu de nouvelles. Si l'argent volé chez moi m'avait soulagé de ma naïveté, la scène chez lui avait tué quelque chose en moi. Désormais il n'y aurait dans le deal que le deal. Pas d'amitié, pas de sentiments, pas de poésie. On est très sérieux quand on a 17 ans.

Détail

Le tcherno était un mauvais shit, dur, sec et cassant, très loin de la boule de résine à texture de caramel qui fond au soleil. En été on pouvait parfois le découper à température ambiante, mais le reste de l'année il fallait le chauffer pour détailler ses bouts. Les savonnettes pesant 250 grammes, on commençait souvent par les débiter en bout de 25 grammes dans lesquels on coupait ensuite des 12 grammes, des 5 grammes, des barrettes d'environ 3 grammes et enfin des « demies » ou « bouts de 5 » qui sont des barrettes coupées en deux.

Les prix moyens au détail au milieu des années 90 à Grenoble étaient les suivants :

500 francs le 25 grammes
300 francs le 12 grammes
150 francs le 5 grammes
100 francs la barrette
50 francs la demie

Pour découper le tcherno il y avait plusieurs écoles : on pouvait chauffer la lame d'un couteau avec une flamme et trancher sans attendre quand le fer était encore rougi par la chaleur, mais je n'ai jamais été adepte de cette technique, car au contact de la lame incandescente le shit brûle et noircit et les bouts sont moins présentables. Il était également possible de chauffer directement la savonnette avec un briquet ou sur une gazinière, mais là encore on risquait de carboniser son bout et cela ne le ramollissait qu'en surface. J'ai donc opté pour le sèche-cheveux. Cela permettait de chauffer en profondeur une grande portion de shit sans le détériorer et l'on arrivait ainsi à le couper proprement. Le seul inconvénient étant le bruit, mais le son d'un sèche-cheveux met rarement sur la piste d'un dealer. Pour le détail j'ai toujours préféré découper dans le sens de la longueur, car à poids équivalent un bout taillé en long paraîtra toujours plus grand au client. Enfin pour emballer le shit il n'existait aucun packaging, on utilisait alors souvent de l'aluminium, mais c'était une erreur. Le client ne pouvait pas voir ce qu'il achetait et risquait d'avoir peur de se faire escroquer et qu'on lui vende un bout de terre, de savon ou autre. Il allait donc être tenté de l'ouvrir pour vérifier et en cas de transaction en extérieur c'était un risque inutile. La Cellophane restait la meilleure option. C'était bon marché, hermétique, réutilisable et surtout c'était transparent.

Teuf

Ce week-end pour la première fois je suis allé en teuf. J'y ai gobé mon premier taz et j'ai adoré ça.

Avant le développement des « fours », vous pouviez pendant des années, voire toute votre vie, acheter votre shit sans rentrer en contact avec des dealers qui proposaient d'autres drogues. Statistiquement, comme le reste de la population, vous alliez forcément croiser ou fréquenter des consommateurs d'autres produits, mais votre ou vos dealers se cantonnaient à vendre du shit ou de l'herbe. Pour la majorité des consommateurs, c'est comme si le cannabis n'était pas une drogue et du temps du tcherno il suffisait souvent de sortir un pochon de n'importe quel autre prod dans une soirée pour déclencher un mouvement de panique instantané. Le réseau de Bébé, lui, mélange tout : shit, coke, taz… avec tout de même un distinguo pour l'héroïne qui reste taboue et le LSD qui n'est pas assez grand public pour générer suffisamment d'argent. Cela s'explique par la présence de vrais dealers qui sont là avant tout pour faire de la thune, peu importe le produit et aussi parce que Bébé et son frère sortent en club et surtout en free. Quand je traîne en bas de chez eux je vois souvent Steve et ses potes se préparer à partir en soirée. J'entends parler d'un nouvel eldorado fait de drogues, DJ, camions, murs de son et de tribes aux noms en forme de logos : les spis, hérétiks, facoms, TPR, neuros… Bébé fait déjà partie du sérail, mais Steve refuse catégoriquement de m'emmener avec eux. Pour lui je ne suis qu'un merdeux tout juste bon à lui prendre un peu de shit. Mais ce week-end j'ai eu ma revanche et aussi improbable que ça puisse être c'est en partie grâce à Conor.

Ce vendredi soir comme tant d'autres, on s'enfume en bas de chez Bébé pendant que Steve et ses potes attendent que l'infoline tombe pour connaître le lieu exact de la free. Bébé sort depuis quelque temps avec Dora. Steve l'avait repérée en premier, mais c'est Bébé qui l'a eue. C'est souvent lui qui repartait avec la reine du bal. Pour une fois il semble avoir ce qui pourrait s'apparenter à des sentiments et Dora passe la plupart des soirées avec nous. Ce n'est pas une lumière, mais elle est plutôt canon, elle se crame et a l'immense avantage d'avoir le permis et une voiture. Ça fait beaucoup de qualités pour une fille de son âge.

À 23 h 30 branle-bas de combat, l'infoline vient de tomber. Assis sur le capot de la Fiat Uno de Dora je pense déjà au néant que sera la suite de ma soirée, vautré devant la télé avec mon spliff comme seul compagnon, quand une des voitures fait marche arrière et s'arrête à notre hauteur. La vitre passager se baisse et laisse apparaître le visage déjà ravagé par les prods de Conor. Il tend discrètement un papier à Bébé. Il y a un numéro inscrit dessus, c'est l'infoline. Le temps de laisser une distance de sécurité suffisante avec la voiture de Steve et nous prenons la route. Selon les indications de la boîte vocale la teuf a lieu aux alentours de Chambéry et après quarante-cinq minutes on quitte l'autoroute pour arpenter les premiers lacets de montagne. La Fiat Uno et la conduite de Dora montrent vite leurs limites et après un interminable enchaînement de virages, cris, pleurs, réconciliation, re-cris, re-pleurs, re-réconciliation, routes et villages déserts, on finit par tomber miraculeusement sur un convoi de voitures qui nous conduit finalement à bon port. On termine le chemin à pied et on débarque dans une clairière baignée par la lumière de la lune. Au fond de la prairie, un couple abrité sous une tente camouflage fait jaillir de ses machines une tornade de sons post-apocalyptiques qui se perd dans les sommets alentour.

Tandis que Bébé et Dora retrouvent leurs collègues de débauche, je sors ma boulette et commence à me rouler un stick en admirant l'assemblée. C'était ça, donc, la nouvelle terre promise alternative des jeunes bourgeois en mal de sensations fortes ? Ça ressemblait quand même beaucoup au nouveau jardin d'Éden de la toxicomanie mais il fallait reconnaître que l'ambiance était plutôt bon enfant et le sentiment de liberté assez incroyable. Liberté comme toujours très relative malgré la façade d'anarchie absolue revendiquée. Personne ne prenait par exemple le risque de sortir son petit képa d'héro au grand jour. Non monsieur, on n'était pas des drogués. Conor et ses potes se vantaient d'ailleurs souvent de faire la chasse aux toxicos. Comme un patron de bar qui ratonnerait les alcooliques. Sympa.

Dix minutes après l'arrivée des derniers véhicules, la piste de danse boueuse qui s'était créée devant les enceintes se vide et tout le monde part faire son petit marché à l'abri dans les voitures et les camions. Bébé me demande de rester avec Dora et part s'enfermer dans une Golf verte typée sport. C'est la bagnole de Sam. Un dealer que j'ai croisé une ou deux fois et qui fait principalement dans la coke et les taz. Il se fournit directement dans le nord de la France, ce qui lui permet d'avoir des prix et une qualité imbattables. Bien sûr on ne traverse pas la France pour un sachet de dix piloches. Sam prend gros, des milliers de taz à chaque voyage. Il y va même parfois en avion. J'ai entendu dire qu'il bossait tellement bien qu'il n'avait pas à payer cash, ses contacts près de la frontière belge lui avancent les prods sur plus d'un mois. Sam est un vrai dealer et il aime que ça se sache. Quand il passe chez Steve ou chez Bébé il ne cache jamais son stock et aime étaler sa puissance et sa réussite, même devant moi. C'est grâce à lui que j'ai vu mes premiers taz. Sam revenait de Lille et en avait redescendu trois mille conditionnés dans une dizaine de sachets Zip. Il m'en avait proposé, mais j'avais poliment décliné l'invitation. Tellement poliment que Bébé m'avait accusé après coup d'avoir fait de la lèche. Je n'avais pas démenti. J'ai toujours très bien su me placer à la droite de Dieu.

Bébé revient de la Golf avec 2 grammes de coke et quelques taz et pour la première fois il me propose d'en gober un. Je retrouve mes 15 ans, lorsqu'on m'a tendu mon premier joint. Je fixe le cachet avec un mélange attendu de peur et d'excitation. Mais j'ai suffisamment entendu d'histoires et vu de gens défoncés aux taz pour savoir que ça n'a jamais tué personne. Brûlé quelques neurones, cramé quelques méninges, oui ; tué non. Alors quelle meilleure occasion que sa première teuf pour goûter son premier taz ? Ceux de Sam sont blancs, en forme de pastille décorés avec un poinçon de dollar. Bébé parvient à couper le cachet en quatre et me donne un quart que j'avale avec une gorgée d'eau. Vu la taille du taz la dose me paraît bien trop light et je lui en réclame un autre aussitôt. En bon chaperon, Bébé me conseille de laisser passer la première montée avant d'en reprendre. Dora et lui tapent leurs traces et je pars de mon côté déambuler dans la teuf en fumant mon bédo.

Naviguant de groupe en groupe, j'enchaîne les joints pendant que le taz commence à faire effet. Au bout d'une heure, voyant que je gère à peu près ma défonce, Bébé accepte de me redonner un quart. La montée est forte et chaque latte que je tire sur mon tarpé semble la décupler. Perché devant le mur d'enceintes, je suis tout entier aspiré par le son. Les basses me scotchent au sol tandis que les aigus me vrillent la tête. Les litres d'eau que j'avale pour tenter d'étancher ma soif finissent par me donner une furieuse envie de pisser et je pars en direction de la forêt pour me soulager. En longeant le parking je distingue une silhouette assise sur le capot d'une voiture qui semble me suivre du regard. C'est Steve. Il me reconnaît aussi et bondit dans ma direction. Le feu vert de Conor ne signifiait pas pour autant son approbation et j'ai droit à un torrent d'injures, de menaces et de secouages de bras et c'est encore pire quand il remarque mes pupilles dilatées. J'essaie tant bien que mal de me dégager, toutefois si vous avez déjà essayé de vous battre sous MDMA vous savez sûrement que c'est un concept assez particulier. Notre duo commence à former un petit attroupement de curieux et Bébé, alerté par les braiements de son frère, arrive à la rescousse accompagné de Conor, mais même ce dernier n'arrive pas à faire redescendre Steve. Une voix surgie de la pénombre s'est chargée de le faire atterrir instantanément. C'était Sam. Lui n'avait aucun problème à ce que des gamins viennent en teuf et se crament. Au contraire, on a toujours besoin de sang neuf et de nouveaux clients. Malgré la colère et les prods, Steve s'est exécuté. Le deal est un milieu très vertical et dans la chaîne alimentaire, il y a toujours au-dessus de vous un poisson plus que gros et plus méchant prêt à vous dévorer. Et Sam nageait dans des eaux trop profondes pour Steve.

L'embrouille terminée, je repars dans la teuf après avoir gobé mes deux derniers quarts de taz qui finissent de m'achever. Incapable de contrôler mon envie de parler, je m'incruste dans toutes les conversations et en arrive même à tenter ma chance avec Conor et un duo de cailleras qui dissertaient sur la qualité des 22 long rifle planquées dans le coffre de leur 205 GTI. Le blanc créé par ma tentative est tellement intense que je préfère ne pas m'attarder et retourne m'enfumer devant le mur de son la tête enfouie dans ma capuche. Ma mâchoire est définitivement incontrôlable et après que j'ai massacré trois bâtons de sucettes Bébé finit par me trouver des chewing-gums pour occuper mes maxillaires. Le repas du lendemain midi avec ma mère est un calvaire. Impossible d'avaler quoi que ce soit de solide. Je n'arrive même plus à ouvrir la bouche.

Quelques jours après la teuf j'accompagne Bébé chez son frère pour qu'il se ravitaille. Steve nous accueille sans un mot. Les volets sont fermés, son appartement est plongé dans l'obscurité et il a la tête des très mauvais jours. Son visage est déformé par un hématome bicolore qui part du haut de son front et descend jusqu'à son menton. La rumeur dit que la Teigne a débarqué au milieu de la nuit en pleine crise de parano. Il voulait récupérer sa thune et lui a refait le portrait avec la crosse de son fusil à pompe.

« Alors comment ça va Steve ? Tranquille ? Pas trop mal ? C'est sympa de se faire humilier ? Ça pique un peu non ? Bah faut pas t'en faire tu sais, on est toujours le con de quelqu'un d'autre. Chacun son tour. Allez sans rancune ! Bâtard. »

Échelons

En France à la fin des années 90, le bizness de shit, comme la majorité des systèmes économiques, est organisé de manière pyramidale.

Tout en bas, on trouve le premier échelon, composé d'une myriade de consommateurs ne se définissant pas comme brasseurs, mais qui peuvent le cas échéant dépanner un bout de shit à leurs proches. Ça ne paraît rien dit comme ça, mais mis bout à bout c'est un réseau informel colossal qui permet à une foule de gens d'avoir leur consommation sans être en contact avec un milieu qu'ils n'ont pas ou plus envie de fréquenter.

Au deuxième étage, il y a les petits brasseurs qui font cela de manière plus ou moins régulière avec un cercle de clients réduit. On n'est plus uniquement dans la relation amicale ou le dépannage, on commence déjà à être dans un rapport marchand.

Au-dessus, il y a les brasseurs plus importants qui prennent quelques centaines de grammes soit une demi-save ou une save, parfois un peu plus. Là on commence à être plus prudents, car les quantités vous exposent aux premières tracasseries judiciaires et aux embrouilles un peu plus pénibles. C'est le premier étage où se croisent réellement deux catégories de brasseurs. Quand on prend au minimum une demi-save on se retrouve en mesure de vendre des 25 ou des 50 grammes et donc de devenir le fournisseur d'un fournisseur de l'étage inférieur.

À l'échelon suivant, on trouve les gros brasseurs. Eux sont en contact avec des dealers et prennent au minimum 1 ou 2 kilos. Même à ce niveau on reste encore dans la brasse mais les choses sérieuses commencent. Les volumes gérés nécessitent des précautions pour le transport et le stockage, car on commence à être un mets de choix pour la police et la concurrence ; et aussi un minimum d'organisation. Les gros brasseurs sont souvent obligés de vendre à croum car les sommes à sortir sont trop importantes pour la plupart des acheteurs. Apparaît alors le carnet des crédits, où sont consignés de manière plus ou moins cryptique les noms des acheteurs, les quantités et les montants. Une bonne partie de l'activité des gros brasseurs consiste à relancer et traquer leurs clients pour récupérer l'argent. C'est aussi le premier échelon où l'on ne vend plus exclusivement pour assurer sa consommation et où on peut mettre de côté quelques billets.

À l'étage supérieur se trouvent les premiers dealers. Là on bascule dans une autre division. Quand on gère plusieurs dizaines de kilos, on évolue dans un milieu qui n'a plus rien à voir avec celui des simples consommateurs. On est là pour se faire de l'argent et des ennemis. On s'organise donc en conséquence. C'est aussi – si on met de côté ceux qui se crament et brassent différents produits – l'échelon où l'on ne se cantonne parfois plus au shit, mais où l'on peut vendre d'autres drogues en quantité.

À l'avant-dernier étage, on trouve les gros dealers et certains grossistes qui gèrent plusieurs centaines de kilos.

Ici on parle de criminalité. C'est un choix de vie. Les contacts vont jusqu'à l'international et dépassent souvent le strict cadre de la drogue. Ils recoupent tout ce qui peut générer du profit : marchandises, armes, vols, braquages, racket, prostitution… la prison est le passage obligé et l'on sait que l'on risque sa peau.

Enfin tout en haut de la pyramide, on trouve le crime organisé, les têtes de réseaux. Ce sont eux qui ont la mainmise sur l'ensemble du trafic de drogue. Pour les brasseurs comme pour le reste de la population, c'est un monde quasi imaginaire dont on entend parler de temps à autre par les médias.

À cette époque le shit arrivait déjà en quantité à Grenoble. La ville a toujours été une plaque tournante autant qu'une place centrale de la criminalité. On racontait que les grossistes acheminaient les cargaisons sur Lyon pour ensuite dispatcher les lots en région. C'est ce qu'il se disait, c'est ce que l'on entendait. Il fallait souvent composer avec un fragment d'incertitude. Les êtres comme les évènements conservaient toujours une part de mystère.

Alerte

Depuis plusieurs semaines la rumeur ne cesse d'enfler, Yacine aurait les flics au cul. On parle de planques, de photos, de filatures et d'arrestations imminentes. Chacun y va de son petit ragot. Yacine est un assez gros dealer pour que la première baltringue venue ait un avis sur son bizness. Bien sûr il n'y a rien de concret et encore moins de preuves tangibles, mais l'hystérie et la paranoïa se sont installées.

Steve est à la limite du délire et voit dans chaque voiture garée en bas de chez lui un sous-marin potentiel. Selon lui, Bébé et son pote Sergio ont été pris en photo dans un appart en compagnie de Yacine. Il tient ça d'une connaissance qui aurait vu passer les clichés lors d'une garde à vue. On a donc droit à de grandes séances de morale inquisitrice agrémentées de menaces diverses à chaque fois qu'on passe le voir. Mais en toute logique, malgré le climat d'apocalypse imminente et de sauve-qui-peut général, le shit, la coke et les prods s'écoulent comme si de rien n'était. Personne ne songe à arrêter une seule seconde son bizness, Steve le premier qui en profite juste pour être encore plus imbuvable que d'habitude tout en continuant de débiter ses saves et se remplir le nez.

J'avais beau être fourré en permanence avec Bébé, toute cette agitation me paraissait disproportionnée. Les flics avaient mieux à faire que de s'intéresser à un avorton dans mon genre. Ce n'est pas avec mes 125 grammes de tcherno qu'ils allaient booster leur carrière. Bébé était plus pessimiste et partait du principe qu'on passait toujours par les petits pour faire tomber les gros. Il me demandait donc tous les deux jours de redoubler de vigilance et d'être le plus discret possible. La bonne blague. Qu'est-ce qu'on faisait d'autre habituellement à part cultiver le secret, maquiller, planquer et dissimuler ? Mais soit, il fallait céder un minimum à la panique ambiante. Ce n'était somme toute pas désagréable. Même au tréfonds de l'angoisse, il y a toujours un soupçon de plaisir.

Un matin au lycée, entassés près de de l'internat, on s'enfume dans le froid de l'automne. Le shit remplit sa fonction sociale et les joints tournent entre deux lascars d'origine turque, un gothique aux cheveux longs et chemise à jabot et un néo-hippie à bonnet péruvien. L'équipe éducative ne s'embête même plus à venir vérifier si c'est bien des roulées que nous fumons. La taille des cônes et l'épaisseur de la fumée ne laissent pourtant guère de doute. Latte après latte mon deux feuilles m'enveloppe de sa chaleur douillette et devrait me permettre de survivre aux deux dernières heures de cours de la matinée. J'en suis presque à fumer le cul de la vieille quand je remarque un attroupement d'adultes non loin du portail d'entrée.

C'est une réunion au sommet. Il y a les trois CPE et, c'est un évènement, le proviseur en personne. Excepté pour son fameux discours de bienvenue à mon entrée en seconde, je ne l'avais jamais revu en chair et en os. La fine équipe semble en grande discussion et elle est bientôt rejointe par quatre flics, des bleus en uniforme. Ça fait beaucoup pour une réunion pédagogique. Le proviseur les salue brièvement, me pointe du doigt et la petite troupe se met en marche au pas de course. La montée du shit ne peut absorber entièrement celle de l'adrénaline qui commence à galoper le long de mes membres. Le groupe est encore loin, mais se dirige clairement vers moi et je tente de lire sur les visages pour en savoir un peu plus sur leurs intentions. J'ai toujours mon joint à la main et j'hésite encore à le jeter, ça serait con de gâcher quand même.

Passé les tilleuls et le parterre de pelouse pelée, la mise au point s'effectue et je distingue très bien ma CPE qui me fusille du regard. Ça pue. Encore quelques mètres et le proviseur pointe une nouvelle fois son doigt bagué vers moi. Les flics prennent la tête du peloton et accélèrent encore le pas. Bébé avait raison, les petits pour atteindre les gros. Je vais me faire cueillir et au bahut en plus.

Ma première réaction est d'imaginer comment ma mère va encaisser ça. On a beau vivre ses rêves de Pablo Escobar de bas étage et savoir qu'on ne risque pas grand-chose, on reste toujours le fils de quelqu'un. Je laisse discrètement tomber mon joint à mes pieds et l'écrase méthodiquement afin de le déchiqueter jusqu'au filtre. J'ai chaud, putain ce que j'ai chaud. Mes mains dégoulinent de sueur acide et j'ai la sensation de me liquéfier de l'intérieur. Je pense mal et trop vite. On fait quoi maintenant ? Fuir, pour aller où ? Le portail de l'entrée est fermé et jamais je n'aurai le temps de l'escalader avant que les flics me rattrapent. Me terrer dans les étages ? J'ai passé l'âge de jouer à cache-cache et il faudra bien que je finisse par sortir. Courir ? Pour aller où ? Je ne vais tout de même pas subir l'humiliation d'une traque dans la cour comme un mauvais streaker. Perdre oui, mais pas sa dignité. Non c'est fini, il ne me reste plus qu'à attendre gentiment de me faire serrer. Ils sont à 50 mètres. Je repense aux scénarios qu'on s'est inventés avec Bébé en cas d'arrestation. Choisir une version, une solide qui tient la route. Une histoire à laquelle se raccrocher et que je sois capable de resservir à volonté sans erreur. Du vague, du flou avec un soupçon de détails, mais surtout du crédible pour que les flics mordent à l'hameçon. Ils sont à 30 mètres. Ma CPE ne me lâche toujours pas du regard. Quinze mètres. Mes jambes ne me portent plus. La version, s'en tenir à la version. La même en boucle, jusqu'à assécher la dernière goutte de curiosité des inspés. Cinq mètres. Je sens déjà leur haleine mêlée aux parfums trop lourds des CPE. Deux mètres. Ma mère ne s'en remettra jamais. Y a même plus de mètres. Ils sont là. Ma CPE me jette un dernier coup d'œil suintant la colère et le dépit. Les flics me toisent du regard. Le groupe passe à ma droite et disparaît dans l'internat.

Fausse alerte.

– Salut ! Ouh la… ça va ? T'es tout pâle. T'es malade ?

– Hein ? Ah salut. Non ça va bien pourquoi ?

– T'es sûr ? T'as l'air bizarre. T'as encore fumé c'est ça ?

– Non ça va t'inquiète. Je suis fatigué ce matin c'est tout.

– Mouais tu parles. T'as encore fumé hein ? Bon allez viens on va être en retard en philo. D'ailleurs t'as fini ta dissert ? Moi impossible de trouver un plan. Elle a craqué la prof non ?

L'arrivée d'Anaïs me permet de redescendre légèrement et d'entendre la cloche annonçant la fin de la récréation. Sa simple présence arriverait presque à réchauffer l'écume glaciale qui me lèche encore l'échine. Je la suis comme on se met en rang en CE1 et nous partons en direction des deux heures de philo qui me permettront de récupérer avec deux heures de sieste bien méritées. Qu'elle ait l'espoir que j'arrête de fumer, passe encore, mais qu'elle puisse imaginer que je me sois soucié une seule seconde de cette dissertation… C'est mystérieux quand même, cette propension à vouloir secourir les estropiés, ou les tocards. Pas sûr que les filles s'y entendent mieux que nous pour comprendre le camp d'en face.

Anaïs

La famille, les amis, le sport, la drogue, les psys, le boulot, la Française des jeux... À chacun son île. Moi c'est les femmes. Ça l'a toujours été. Mais passé sans transition du romantisme platonique à ceux qui baisent des meufs, de la tendresse enfantine à la haine des sentiments ; je sombre. Car moi je ne baise pas et j'attends toujours secrètement que l'on vienne me sauver. L'amour et le sexe sont devenus un horizon inextricable que j'enfouis chaque jour un peu plus sous une épaisse chape de stupéfiants. Mais au milieu du désert, comme un mirage suspendu au-dessus des ruines, se tient Anaïs.

Excepté l'espoir de toucher un nouveau shit, elle est l'une des rares choses qui me poussent à sortir de mon lit le matin. La simple idée de la croiser suffit à contrebalancer mon dégoût des cours et ma détestation des profs. La première fois que je l'ai vue, ce fut comme une apparition. J'avais réussi l'exploit d'arriver en retard le jour de la rentrée en première en raison d'une session fumette à rallonge dans le parc à côté du lycée. Par chance, le chaos ambiant causé par les secondes en errance et les profs dépassés m'avait permis de me glisser discrètement au fond de la classe pour terminer ma nuit. Anaïs était assise à ma gauche, quelques rangées devant moi, coincée entre une lunetteuse à boutons et un beauf fan de Megadeth.

Après avoir sorti les affaires de son sac, elle s'est tournée pour déposer sa veste sur le dossier de sa chaise et a croisé la course du soleil. La lumière du matin a embrasé son corps et fait naître une légère transparence dans sa robe à fleurs. Nos regards se sont croisés, elle m'a souri, je suis instantanément tombé amoureux.

Anaïs est belle, quoi qu'elle porte, quoi qu'elle fasse. En été, en hiver, en jean, en jupe, en sport ou en math, avec ou sans maquillage ; elle est belle. Un éternel sourire aux lèvres, elle est brillante, rigolote et par-dessus tout gentille. Purement et simplement gentille. C'est rare, surtout à l'adolescence quand l'ironie et le sarcasme font office de défenses naturelles. Anaïs ne fume pas, ne se drogue pas, se méfie de l'alcool et aime pourtant faire la fête. Elle est saine sans être chiante. Du fin fond de mon brouillard enshité elle flotte tel un ange échappé d'un paradis perdu. Finalement Anaïs n'a qu'un seul défaut, son mec, Patrick. À 17 ans, il ressemble déjà à un cadre moyen de province baptisé à l'eau tiède. Propre, lisse, sympa, mais ennuyeux comme un dimanche de novembre sous la pluie. Par contre au petit jeu de qui est le plus rassurant aux yeux d'une jeune fille en quête d'un minimum de stabilité et d'assurance, j'ai un certain nombre de longueurs de retard, voire un tour ou deux. Mais là où je fais la différence, c'est sur l'humour et au palmarès des névroses, chacun ses talents. Anaïs aime donc passer un peu de son temps au lycée avec moi. Je la fais rire et elle me confie ses angoisses. Échange de bons procédés. Patrick a droit à la fille parfaite, je récupère la part d'ombre. Je m'en contente et m'en nourris avec délectation. Anaïs me semble tellement inaccessible que le rôle du confident est déjà inespéré. J'ai même parfois droit à quelques regards qui s'éternisent juste ce qu'il faut pour m'électriser et nourrir le mince espoir d'une hypothétique chance.

Aujourd'hui la journée de cours se termine en bavardant devant le portail quand, divine surprise, Anaïs m'annonce que Patrick ne viendra pas la chercher. Elle me propose de la raccompagner, si le détour ne me dérange pas bien sûr. Le détour ? Quel détour ? Je ferais trois fois le tour de Grenoble en rampant juste pour que ce moment dure encore un peu.

Après avoir quitté l'impasse du lycée, nous empruntons l'avenue qui mène aux grands boulevards. Le vent qui d'habitude s'engouffre le long des barres d'immeubles et avale tout sur son passage a choisi de nous épargner. Il fait bon, nous déambulons lentement comme deux touristes égarés dans une ville de Toscane. Anaïs parle et c'est parfait. L'écouter suffit à mon bonheur. Je n'ai même pas envie d'en placer une et me contente de la relancer à intervalles réguliers pour que la discussion ne s'éteigne pas. Devant l'entrée de son immeuble, Anaïs est toujours aussi loquace. Elle propose de poursuivre au bar qui fait l'angle. Nous nous installons au fond de la salle et commandons deux Coca. L'atmosphère est douillette, Anaïs est plus belle que jamais, je suis en lévitation. Au fil des gorgées de soda on quitte petit à petit la surface du quotidien pour s'enfoncer dans des territoires plus intimes. Anaïs est en confiance et s'ouvre sur sa famille, l'absence de son père, les difficultés avec sa mère qui alourdissent le climat à la maison. Les révélations s'enchaînent à mesure que le dédale s'obscurcit. La balade est plaisante, je connais le chemin par cœur. Anaïs en vient à me confier ses insomnies, ses attaques de panique, ses somnifères et son quart de Lexomil. Sa voix se couvre d'aspérités et ses doigts se nouent les uns aux autres jusqu'à devenir une masse informe. Les silences s'allongent et les larmes ne sont pas loin.

L'effondrement post-adolescent n'épargnait donc personne ? Pas même la fille à qui tout semblait réussir. Mais si les failles d'Anaïs étaient plus profondes que je ne l'avais imaginé, cela ne faisait qu'augmenter son charme et attiser mon désir. L'intimité créée par les confidences nous rapprochait petit à petit. On était sur mon terrain : le spleen, l'errance, l'appel du vide… C'était mon fonds de commerce tout ça. Je sentais bien que je n'avais qu'à verser encore un peu de sel sur les plaies pour faire céder les dernières digues et obtenir enfin ce que je voulais. Je m'étais pourtant repassé le film des milliers de fois et on y était. C'était là, le moment tant attendu. Encore quelques regards appuyés et je n'aurais qu'à me pencher pour frôler ses lèvres et chavirer. Mais je n'ai rien fait. Romantique ? La bonne excuse. Trop lâche ? On se rapproche. Il y avait la peur bien sûr et ma propre bassesse, mais au-delà il y avait l'implacable des faits : Anaïs ne pouvait être qu'un fantasme. J'étais incapable de l'aimer. J'étais devenu incapable d'aimer qui que ce soit. Ni elle ni aucune autre. Qu'est-ce que j'avais à proposer ? Un peu plus de mal-être, de stress et d'angoisse ? Des matins sombres, des nuits blanches et un quotidien encore plus gris ? J'étais à des années-lumière d'être celui qui lui fallait. Elle valait mieux que ça. En tout cas elle valait mieux que moi. Le jugement était sans appel.

Les effusions ont maintenant laissé place à la gêne. Pour dissiper le malaise, Anaïs tente de me faire parler de moi. Je m'accroche à son sourire et à ses yeux embués, mais je ne sais même pas par où commencer. « Alors non, je n'ai pas de problème de sommeil merci. Encore heureux vu la quantité de shit que je m'envoie tous les jours. Par contre ça fait tellement longtemps que je ne me souviens plus de mes rêves que je serais incapable de t'en raconter un. Pas sûr que ce soit le genre de traitement adapté pour toi. Comment ça se passe chez moi ? Ben écoute, ma mère qui porte ses fils et le reste du monde à bout de bras depuis tant d'années et à qui on devrait ériger une stèle pour service rendu à la nation s'enfonce inexorablement dans une dépression abyssale. Donc en termes de fun à la maison c'est un peu limité. Est-ce que j'ai des angoisses ? Mais ma pauvre… Si je lève ne serait-ce qu'un coin du linceul qui les recouvre, tu vas prendre tes jambes à ton cou. Mes peurs ? En ce moment c'est de me faire arrêter à cause de Yacine, le dealer multiservice. Tu veux en parler, t'es sûre ? Tu penses franchement que ça va t'intéresser ces histoires de brasse, d'embrouilles, de flics et de thune ? Parce que voilà c'est ça mon quotidien, en tout cas c'est comme ça que je le remplis désormais. Attention je ne suis pas le plus à plaindre, loin de là, il y en a d'autres qui avalent stoïquement des pelletées de merde autrement plus chargées et qui ne sont pas là à chouiner sur leur sort, mais moi c'est en train de m'engloutir et je n'ai rien d'autre à proposer. Je n'y arrive plus. C'est con hein ? Le pire c'est que je le sais, je le vois mais je ne fais rien. Tu veux aller mieux ? Mais pour t'aimer à peu près normalement et ne pas t'enfoncer encore plus faudrait déjà que je m'en sorte moi. Et ce n'est pas parti pour. »

Bien sûr je ne lui ai rien de tout cela, j'ai rapidement éludé les questions. C'était inutile d'en rajouter. J'ai continué à la faire parler et laissé passer les derniers instants où j'aurais pu tenter ma chance. Je lui plaisais, un peu, c'était déjà ça. Au fond, il ne fallait pas contrarier l'ordre naturel des choses. Pour son équilibre, l'univers avait besoin des Patrick pour rassurer les Anaïs et compenser les gars comme moi. Tout bien réfléchi, l'univers avait bien plus besoin des Patrick que des gars comme moi.

Bang

À l'époque du tcherno il n'existait que deux façons de consommer du shit ou de l'herbe : en les fumant principalement et exceptionnellement en les mangeant. Mais la plupart des tentatives se révélant peu concluantes, très peu de gens pratiquaient l'ingestion. Les bonnes recettes étaient rares et il y avait beaucoup de légendes urbaines comme manger son shit dans un yaourt ou ses têtes de beuh macérées dans du miel. Pour que le cannabis fasse pleinement effet lorsqu'on le mange, il faut impérativement au préalable le chauffer à une certaine température pour activer les différents cannabinoïdes (THC, CBD...). C'est ce que l'on nomme la décarboxylation. Autant dire qu'avant l'arrivée d'internet, ces connaissances étaient réservées à une infime partie des fumeurs les plus expérimentés et l'immense majorité des consommateurs se bornait donc à fumer le produit.

Et pour fumer il existait différentes techniques qui n'ont guère évolué avec le temps. Sous l'influence du kif marocain, en France on a toujours fumé son shit ou sa beuh avec du tabac. Le tcherno étant de piètre qualité c'était encore plus vrai, il ne venait à personne l'idée de le fumer pur. Le joint ou pétard, tarpé, pet', bédo, buzz, buiz, spliff, cône, joko, zoula, cornet, tamien... restait donc le mode de consommation le plus répandu. Même s'il est devenu un symbole national en passe de supplanter le ballon de rouge, je rappelle brièvement pour ceux qui auraient coupé tout contact avec l'humanité ces trente dernières années comment le préparer. Pour cela on confectionne à l'aide d'une ou plusieurs feuilles à rouler une cigarette garnie d'un mélange de shit ou d'herbe et de tabac à laquelle on rajoute un filtre artisanal préparé avec un petit bout de papier cartonné, le fameux carton, ou de clope industrielle, on parle alors de filtre marocain.

On a ensuite les ustensiles dédiés que sont les pipes, les shiloms, les narguilés et autres « calumets » de toutes les tailles, formes et matières. Leur utilisation est plus limitée, les objets en question étant souvent trop voyants pour une utilisation en extérieur.

Enfin arrivent les bangs. Leur fonctionnement est celui d'une pipe à eau. On place son mix (shit ou herbe plus tabac) dans un foyer – appelé aussi douille – prolongé par un tuyau qui plonge dans l'eau et permet de refroidir la fumée. On consume avec une flamme le mix présent dans la douille et on aspire le tout en une bouffée. On dit alors que l'on « coule » la douille. Ça c'est pour la partie technique. Les effets eux n'ont plus rien à voir. Le bang est au cannabis ce que le crack est à la cocaïne. Tout est plus fort, plus intense, plus violent ; la montée, le plateau et la descente. Le bang vous accroche comme aucun autre moyen de consommation et comme peu de produits au final. Vous débutez par de petites douilles qui vous défoncent comme aucun joint ne l'a jamais fait, c'est rapide, pratique et économique, mais seulement dans un premier temps. Votre tolérance explose si brusquement que vous vous retrouvez très vite à consumer le shit d'un joint à chaque bang et que vous tapez rapidement autant de bangs dans la journée que de joints avant. Il faut réaliser : ce que vous mettiez avant dans un deux feuilles pour vous et deux amis et qui vous défonçait toute l'après-midi, vous l'inhalez désormais en une seule bouffée et vous remettez le couvert à peine une heure plus tard. Bientôt le bang devient votre mode de consommation exclusif. Les joints sont une perte de temps et de toute façon ils ne vous font plus rien.

Le bang est un univers à lui tout seul. C'est un peu l'apprentissage des drogues dites dures pour les fumeurs de shit : la dépendance, le manque, les dégâts, le rituel, le matériel… On est très loin du shoot en intraveineuse, mais il faut du temps pour s'en sortir. Certains stopperont du jour au lendemain à la vue de leur premier glaviot moucheté de sang, pour d'autres ça prendra des années.

Clément

Aussi loin que remonte ma mémoire avant mes 17 ans, chaque fois que je prononçais mon nom dans le quartier, il y avait à coup sûr quelqu'un pour me demander si je ne connaissais pas un Clément. Le mystère ressurgissait régulièrement : à l'école, au parc, en bas de l'immeuble, sur le terrain de foot… Mais non, toujours la même réponse, je ne savais pas qui était ce fameux Clément qui semblait appartenir à ma famille mais que ni ma mère ni mon père ne connaissaient non plus. Au fil du temps il était devenu comme un fantôme qui m'accompagnait et revenait à la vie de temps à autre, mais je m'étais fait à l'idée que je ne le rencontrerais jamais. L'histoire avait son charme. L'enfance sait encore se nourrir des songes. Une récréation au lycée aura suffi pour tuer le mythe. La vie finit toujours par être d'une banalité affligeante.

Dix heures du matin, récréation, je fais tourner mon joint dans un cercle de fumeurs, espérant bien le retrouver pour éviter de tirer encore une fois sur l'horrible et très mal roulé trois feuilles/carton/tabac à rouler qui le précède. La conversation ne s'étend pas au-delà des résultats sportifs du week-end entremêlés d'un comparatif des plus beaux culs des filles de terminale. Après quelques tours mon deux feuilles est officiellement porté disparu et je me résous donc à ressortir mon shit pour en rouler un autre.

Interloqué par la grosseur de ma boulette, mon voisin de droite veut en savoir un peu plus sur moi. À l'énoncé de mon nom, je reconnais ce bref sursaut d'intérêt devenu si familier.

– Non sérieux ? Et t'as pas un frère ou un cousin qui s'appelle Clément ?

– Ah ben on me le demande à chaque fois, mais j'en sais rien, je l'ai jamais vu…

– Je te le présente si tu veux !

– …

– Bouge pas je vais le chercher.

« C'est mon cousin ! Laissez-moi passez c'est mon cousin ! Vas-y bouge je te dis là ! Y a mon cousin !!! »

Air Max, survêtement Tacchini, beau gosse et une grande gueule impossible à fermer. Il était là devant moi, Clément. On a partagé mon deux feuilles et bien qu'il ait rapidement changé de bahut, on ne s'est plus quittés. L'adolescence raffole de ses amitiés fulgurantes. Clément était né, avait grandi et vivait toujours de l'autre côté du boulevard, à moins de cinq minutes à pied de chez moi. Le bout du monde est parfois au bout de la rue. Et grâce à son père on avait pu avoir la confirmation que nous étions bien cousins. Éloignés mais cousins quand même. Cet antique lien familial amenait un certain cachet, une petite noblesse à notre relation qui la plaçait de fait au-dessus de la mêlée des potes, collègues et autres refrés qui garnissaient nos soirées et les répertoires de nos téléphones.

Mais ces retrouvailles, aussi inespérées et intenses aient-elles été, ne m'ont pas fait dévier d'un pouce du régime draconien que je m'imposais scrupuleusement, à savoir : deal et défonce. Car ce mystérieux cousin à l'existence quasi légendaire rencontré après tant d'années d'attente ne pouvait se contenter de n'être qu'une lointaine branche rapportée, un être moyen, un jeune médian promis à un avenir passable. Non il se devait d'avoir un appétit encore plus gros que le mien pour les produits en tout genre et brasser encore plus de shit. Il était même sacrément doué. Il écoulait plusieurs saves par mois ce qui à l'époque n'était pas rien pour un lycéen et s'était constitué une clientèle qui le vénérait comme un demi-dieu. Ces abrutis se battaient presque pour lui dépanner des joints sur le shit qu'il leur avait vendu deux jours avant. Mais les hommes sont ainsi faits, ils ont souvent besoin d'aller renifler le cul du chef de meute. Dans le lot il y avait même plusieurs lascars de chez moi qui n'avaient jamais daigné m'adresser la parole et qui du jour au lendemain se sont mis à baisser les yeux devant moi. Pourtant je n'étais pas devenu leur dealer, je n'avais pas laissé un type en sang devant le bar-tabac, ni pris une longue peine ou réalisé tout autre exploit qui m'aurait valu comme dans n'importe quel quartier un minimum de respect. Non le simple fait de traiter d'égal à égal avec Clément changeait d'office mon statut. Le pouvoir. Et pour que le tableau soit complet, Clément ne pouvait pas non plus être un évènement isolé. Une coïncidence certes un peu énorme, mais résultant malgré tout de l'inévitable part chaotique de toute existence. Non bien entendu, il connaissait Bébé mais le mieux c'est qu'ils s'étaient juste croisés à l'époque du collège sans jamais chercher à se fréquenter en dehors. Grâce à moi, ils ont pu découvrir des années plus tard qu'ils avaient beaucoup de points communs et plein de choses à partager. Et puisqu'on n'allait pas s'arrêter en si bon chemin, le courant est bien passé avec Lino et tous les autres. Comme ça à chaque soirée organisée à la maison c'était sympa, il y avait autant de brasseurs au mètre carré que de joints en train de tourner dans la pièce.

Clément ou pas on restait donc en terrain connu et balisé, à savoir l'ornière dans laquelle je m'embourbais consciencieusement jour après jour. À une exception près : on a monté un groupe de rap. Vous me direz quoi de plus logique, la rue, le shit, le bronzage naturel : le rap. J'aurais aimé que ce soit aussi simple mais même là il a fallu que je me trahisse. Car si Callahan m'avait initié à Public Enemy à l'âge ou d'autres s'endorment avec les fabulettes d'Anne Sylvestre, mon truc à moi jusque-là c'était le metal et les grosses guitares. Mais vraiment mon truc. Du genre à ramener le dernier Metallica en cours de musique en CM1, à porter des Dr Martens et des tee-shirts Razors Edge d'AC/DC en ZEP, à fantasmer pour la millième fois sur la fille à laquelle il n'ira jamais parler en écoutant les Smashing Pumpkins et à taper ses bangs en passant de Tool à Pantera. Mais on dira ce qu'on veut, les moule-bites en cuir, les adorateurs de Satan maquillés en panda et les dépressifs à cheveux gras qui chialent sur leur six cordes, quand tu passes ta journée à vendre du bédo au détail et des heures à glander en bas des bâtiments et le long des grands boulevards avec des mecs à casquette, y a comme qui dirait un petit décalage. J'avais déjà senti poindre le schisme en voyant les mines déconfites des métalleux du lycée dès qu'on leur sortait un bout dépassant 10 grammes et leur panique mal dissimulée à l'énoncé de mots comme coke, taz, bizness ou même pire : cités, Noirs et Arabes... Mais le coup de grâce est arrivé après que je me suis fait défoncer.

À l'époque j'étais à fond dans le New York hardcore. Le mélange rue et guitares disto forcément ça me causait. Enfin un style qui collait à peu près à mon quotidien et faisait la jonction. Mais c'est précisément lors d'un concert de hardcore où je m'étais rendu avec les métalleux du lycée que je me suis fait rosser comme jamais par un crâne rasé qui n'appréciait pas trop la présence de mon teint hallal dans le pit. J'y ai perdu une bonne partie de ma jambe droite et découvert que lorsque votre tête rebondit sur une dalle de béton armé le temps peut paraître un peu long. Elle n'était pas grande la salle pourtant, mais pas un seul de mes potes n'est intervenu. Pas un. Ni quand je me suis fait lyncher, ni quand je me suis enfui à cloche-pied avant que les flics et les pompiers ne débarquent car j'avais dans mon sac à dos une lame de 25 centimètres et assez de tamien pour ravitailler la moitié du bar. Ben merde les gars, qu'est-ce qui se passe ? Je croyais que c'était la musique du diable, mais en fait c'est une musique de victimes, le metal. Ce n'est pas Satan qui vous habite les mecs, c'est juste votre dépression. Et le hardcore français par pitié arrêtez tout. Vous êtes les pires. Oubliez vos poses de gangsters à la con, vos tatouages ratés et vos mauvais coups de pied de taekwondo dans la fosse. On est le pays du camembert et du couscous, Brooklyn c'est un peu loin. Ne vous fatiguez pas j'ai compris. Je vais rester avec les mecs de quartier et les revendeurs de drogues. Ils sont peut-être nuls en 2-step mais au moins ils ne se chient pas dessus à la moindre embrouille. Dommage j'ai failli y croire.

Un groupe de rap donc. Quand je dis groupe, disons qu'on s'est incrustés à cinq ou six dans des locaux de répétitions grâce à une connaissance du lycée et qu'après deux mercredis après-midi à enfumer la salle et postillonner à tour de rôle dans le micro il n'est resté que Clément et moi du crew qui devait initialement révolutionner le hip-hop. Au troisième simulacre de répétition, nous étions donc en duo quand quelqu'un s'est enfin décidé à venir frapper à la porte de notre local. Cela faisait bientôt un mois que nous venions sans autorisation et bien sûr sans payer, mais jusque-là personne ne nous avait dit quoi que ce soit. Les artistes se sentent toujours proches des mecs de quartier, surtout quand ils y restent. Le seul à avoir osé franchir la porte et nous demander ce que l'on foutait là, c'est Ben. En le voyant rentrer dans la salle, avec mon joint maladroitement dissimulé dans ma main, j'étais persuadé qu'il allait nous ordonner de nous barrer et surtout de ne plus jamais revenir. Il avait le physique pour. Mais pour une raison que je ne m'explique toujours pas aujourd'hui, ce fut tout le contraire. Il nous a juste demandé d'y aller mollo sur la fume et d'ouvrir l'aération. Il a pris un tabouret, s'est brièvement présenté et a voulu en savoir plus sur nous. Il était curieux et enthousiaste, je me demandais s'il était défoncé ou complètement débile. Qu'est-ce qui pouvait bien pousser un musicien professionnel installé à s'intéresser ne serait-ce qu'une seconde à l'embryon de bouillie musicale et textuelle que nous régurgitions tant bien que mal ? Mais Ben semblait voir au-delà des apparences et même plus loin, car il nous a proposé d'emblée de nous revoir rapidement pour commencer à répéter.

En sortant du local, j'avais le sentiment d'avoir remporté un Grammy Awards et signé un contrat à sept chiffres chez Universal. Nous allions tout défoncer. Les portes de la gloire et du show-bizness n'allaient pas résister bien longtemps à notre irrésistible ascension. Skyrock et le rap français pouvaient trembler. Ils allaient bientôt sentir la puissance des Grenoblois toutes ces tapettes ! Notre heure avait sonné. Ah ouais quand on allait s'y mettre ça allait faire mal ! Très mal ! Mais on ne s'y est pas mis. Ni le lendemain, ni dans la semaine et encore moins le mois d'après. On n'a strictement rien fait ou pas loin. Les musiciens que Ben a recrutés aux premières répétitions ont dû se demander ce qu'ils foutaient là, mais ça ne l'a pas découragé. Et ça ne nous a pas mis au boulot. Le hip-hop allait bientôt connaître une déflagration sans précédent mais on avait mieux à faire avant : acheter, consommer et revendre toutes sortes de drogues. À défaut de talent ça nous donnait un minimum de crédibilité.

Clients 1

Le deal m'a plus appris sur la nature humaine que n'auraient pu le faire tous les bouquins de psychologie de la Création.

Quand vous débutez dans le deal, les premières personnes à qui vous vendez ce sont vos proches. Pour grossir, il faut prendre le risque de vendre à des acheteurs que l'on ne connaît pas ou peu, mais au commencement vos clients sont souvent vos amis. Et dès la première transaction vos rapports seront à jamais bouleversés. Peu importe votre degré d'intimité ou la quantité de produit, à l'instant où l'un vend et l'autre achète les règles du jeu changent à tout jamais. Vendre à un proche c'est obligatoirement installer entre lui et vous un rapport marchand où se mêlent faux-semblants et intérêt. Aujourd'hui qui vient vous voir ? Qui prend le temps de vous appeler ? Qui insiste pour vous croiser même deux minutes ? Qui prend de vos nouvelles au milieu de nulle part en ce dimanche après-midi morne et pluvieux ? Votre ami ? Votre client ? Votre pote ? Un fumeur en manque ? Un plan cul tombé du ciel ou une fille dont le plan shit est tombé à l'eau ? Brasser c'est forcément établir des relations ambivalentes et multiples. On l'apprend souvent à ses dépens, en se brouillant avec un ami ou en le perdant pour toujours. Car peu importe les liens qui vous unissent un jour ou l'autre le bizness créera une tension, minime ou fatale. Parce que cette fois le produit n'était pas top ou carrément mauvais, pas assez bien servi ou pas arrivé en temps et en heure. Peut-être même qu'il n'y a pas eu de produit du tout et plus d'argent, car il y a eu de la carotte dans l'air et que tout le monde a perdu sa mise ou alors les flics ont débarqué et vous avez découvert que les plus beaux serments ne survivent pas longtemps quand il s'agit de sauver sa peau. Brasser c'est comprendre que l'amour et l'amitié avancent souvent masqués. C'est aussi apprendre à compartimenter. Faire le tri et faire des choix avec les autres comme avec soi-même.

Papa

Passé la stupeur, en y réfléchissant bien, tout cela présentait une certaine cohérence. Après tout qu'est-ce je connaissais de mon père ? Quelques fragments de vérité arrachés au fond d'un océan de mutisme. Ça laissait la place à quelques surprises.

Contrairement à moi, Bébé, lui, n'a aucune difficulté avec les filles. Bien au contraire il enquille les plans et les histoires et même depuis qu'il est officiellement en couple il ne se refuse jamais un extra. Hier soir, après avoir raccompagné Dora, il nous a laissés avec Sergio pour aller passer la nuit chez un de ses plans cul. On est en pleine semaine et il m'a demandé de lui servir d'alibi pour que sa mère le laisse découcher. Même si Bébé est majeur, depuis quelque temps, elle s'est soudainement mis en tête de lui rappeler qui commande à la maison. Officiellement il dort donc chez moi, la couverture s'applique également à Dora. Ma soirée elle s'est terminée une fois de plus de manière pathétique avec un tarpé et une branlette hygiénique devant un film érotique de seconde zone. Même pas foutu de choper un vrai porno. Lamentable.

Sept heures et demie le lendemain matin, j'émerge difficilement de mon lit après avoir relancé le réveil une dizaine de fois. Ma mère finit de se préparer pour partir au boulot. L'appartement, bercé par France Inter, baigne dans un brouillard de café filtre et de cigarettes chaudes. Certains ont leur enfance blottie au fin fond d'une photo de bord de mer et de château de sable, la mienne est tapie dans l'arabica bon marché, les Gauloises brunes et « Le téléphone sonne ». Les yeux encore collés par la dizaine de boulettes consumées la veille, je me traîne vers la salle de bains quand le téléphone retentit. Ma mère décroche et n'a pas le temps de prononcer un mot que son visage se ferme. Elle me fait signe et me tend le combiné.

– Tiens c'est pour toi...

Ma sœur est en pleurs et hurle à l'autre bout du fil.

– Salut Noémie ça va ? C'est super tôt là, qu'est-ce qui se passe ?

– C'est ton père ! Il est fou ! Il est FOU !!! Il m'a déposée en ville et là il vient chez toi. Il m'a dit qu'il allait te tuer ! Il est armé ! Il a un FLINGUE !!!

– Mon père ? Nono de quoi tu parles ? T'es sûre que ça va ?

– Mais je te dis qu'il arrive CHEZ TOI ! Depuis ce matin il est fou. Il n'arrête pas de gueuler. Il dit qu'il va te tuer. Il a un flingue, je te dis ! IL A UN FLINGUE !!!

– Nono ! Nono écoute-moi s'il te plaît. Calme-toi. Écoute je sais pas de quoi tu me parles, mais t'inquiète, ça va aller. Arrête de pleurer s'il te plaît. T'en fais pas va en cours. Ça va aller je te dis.

– Non ça va pas ! Il a un flingue ! Il a un FLINGUE !!!

Noémie se noie dans sa morve et ses larmes. Je réussis à la faire un peu redescendre et raccroche après m'être assuré qu'elle irait bien en cours. J'ai à peine le temps de commencer à raconter le coup de fil à ma mère que le téléphone sonne à nouveau. C'est mon père.

– Allô ?

– Oui c'est moi ! T'es chez ta mère là ? J'arrive ! Tu vas voir j'arrive !!!

– Salut pa' ça va ? Qu'est-ce qui se passe ?

– Qu'est-ce qui se passe ? Tu me demandes qu'est-ce qui se passe ?! MAIS TU SAIS TRÈS BIEN CE QUI SE PASSE !!! Mais t'inquiète j'arrive ! On va régler ça !

– Régler quoi ? Mais de quoi tu parles papa ?

– De quoi je parle ? DE QUOI JE PARLE ?!!! C'est qui Bébé hein ? C'est QUI ?! Y a sa mère qui m'a appelé hier soir et ben j'en ai appris des belles. Y paraît que tu dévergondes son fils ! Qu'il se drogue à cause de toi et que tu le fais traîner dans des histoires de merde ! Elle m'a tout raconté. Voilà ce qui se passe ! Mais t'inquiète j'arrive on va régler ça !

– La mère de Bébé ? C'est la mère de Bébé qui t'a appelé pour te raconter tout ça ? Et tu la crois ?

– Tu veux me dire qu'elle invente hein ? Tu veux me faire croire ça ?!

– Ben je sais pas à toi de me dire ! Tu crois ce que te dit une inconnue, mais pas ton fils ?!

– Moi je crois qu'elle n'invente rien ! Et tu vas m'expliquer tout ça. J'ARRIVE !!!!

Si Dora n'avait rien vu ou rien voulu voir, la mère de Bébé n'avait pas mordu à l'hameçon. Elle était trop méfiante pour se laisser berner aussi facilement. Il est vrai que d'arrestations en faits divers dans le journal, en passant par la découverte de quantités toujours plus importantes de shit dans la maison, ses fils ne l'avaient pas poussée à cultiver la confiance intrafamiliale. Cette histoire de soirée pyjama ne l'avait pas convaincue et elle avait appelé chez moi pour vérifier que son fils y était bien. Et par un beau hasard datant des PTT, la première personne dans l'annuaire avec le même nom de famille que moi c'était mon père. En partant du postulat que toute sonnerie de téléphone retentissant après le journal télévisé du soir déclenchait chez lui un état proche de la fission nucléaire, je n'ose pas imaginer sa réaction lorsque au milieu de la soirée, la mère de Bébé l'a appelé et s'est mise à déblatérer sur moi et comment j'entraînais son pauvre fils dans de sombres histoires de drogue et de deal qui le faisaient découcher et gâcher sa jeunesse.

Parce qu'au milieu du flot de hurlements et de menaces de mon père je comprends qu'elle m'a présenté comme la pire des racailles, responsable de tous les malheurs de son angelot de fils. Sympa la mère de Bébé. Très, très naïve ou alors complètement demeurée peut-être ? Mon cul ! Je commençais à bien la connaître. Elle avait sorti à mon père le couplet de la pauvre mère célibataire désemparée qui tente désespérément de préserver son fils du fracas du monde et des mauvaises fréquentations et il avait tout gobé. Certes il y avait beaucoup de vrai dans ce qu'elle disait. Elle avait juste préféré inverser les rôles et occulter l'essentiel, à savoir que son fils n'avait besoin de personne pour s'ouvrir le crâne et se remplir les poches. Il était même très doué pour le faire seul et encore plus pour embarquer les autres avec lui. La garce, je l'aurais giflée. Mais je savais que je n'aurais même pas besoin de me venger. Elle payait déjà et le savait mieux que quiconque. Sous ses grands airs et ses petites manières de bourgeoise au rabais, elle était en train de perdre pied. On peut toujours se voiler la face et tenter de masquer la débâcle, mais un jour ou l'autre la réalité vous rattrape et il faut vivre avec l'idée que vous avez tout foiré, que votre gosse vous échappe et qu'il ne faudra pas longtemps pour qu'il vous renie. La mère de Bébé restait une mère, même un petit peu. La sentence qui s'annonçait valait tous les crachats que j'aurais pu lui balancer à la gueule.

Au bout du fil mon père ne m'entend plus, il boucle en faisant résonner les parois de la cabine téléphonique. Je finis par poser la main sur le combiné et résume brièvement la situation à ma mère qui suivait la scène en enchaînant les clopes dans le couloir. Elle me fait signe de lui passer le téléphone. Elle salue brièvement mon père, lui explique le plus sereinement du monde que non, il ne va pas venir ici, en tout cas pas dans cet état. Que non, il ne va pas sortir son flingue parce que personne de sensé ne se balade avec un P38 dans Grenoble à 7 heures du matin pour aller régler ses comptes avec son fils. Que désormais il est l'heure d'aller au travail et que l'on va donc en rester là pour aujourd'hui. Elle lui souhaite une bonne journée et raccroche.

Ma mère m'avait sauvé de mon père et c'est l'heure qui me sauvait d'elle. Le boulot l'attendait, il n'y avait plus le temps pour entamer une discussion en forme d'interrogatoire. J'ai rarement quitté la maison aussi vite pour aller en cours. Et j'y suis vraiment allé. Toute la journée. Le soir même je retrouve Bébé pour débriefer. En rentrant chez lui il a eu droit à une scène mémorable, mais sa mère n'est pas allée jusqu'à le balancer à Dora. Elle en serait capable. De mon côté après avoir expliqué à ma mère les raisons qui avaient poussé son ex-mari à vouloir supprimer son fils, je décide de laisser faire le temps et de ne plus aller chez mon père jusqu'à nouvel ordre. Après deux mois sans nouvelles, sa fierté finit par s'effriter et c'est lui qui me recontacte. Une nouvelle fois ma mère sert d'intermédiaire et j'accepte de le revoir à condition que l'on puisse parler et s'expliquer avant d'envisager un quelconque séjour chez lui. Rendez-vous est pris un vendredi soir.

La Renault 19 est garée juste en bas de l'immeuble. Mon père sort tout juste du boulot. Ses traits burinés trahissent la fatigue de la semaine, enchaînement infernal de journées de travail et de chantiers au noir. J'ai beau être en position de force dans la négociation qui s'annonce, j'ai les yeux rivés sur mes chaussettes et le siège passager ne m'a jamais paru aussi raide. Je sais ce que ça lui coûte. De son temps, on n'aurait pas fait autant de manières.

– Salut pa' ça va ?

– Oui ça va, ça va. Et toi ?

– Oui, oui… Impec'.

– Bon on peut parler là ?

– Euh… Oui… Oui OK.

– OK ? Alors écoute. Ce que tu fais là, c'est de la merde. Les gars que tu vois, les gens que tu fréquentes, c'est de la merde. Ça va te mener nulle part. C'est pas une vie, t'as pas d'avenir là-dedans. Je connais l'histoire. Tu vas faire tes affaires, tu vas faire ton bizness, tu vas monter dans ce milieu, mais un jour voilà ce qui va se passer : le gars au-dessus de toi il va te demander de tuer quelqu'un. Pour tester ta loyauté, ta fidélité ou pour une autre raison à la con. Et là ça sera trop tard tu pourras plus revenir en arrière. Faudra que tu le fasses ou ça sera fini pour toi. Y aura pas d'échappatoire. C'est ça que tu veux ? C'est comme ça que tu veux finir ? Je te le dis, ce que tu fais en ce moment ça te dépasse, tu ne te rends pas compte. Les gars que tu vois, ils vont se faire chopper, ils sont surveillés. Les flics les ont pris en photo. Tes potes là y sont sur les photos. Ton pote Bébé il est sur les photos…

Et mon père de se lancer dans une description détaillée des déboires de Yacine avec les flics. Il n'était pas en train de me débiter une morale indigeste sur les dangers de la drogue et les périls de la rue. Il ne me chantait pas la fable des parents qui se rassurent comme ils peuvent en jouant sur la corde sensible et la peur du gendarme. Non il me décrivait point par point l'enquête en cours sur Yacine. Certaines infos qu'il avait recoupaient ce que j'entendais chaque semaine chez Steve. Il m'aurait mis sa main calleuse en pleine gueule que ça m'aurait moins choqué. Il y avait trop de similitudes entre ce qu'il me décrivait et ce que je savais pour que ce soit le fruit du hasard ou qu'il ait tout inventé. Certes mon père avait de nombreuses connaissances et dans sa famille les relations avec la loi avaient toujours été difficiles et complexes, mais là on était ailleurs, quelque part entre le mystique et le délirant.

– Donc tu fais comme tu veux. Moi je te dis ça c'est pour toi OK ? Laisse tomber, c'est une voie de garage, tu ne vas rien en tirer de bon de tout ça. Tu vas gâcher ta vie. Tu comprends ?

Mon père avait fini.

– Euuuuh… Oui… Ouais c'est bon.

– OK, bien. On peut y aller ?

– Oui. Euh… Oui, oui, d'accord. On y va.

J'étais incapable d'articuler quoi que ce soit et de toute façon il valait mieux que je la ferme. Qu'est-ce que je pouvais rajouter ou répondre à mon père qui semblait être plus au courant que moi de mes débuts dans le deal ? Pour exprimer quoi que ce soit il aurait déjà fallu être capable de penser et la scène à laquelle je venais d'assister annihilait toute tentative de réflexion. J'ai juste réussi à soutenir le regard quelques secondes. Pour mon père ça valait tous les discours. C'était déjà inespéré qu'il parle autant ; et qu'il ne dise rien à ma mère. Il a démarré la Renault 19, allumé la radio et nous sommes partis. La route s'est fait en silence jusqu'à chez lui. J'ai continué à la fermer, c'est ce que j'avais de mieux à faire.

Curieusement cet épisode a eu au moins le mérite de pacifier nos relations. Par contre on n'en a jamais reparlé, pas une seule fois et je n'ai jamais su comment il avait fait pour avoir ces infos. Et bien sûr je n'ai pas arrêté de brasser.

Pochon

La cocaïne, en tout cas celle qui arrive en masse chez nous, se présente la majeure partie du temps sous forme de pain de poudre compactée ou solidifiée. Pour le demi-gros on prélève simplement la quantité voulue sur le pain et on la place dans n'importe quel contenant un tant soit peu hermétique, mais pour confectionner les doses au détail on emploie une technique bien particulière. On pourrait se dire qu'il suffit d'utiliser les sachets Zip qui servent à conditionner la beuh ou le shit, mais ils ne sont pas adaptés aux poudres. Il a donc fallu inventer un nouveau prototype : le pochon.

Pour en fabriquer un, commencez par vous munir d'un sac plastique. Le plus basique fera l'affaire, blanc avec poignées comme ceux que l'on trouve chez les petits commerçants. Sur ce sac vous allez arracher ou découper un bout grossièrement circulaire d'environ 5 à 10 centimètres de diamètre. Après l'avoir ouvert et aplati, vous déposerez au centre la quantité de coke voulue, souvent 1 gramme pour du détail. Vu le faible poids d'un pochon de coke, vous allez avoir besoin d'une balance de précision à 0,1 ou 0,01 gramme. Si vous êtes vaguement honnête, vous effectuerez la tare de votre balance avec votre bout de sac plastique afin de proposer un pochon avec réellement 1 gramme de coke dedans. Mais le plus souvent c'est le combo pochon plastique + coke qui s'approche timidement du gramme. Une fois la coke déposée au centre de votre bout de plastique, il vous faudra délicatement replier les bords vers le haut afin de former une sorte de mini-baluchon ou « bombonne ». Vous n'aurez plus ensuite qu'à torsader la partie supérieure afin de créer une queue que vous chaufferez avec une flamme afin de faire fondre le plastique et de celer le tout. Vous obtiendrez alors votre pochon. Il existe une variante de cette technique appelée « képa », qui est une sorte de mini-enveloppe fabriquée par pliage à partir d'une feuille de papier, mais elle est principalement utilisée pour l'héroïne et, comme disent les mecs qui tapent 3 grammes de coke par jour : l'héro, c'est un truc de toxico.

C'est dans les caves de l'immeuble de Bébé que j'ai appris à faire mes premiers pochons. J'avais 18 ans et je n'avais même pas encore tapé ma première trace de coke.

Yann

Yacine est toujours libre. Il n'y a finalement eu ni arrestations ni descentes de police, pas même une garde à vue ; rien. Pour l'instant. Les rumeurs ont fini par se tasser et le quotidien a repris ses droits. Ma relation avec Bébé ne tourne plus qu'autour du bizness : on veut du shit, on cherche du shit, on prend du shit, on coupe du shit, on vend du shit, on fume du shit. La seule nouveauté dans ce désert de filtres marocains est qu'il commence à brasser de plus en plus régulièrement de petites quantités de coke et de taz. Cette routine couplée à son goût du pouvoir commence à me peser et je passe de plus en plus de temps chez Yann.

On s'est rencontrés lors des grèves lycéennes de 1998. Notre goût pour le reggae et la défonce nous a tous de suite rapprochés. Le reggae est passé de mode, mais la défonce est restée. Yann est une bonne caricature du rasta blanc : idéaliste par naïveté, non-violent par défaut, il est bercé par des rêves d'anarchie édulcorée et d'amour universel jetable. Inscrit en fac de psycho, il n'y est allé que deux semaines et envisage de se réorienter en socio l'année prochaine. Fan de shit et de spiritualité bon marché, il a connu l'illumination en lisant le *Manuel du guerrier de la lumière* et pense se rapprocher des sadhus en fumant 25 grammes de savonnette par semaine.

Comme si l'éveil se trouvait au fond d'une douille de tcherno grenoblois.

Yann est aussi fasciné par la zone et son studio est en permanence rempli de squatters en tout genre : punks à chien, étudiants à la dérive, clochards en devenir et teufeurs en redescente. Mais Yann est surtout attiré par les drogues au sens le plus large du terme. C'est avec lui que j'ai goûté mon premier buvard de LSD. Un Fat Freddy qu'il avait récupéré en remboursement d'un croum. Pour une première ce ne fut pas franchement l'extase. Le premier quart ne m'ayant fait aucun effet au bout d'une demi-heure, j'en avais repris un autre sans attendre et un troisième juste après. À 23 heures ne sentant toujours rien, j'étais rentré chez moi m'assommer au shit avec la mauvaise sensation que Yann s'était fait enfler. Monumentale erreur. Le carton est monté d'un coup. Incapable de gérer les effets décuplés par la fume je suis parti en bad trip total, seul, dans ma chambre avec ma mère qui dormait à côté. La nuit fut longue.

En plus de m'offrir une échappatoire aux bancs de l'immeuble de Bébé et un endroit au chaud pour traîner, Yann me fournit aussi de nouveaux plans pour choper du shit. Il prend le sien à Larissa, une trentenaire tétraplégique. Le deal est inclusif par nature. Larissa vit en rez-de-chaussée d'un logement social, dans un appart sordide plongé en permanence dans l'obscurité, au sol recouvert de bouteilles de Jenlain que son copain s'enfile à longueur de journée. La consigne est de ne jamais venir quand il est là. Pour s'assurer que la voie est libre quand on passe chercher son shit, il faut frapper trois fois aux volets éternellement baissés. Si personne ne répond, c'est que le mec de Larissa est dans les parages et il vaut mieux passer son chemin. Son handicap procure à Larissa la meilleure des couvertures et lui permet d'envoyer de sacrées quantités. Qui penserait à soupçonner une pauvre mère de famille handicapée se déplaçant en fauteuil électrique ? Et pour parfaire son camouflage quand elle doit se ravitailler chez son grossiste ou livrer son shit, elle embarque souvent sa fille sur ses genoux. On n'est jamais trop prudent. La petite justement est souvent là quand on passe prendre un bout. Les premiers temps, la vision de cette gamine à couettes en train de jouer à la Barbie au milieu des cadavres de bières pendant que sa mère découpe une savonnette sur la table de la cuisine m'a serré l'estomac. Mais la morale ne m'a pas étouffé trop longtemps, Larissa a le shit le moins cher de Grenoble. Pas le meilleur, loin de là, mais le moins cher ça c'est sûr. Ça vaut bien quelques arrangements avec sa conscience.

De nouveaux potes, de nouveaux plans… Bébé ne supporte pas ces infidélités et j'ai souvent droit à de longs discours sur la qualité de mon shit ou l'importance de la loyauté et de la fidélité. Venant d'un gars qui trompe sa femme comme on change de slip et escroque son propre frère, c'est sympa. Mais traîner avec Yann vaut bien quelques prises de tête et la perte de deux ou trois arrivages. Avec lui les niveaux de testostérone et de tension sont tellement bas par rapport à ce que je vis d'ordinaire que le bizness lui-même en devient presque doux. Quand je brasse dans son milieu, je fais figure d'épouvantail, on me craint et j'ai droit à tous les égards. C'est même moi que les filles visent en premier choix. C'est dire si on part de loin.

La douceur et la gentillesse de Yann sont des biens rares et précieux. Pourtant c'est un survivant. Violences, humiliations, insultes, coups, brûlures au fer à repasser… Ils ont eu droit à la totale. Leur mère les a massacrés lui et sa sœur. Et comme un bonheur n'arrive jamais seul, leur père ne s'est jamais réellement occupé d'eux et se borne à vérifier deux fois par an s'ils sont encore en vie. Cette enfance volée leur a laissé quelques cicatrices indélébiles dans le dos et une sensibilité à fleur de peau. Mais l'épaisse couche de shit derrière laquelle ils se réfugient ne masque pas toujours la tristesse infinie de leurs regards.

Légende

« La beuh c'est naturel man. Le shit c'est trafiqué. C'est coupé à la paraffine, au henné, à la merde de chameau et même au pneu. »

C'est la grande arlésienne du cannabis, la légende urbaine ultime du bédo : la coupe du shit. La mauvaise, voire très mauvaise qualité du tcherno associée au manque d'informations de l'époque a donné naissance à toutes sortes de mythes et fantasmes sur la fabrication du shit, sa constitution et ses éventuelles coupes. Croyances qui curieusement perdurent aujourd'hui malgré l'augmentation constante de la qualité du shit depuis vingt ans et la quantité infinie d'articles, de reportages et de vidéos désormais disponibles sur le sujet. Car s'il est facile de couper et retravailler en gros ou au détail des produits comme l'héroïne ou la cocaïne qui grosso modo se présentent aux consommateurs sous forme de poudre, il faut ne jamais avoir vu à quoi ressemble une ferme de production dans le Rif marocain, l'Hindou Kouch afghan ou la Bekaa libanaise pour imaginer qu'on y coupe le shit à grande échelle et surtout avec de la paraffine.

D'ailleurs on parle beaucoup de la coupe du shit, mais est-ce que quelqu'un l'a déjà pratiquée ou vue de ses yeux ? Car aujourd'hui on a des images de toutes les étapes de la fabrication et même des salles de presse où la poudre devient plaquette, mais personne n'a encore jamais apporté la preuve de la coupe. Où sont les vidéos des sacs de henné éventrés qu'on a vidés dans des marmites pour préparer la coupe ? Celles des pains de paraffine fraîchement déballés et stockés à proximité des étuves et des pétrins forcément de grandes tailles qui serviront à les fondre avec les trichomes ? On les attend toujours.

Moi je peux en parler, j'ai déjà vu des coupes à la paraffine. C'était l'œuvre de petits escrocs de troisième zone même pas brasseurs qui avaient maladroitement concocté ça dans la cuisine de leur mère sur une barrette rachitique avec laquelle ils espéraient attraper un pigeon et qui devant l'horreur du résultat ont compris d'eux-mêmes que ça ne mènerait nulle part.

Le shit c'est simplement la résine des plants de cannabis qui a été récoltée et pressée. Dans les pays producteurs, il existe traditionnellement deux techniques de fabrication. La première, sûrement la plus ancienne, est unique et donne ce que l'on appelle le charas. Pour le fabriquer on récolte la résine en frottant directement ses mains sur la plante de cannabis fraîche encore vivante. La résine va alors se déposer petit à petit sur les paumes qu'il suffira ensuite de frotter l'une contre l'autre pour la détacher et façonner un morceau de shit. La seconde technique se fait par tamisage. Une fois les plants de cannabis arrivés à maturité on les coupe et les met à sécher. Ils sont ensuite passés et agités sur des tamis pour détacher et récolter les glandes de résine. On obtient alors une sorte de poudre qu'il faut presser avec une source de chaleur pour obtenir du shit. C'est cette étape de la poudre qui a donné naissance aux mythes de la coupe. Mais là encore la réalité est plus simple. Dans des régions agricoles sous-développées où l'électricité et l'eau potable sont un luxe inabordable pour le commun des mortels, personne n'a encore pensé que ça serait une bonne idée de mettre en place des installations et des moyens quasi industriels pour effectuer la coupe des centaines de tonnes produites chaque année. Le shit, comme n'importe quel produit agricole, est tout simplement de qualité variable et cela dépend d'un grand nombre de facteurs : génétique, météo, récolte, transformation…

Alors non, ton 40 euros de merde n'est pas coupé au pneu, au henné, à la para ou je ne sais quoi d'autre. Pas de chance, il est juste mauvais.

Bac(k)

Ils sont tous là. Assis sagement en rang d'oignon sur le canapé, sirotant leur coupe de champagne du bout des lèvres, les cheveux en bataille, car ils ont pour une fois daigné ôter leur casquette. Ils disent oui à tout, ils ne refusent rien : « Encore un peu de chips ? Oui avec plaisir », « Allez reprend un Tuc il en reste plein. C'est gentil merci. » Ils sont doux, ils sont polis, ils sont parfaits ; malgré les Lacoste, Nike et Reebok qui jurent au milieu des napperons en dentelle et de la vaisselle du dimanche. Elle n'est écrite nulle part mais c'est la règle sacrée. On peut être la pire des racailles, n'en avoir rien à foutre de rien ni de personne, enchaîner les crimes et les délits, commettre les pires atrocités ou simplement être un sale petit con, mais devant les parents et surtout devant les mères on se tient. On ne bouge pas une oreille, on la ferme et on se tient. C'est comme ça. Ils ont donc tous répondu à l'invitation et ils sont venus pour fêter le miracle.

Mon année de terminale est une gigantesque ellipse. En dehors de ma rencontre avec Ben le musicien, je n'ai aucun souvenir précis depuis la fin de ma convalescence suite à mon lynchage jusqu'au bac. Presque six mois de blanc quasi immaculé. Il ne me reste que quelques flashs et bribes d'images dont je ne sais s'ils sont vrais ou inventés par ma mémoire pour combler les vides. J'avais pourtant pris la décision d'arrêter de fumer le matin pour au moins me souvenir de la matière étudiée en sortant de cours, mais cela n'a apparemment pas suffi. Mon dossier scolaire confirme que j'ai, je cite, « déserté » le lycée à partir du mois de mars. J'imagine que je devais traîner ici ou là, glander, évidemment brasser du shit, mais il ne m'en reste rien. Ceux qui ont noyé leur adolescence dans la fume connaissent bien ces amnésies au long cours. La jeunesse est un naufrage.

Néanmoins je ne restais qu'un petit brasseur encore sensible à quelques stimuli reptiliens comme l'amour maternel, la peur de l'avenir et le fantasme d'une vie rangée. Et soyons honnête j'avais réussi, difficilement, mais réussi quand même, à aller jusqu'en terminale, je faisais donc partie d'une caste de privilégiés. Les vrais éclopés se font faucher dès le collège et la voie de garage qu'on leur réserve ne franchit jamais la grille d'un lycée. J'étais aussi trop vaniteux pour terminer ma scolarité sur un échec et donner raison à ceux qui prédisaient ma chute depuis tant d'années. J'ai donc décidé de passer le bac.

Pour rassurer ma mère et lui faire croire que je révise, je reste enfermé dans ma chambre pendant les trois semaines précédant l'examen. C'est vraiment parce que je l'aime. Je n'ai strictement rien produit de scolaire depuis le collège et il serait totalement illusoire d'espérer combler un retard en forme d'abysse. Et effectivement je ne fais rien. Je passe le plus clair de mon temps affalé sur mon lit ou à fumer à la fenêtre. J'entrouvre parfois un livre ou un classeur, mais le repose aussitôt. Rien de ce que je lis ne fait sens ou s'imprime en moi. Mathématiques, lettres, histoire, philosophie, biologie… Peu importe la matière, les cours sont devenus une langue inconnue que je suis incapable de déchiffrer. Tout se brouille et se confond jusqu'à devenir un monolithe totalement hermétique. Je reste donc interdit devant ce bloc de connaissance morte et m'enfume plus que de raison. C'est en marchant que c'est arrivé. Le corps a souvent une longueur d'avance.

Après dix jours de vide intersidéral, au bout de l'ennui, je m'étais décidé à étaler mes livres et cahiers au sol. Je les avais disposés sans aucune logique et les feuilletais au hasard tournant épisodiquement les pages avec le bout de mon pied. Peut-être qu'à force de les contempler d'en haut j'en tirerais quelque chose, une image, un souvenir. Spliff à la main, j'errais donc à petits pas dans ma chambre, slalomant entre les ouvrages, quand je l'ai senti. Il m'a fallu quelques minutes pour le faire remonter et le distinguer clairement. Je n'ai pas réussi à le transformer entièrement en pensée, c'est resté à l'état physique, mais c'était une évidence : j'avais trouvé la faille.

Je l'ai vu. Le flux qui irriguait toutes les matières. Le fil rouge qui les reliait entre elles et révélait la logique planquée derrière toute cette comédie. C'était comme si le niveau moyen, le fond minimum et la forme acceptable étaient remontés à la surface et flottaient au-dessus des bouquins et des feuilles de cours étalés au sol. Et cela n'avait rien à voir avec le bédo. Je fumais beaucoup trop et depuis bien trop longtemps pour espérer avoir le début d'une hallucination en cramant mon tarpé. Non c'était là devant moi, la preuve que le bac n'avait rien à voir avec le par cœur ou la régurgitation de leçons. La vérité était ailleurs et je l'avais percée à jour. Et c'était somme toute assez logique. Personne ne pouvait emmagasiner et ressortir une telle somme d'informations : les noms, les dates, les lieux, les formules, les cartes et les textes ; les frises, les équations, les inconnues et les poèmes ; les auteurs, les graphiques, les évènements et les théorèmes… c'était impossible même pour les intellos du premier rang. On ne pouvait décemment pas attendre ça de gamins de 18 ans débordant d'hormones et de sébum. Pas quand on maintient artificiellement quatre-vingts pour cent de réussite au bac depuis plus de trente ans.

Ce que j'avais « vu » n'était qu'une sensation, mais j'en avais la certitude : il me suffisait de me raccrocher à elle pour être sauvé. Dit comme ça c'est pathétique. On dirait un mauvais tuto new age mâtiné de sophrologie pour les nuls et pourtant c'est précisément ce que j'ai fait lors des examens. Bien sûr, dans certaines matières on ne pouvait espérer quoi que ce soit, mais dans toutes les autres ça a marché. Je l'ai laissé guider mon stylo et j'ai eu mon bac, au rattrapage, mais je l'ai eu. Les réactions ont été à la hauteur du hold-up. Ma prof principale a été ravagée par une crise de nerfs en public, mes potes ne m'ont pas cru et ma mère a douté.

Le jour de la petite sauterie organisée pour célébrer l'obtention du précieux sésame, profitant d'un aller-retour en cuisine pour refaire le plein de cacahuètes, elle m'a bloqué à l'entrée de la cuisine. Une éternelle clope à la main, elle m'a fixé de ses petits yeux noirs comme si elle cherchait à se frayer un chemin en moi pour y retrouver son enfant et avoir enfin accès à sa vérité.

– Comment t'as fait ?

– Comment j'ai fait quoi ?

– Pour l'avoir, le bac. Je ne suis pas complètement conne quand même, je sais bien que t'as rien foutu. Alors comment t'as fait ?

– J'sais pas. J'peux pas t'expliquer, mais je te jure que je n'ai pas triché.

– T'as pas triché ?

– Non je te jure.

– Promis ?

– Promis.

Elle m'a souri tendrement et on en est restés là. Ma mère me croyait sur parole. D'ailleurs je ne lui mentais jamais. Je ne lui disais pas tout, c'est différent.

Le bac en poche je pensais être enfin débarrassé de tout lien avec le système scolaire, mais j'avais un peu naïvement sous-estimé la réalité des angoisses parentales. On vend aux lycéens le bac comme une sorte de Graal, d'Everest, qui une fois conquis les sauvera des eaux et assurera leur avenir. Mais arrivé au sommet, rien ne change. Non, ça continue, en pire. Car maintenant il faut trouver sa voie, décider d'une orientation, on ne peut plus se laisser porter, on vous somme de faire un choix. Vaste programme quand depuis des années vous passez de classe en classe sur un malentendu ou parce que les profs veulent se débarrasser de vous et que votre seul projet est de tout faire pour ne pas finir comme ceux qui vous conseillent. Donc, après avoir donné l'illusion à mes parents que j'avais étudié quelques pistes lorsqu'un IUT dont je ne connaissais même pas le nom a refusé mon dossier, j'ai fait comme tous ceux qui ne savent pas quoi faire de leur avenir : je me suis inscrit à la fac.

Bac(k) 2

Mais avant ça je devais trouver 5 000 francs.

Lassé de notre inertie, Ben le musicien nous avait proposé l'ultimatum suivant : il voulait bien s'occuper de la musique, trouver les musiciens, organiser les répétitions, mettre à disposition son local et attendre en vain qu'on produise un texte potable ; mais en contrepartie et en gage de notre investissement, il nous demandait d'acheter une sono pour pouvoir répéter dans de bonnes conditions. C'était une logique pour le moins surprenante, mais j'étais OK et Clément aussi. Ça nous permettait de gagner un peu de temps et de crédit.

L'achat de cette sono maquillait notre fainéantise à moindres frais. C'était toujours plus facile de claquer du fric que de se mettre à bosser. Et puis sans trop savoir pourquoi je sentais qu'il ne fallait pas que je lâche tout de suite cette opportunité. Ce que je brassais me permettant tout juste de couvrir ma consommation de shit et ma famille ne pouvant m'aider, il ne me restait qu'une seule option pour financer cette sono : travailler. Un mot que j'évitais depuis tant d'années. Pendant les vacances d'été en plus. À 18 ans et sans expérience, je n'avais pas beaucoup d'options : c'était le chantier ou la restauration. Pour avoir tâté une fois ou deux de la pelle et de la brouette avec mon père j'ai vite abandonné l'idée du chantier.

Callahan avait gardé de bons rapports avec son ancien patron, un des plus gros restaurateurs de Grenoble qui avait plusieurs établissements dans l'agglomération et il a bien voulu passer un coup de fil pour moi. Le lendemain matin j'avais un entretien d'embauche. Vingt minutes après avoir passé la porte d'entrée j'avais le job. J'étais « back ». Le restaurant, directement inspiré des usines à bouffe américaines, était tellement grand qu'on avait créé de nouveaux types de postes. Les « back » récupéraient en cuisine les plats de plusieurs tables sur d'énormes plateaux pour aller les déposer en salle aux serveurs. Sur le retour ils embarquaient la vaisselle pour l'amener à la plonge puis rechargeaient leurs plateaux en cuisine et ainsi de suite. Un travail de manard ne requérant aucune qualification si ce n'est celle d'être prêt à se faire exploiter pour toucher le SMIC hôtelier.

Me voilà donc à 11 h 15 au repas du personnel pris avant le service. Ce n'est pas exactement l'image que je m'étais faite du monde du travail. L'ambiance se rapproche de celle d'un troupeau de bovins attendant l'ouverture de l'abattoir. C'est tout juste si mes nouveaux collègues remarquent ma présence. Le silence est seulement troublé par les bruits de mastication et les échanges se limitent au transfert de la corbeille de pain, à la position du sel ou au partage de la carafe d'eau. Les cuistots ont des airs de vieux taulards fatigués ou de SEGPA tout juste sortis d'un IME. Les serveurs s'en sortent à peine mieux et le seul qui s'intéresse à moi est un homo surexcité qui me dévisage fébrilement du coin de l'œil en chuchotant à l'oreille de sa voisine de table. Les seuls éléments qui donnent corps au groupe et déclenchent un embryon de vie sociale sont le café et les clopes consommés au-delà de l'excès.

Midi, les premiers clients arrivent. Seize heures, la sensation de m'être fait rouler dessus par un semi-remorque. Le service est un tsunami ininterrompu de hurlements en cuisine, de courses en salle, de clients pressés et de vaisselle branlante. J'ai à peine le temps de rentrer chez moi prendre une douche qu'il faut repartir pour le service du soir. Ma première journée s'apparente plus à un viol qu'à un essai. Le lendemain, perclus de courbatures, je suis obligé d'emprunter une paire de chaussures d'une pointure de plus que les miennes pour y glisser mes pieds couverts d'ampoules ensanglantées. Les jours qui suivent ne sont guère plus probants et les cuisiniers font déjà des paris sur la date exacte de mon abandon. Ma mère elle-même a du mal à cacher son scepticisme. Mais contre toute attente je réussis à m'accrocher et même mieux, car ma période d'essai se transforme en CDD.

J'ai été le premier surpris par ce soudain et très inattendu goût de l'effort. Le besoin de cash ne pouvait pas tout expliquer. Mais j'ai rapidement mis au jour ce qui se cachait derrière ce mystérieux intérêt pour ces montagnes de déchets alimentaires. La restauration c'est une drogue. Les coups de feu, le stress, l'adrénaline, les montées, les descentes ; je ne pouvais qu'aimer ça. Les services, on y prend vite goût, ça accroche comme un prod et on y devient rapidement dépendant. Combien j'en ai vu te répéter jour après jour qu'ils allaient bientôt se barrer ? Et que j'ai retrouvé des années après fidèles au poste. Mais le boulot ne comblait pas seulement la perversité de mes récepteurs gaba. Le binôme que je finis par former avec le serveur gay fan de Mylène Farmer est l'un des plus appréciés du restaurant et m'assure de confortables pourboires. Christelle a le plus beau cul de toute la création et Hamza le meilleur shit du centre-ville. Porté par la naïveté et l'euphorie d'un premier job, je ne vois pas filer l'été et amasse suffisamment d'argent pour continuer l'aventure avec Ben et prolonger mon sursis.

Bon sens

« Mais ils sont où les parents ?! Hein ? Qu'est-ce qu'ils font sérieux ? Tu ne vas pas me dire quand même ! Comment ça se fait que les merdeux y traînent dehors comme ça ? Y peuvent pas s'en occuper un peu ? Et après on s'étonne qu'ils fassent des conneries ! »

Les parents ? Ils se débattent. Ils essaient de garder la tête hors de l'eau. Au moins le nez, histoire d'éviter la noyade.

Les parents ? Ils ne sont souvent plus qu'*un* parent. Parce que leur couple a explosé. Parce qu'ils n'ont pas misé sur la bonne personne, la bonne histoire ou parce qu'il n'y a pas forcément besoin d'amour pour faire un mariage et encore moins un enfant.

Les parents ? C'est souvent des mères. Parce que les hommes sont partis. Ils avaient mieux à faire que de torcher le cul de leurs mioches. C'est sérieux les hommes, ça a des trucs importants à accomplir. Et puis ils font avec ce qu'ils ont les hommes. Ce qu'ils ont reçu, ce qu'on leur a laissé. Pas grand-chose et souvent un peu moins.

Les parents ? Ils bossent. Ils se tuent à la tâche parce qu'il faut bien remplir le frigo et finir le mois et quand bien même l'argent est là, le montant du salaire n'est jamais une garantie de réussite pour sa descendance. En tout cas ça ne la protège pas de tous les pièges.

Les parents ? Ils aiment. Mais si l'amour sauvait de tout, ça se saurait.

Les parents ? Ils éduquent. Mais qu'est-ce que ça vaut les consignes, les règles et les interdits face au réel ?

Les parents ? Ils voient le temps leur échapper et leur gosse pousser trop vite. Alors ils accompagnent comme ils peuvent, de loin, car leur marmot veut de moins en moins qu'on l'approche.

Les parents ? Ils ne savent pas tout, mais ils ne sont pas cons. Ils se doutent bien de ce qui se passe dehors. Mais qu'est-ce qu'ils peuvent faire ? Cloîtrer leur enfant ? L'attacher ? Et comment ils font ça maintenant qu'il fait une tête de plus qu'eux ? Alors ils creusent leur ulcère et attendent désespérément le bruit de la clé dans la porte pour s'endormir.

Les parents ? Ils reconnaissent bien les gueules de bois, ils en ont des pires. Ils sentent bien les odeurs âcres de cendriers froids. Et la tentation est grande d'aller fouiller la chambre et violer le sanctuaire. Mais pour découvrir quoi ? Ce qu'ils savaient déjà ou qu'ils viennent de perdre les derniers liens de confiance qui les connectaient encore à leur gamin ?

Les parents ? Ils voient bien les regards s'assombrir et parfois s'éteindre. La mélancolie s'imposer et la déprime gagner du terrain. Ils combattent la leur depuis si longtemps.

Les parents ? Ils font des erreurs et parfois même ils ont tout raté et aujourd'hui il est trop tard. Alors ils sauvent ce qui peut encore l'être.

Alors les parents, ils font comme tout le monde. Ils font comme ils peuvent.

Tonton

Le secret du « suco », de la sauce tomate pour les pâtes, c'est l'eau. Pas la marque de la passata, ni les oignons, le sucre, ou le type de récipient ; non c'est l'eau. Plus la sauce en perd en mijotant plus l'acidité va disparaître et les saveurs se concentrer. Ce n'est pas la peine de la faire bouillir pendant huit heures le nez au-dessus de la casserole pour vérifier qu'elle n'accroche pas. Une sauce pour six personnes peut être prête en moins de deux heures. Bien sûr il faut que ça mijote un minimum, notamment dans le cas d'un suco à la viande où les temps de cuisson peuvent s'allonger. Mais la tomate étant composée à quatre-vingt-quinze pour cent d'eau, il faut la laisser petit à petit s'évaporer et ne surtout pas en rajouter au risque d'apporter encore plus d'acidité. Un suco est bon quand il est concentré. On assaisonne, on goûte et on vise le moment où la proportion d'eau a suffisamment baissé pour laisser la sauce exprimer tout son potentiel. Et surtout on n'en rajoute pas !

Je ne connais pas ma famille. Par mon père je suis d'origine sicilienne, mais en dehors des pâtes, du foot et des insultes en italien, je ne sais rien de ma culture. Il n'en parle quasiment jamais. C'est un tabou que lui seul lève de temps à autre et il faut saisir sa chance quand la cicatrice s'ouvre pour choper au vol quelques lambeaux. Depuis tout jeune donc, une légère schizophrénie aux saveurs de basilic m'accompagne.

Selon mon père nous sommes de bons Français mais selon l'humeur parfois aussi Siciliens. C'est lui qui fixe les limites à géométrie variable de nos appartenances. Il a veillé à ce que mon frère et moi ayons des prénoms français, il s'est toujours refusé à nous apprendre la langue et malgré de nombreux séjours en Italie il n'a jamais remis les pieds en Sicile. Mais le jour où à 7 ans, j'ai osé demander à couper mes spaghettis, car ma fourchette crissait de manière insupportable dans ma grosse cuillère quand je les roulais, le repas a basculé en drame familial. La raison de cette omerta, en dehors du traumatisme de l'exil, c'est que comme tout bon Sicilien qui se respecte mon père est fâché avec sa famille. Fâché comme un Sicilien, c'est-à-dire qu'officiellement il ne voit personne, mais la famille étant chez eux la matrice qui régente et définit toute votre vie et à laquelle vous ne pouvez échapper, il reste en contact avec certains. On ne sait jamais lesquels, car cela change au gré des brouilles et réconciliations. Il nous emmène donc parfois à des baptêmes, des mariages et des enterrements, où l'on ne connaît personne, excepté quelques visages familiers et nos cousins avec lesquels nous avons interdiction d'aller jouer. Mon frère et moi passons ces interminables journées assis à table dans nos vêtements du dimanche, pendant que mon père enchaîne les discussions et conciliabules en sicilien avec une foule de gens venus le saluer comme s'il était Dieu en personne.

Même si, dans son infinie bonté, ma mère avait tenté après le divorce de garder des liens avec son ex-belle-famille, j'avais donc depuis mon plus jeune âge été privé d'un pan entier de mon histoire. Et c'était sûrement mieux comme ça. Je préférais encore vivre avec ce manque plutôt que de ressembler à ces trous du cul qui paradent dans Grenoble. Tous ces connards avec leurs cheveux gominés, leurs chaussures brillantes et leurs Sicile en pendentifs. Ceux qui se veulent plus rital que les Ritals eux-mêmes, qui te parlent « du pays » comme s'ils venaient de débarquer du bled alors que leurs parents sont nés ici et que leur grand-mère est arrivée en France il y a soixante ans. Tous ces frustrés en mal d'identité, complexés par les Maghrébins qui les ont remplacés dans les quartiers délabrés de Grenoble et qui peuvent enfin eux aussi revendiquer un minimum leur culture. Maghrébins dont ils parlent en se bouchant le nez d'ailleurs. Car si vous voulez goûter au vrai racisme primaire, bien gras et bas du front, ce n'est pas chez les Français de souche qu'il faut aller, non c'est dans un repas de famille sicilien, là vous en aurez pour votre argent. Il n'y a pas plus raciste que les fils d'immigrés.

Je m'étais donc toujours considéré comme français et même si mon bronzage naturel détonnait sur les photos de classe ou de cousinades, cela ne m'avait jamais posé un quelconque problème. J'avais poussé guidé par Raymond Devos, le gigot/flageolets et Jean-Pierre Papin et c'était très bien comme ça. De toute façon on m'avait toujours pris pour un Arabe, alors l'Italie… C'est Tonton, un des frères de mon père, qui m'a reconnecté à mes racines, toutes mes racines. Je l'ai rencontré à un mariage peu après mes 18 ans. Je dis rencontré car la dernière fois que je l'avais vu je devais avoir 6 ans et n'en avais gardé aucun souvenir.

La ponctualité étant une vertu cardinale pour ma mère nous étions arrivés vingt bonnes minutes en avance pour la cérémonie civile et je faisais les cent pas devant la mairie, cintré dans le costard amidonné que je ne portais que pour les mariages et les enterrements, quand un type sapé comme Sam « Ace » Rothstein a surgi de nulle part et s'est arrêté à ma hauteur. Mon absence de réaction a immédiatement entraîné une réaction.

– Eh ! Tu me dis pas bonjour ?

– Pardon ?

– Tu me dis pas bonjour ?

– Ben je sais pas, vous êtes qui ?

Tonton a posé sa main et sa chevalière sur mon épaule.

– Comme ça tu sais pas qui je suis ?

– Non je sais pas qui vous êtes…

– Tu sais pas ?!

– Non, désolé.

L'œil de Tonton s'est assombri.

– Tu sais vraiment pas qui je suis ?

– Non vraiment pas.

– OK c'est pas grave. Écoute, je suis Tonton, un de tes oncles. On se voit tout à l'heure. Il faut qu'on parle. OK ?

– Euh oui OK. Pas de soucis, on se voit tout à l'heure.

Le mariage était superbe, débordant de bouffe, de bruits et de couleurs criardes. Chez les Siciliens comme chez beaucoup de Méditerranéens on voit toujours ça en grand, même un peu en gros, mais au moins on s'en souvient toujours. Après la pièce montée, le DJ a joué la sécurité. Aux premières notes d'« On va s'aimer » la piste s'est remplie instantanément. Tonton n'était pas du genre à danser. Il m'a invité à sa table en compagnie de quelques bouteilles de Jack Daniel's. Je m'attendais à parler foot et à disserter jusqu'au bout de la nuit sur le dernier mercato mais on a commencé à remonter le fil de l'histoire familiale et j'en ai plus appris sur mes origines en une soirée trop arrosée que pendant près de deux décennies. Mon père ayant pour une fois maintenu des contacts prolongés avec les siens à l'issue du mariage, c'est devenu notre rituel. À chaque réunion de famille, quand Tonton était attablé pour jouer à la scopa ou en cuisine pour cuir les polpette, je n'étais jamais loin, profitant de mon rôle d'assistant ou de barman attitré pour voler des bribes de conversation et recueillir des confidences.

Même s'il n'était pas né en Sicile, Tonton était celui qui maîtrisait le mieux les arcanes de l'arbre généalogique semé d'embûches et de cadavres dans les placards de ma famille. Quoiqu'on fût plus proche de la fosse commune ou du charnier tant l'émigration avait laissé des traces. Mais malgré des niveaux de bruit et de tensions qui explosaient tout ce que j'avais connu auparavant, les retrouvailles étaient délicieuses. Découvrir sa famille même sur le tard, c'est comme retourner à l'état fœtal. On flotte, à l'abri et au chaud, bercé dans un ventre nourricier. Et si en plus il y a des cannoli en dessert, l'extase n'est pas loin. Mais au-delà du plaisir de retrouver les miens, au-delà des valeurs, de la langue, de la cuisine et de la Juventus de Turin, au-delà du respect, des pasta al forno et de l'impanata, comme la dernière pièce d'un puzzle venant s'emboîter à la perfection il y avait ce qui expliquait tout ou presque.

Grâce à Tonton j'ai enfin su ce qu'il y avait derrière la légende, les silences et zones d'ombre que j'avais décelés depuis mon plus jeune âge et cela tenait en un seul mot : bizness. Pour comprendre le reste, il fallait comprendre le bizness. Et effectivement, une fois affranchi, j'ai compris. Compris pourquoi on surnommait mon grand-oncle « Don Corleone » alors qu'officiellement il avait une entreprise de BTP. Pourquoi sa maison était si grande et pourquoi il y avait à l'intérieur des aquariums encastrés dans les murs, un véritable bar en sous-sol avec billard américain et distributeur de cacahuètes et deux énormes escaliers parallèles dans son hall. « Un pour monter et un pour descendre ! » C'est ce qu'il me répondait gamin quand je lui demandais pourquoi il avait mis deux escaliers au même endroit. Et j'ai aussi compris pourquoi ses enfants ne s'étaient pas déplacés pour sa mise en bière. J'ai compris pourquoi on ne voyait jamais mon cousin Tony, pourquoi son frère avait un aussi grand restaurant et pourquoi la plupart de ses serveurs servaient aussi mal et ne parlaient pas français. Et j'ai aussi compris pourquoi Tonton y travaillait et pourquoi il payait toujours en espèces. J'ai compris pourquoi mon père avait braqué au P38 le gars qui avait volé le sac de ma mère quand ils se sont rencontrés. Et j'ai aussi compris pourquoi elle lui avait demandé de s'en débarrasser quand elle avait trouvé des armes cachées au fond d'un tiroir dans leur premier appartement. J'ai compris les costumes, les Mercedes et les bagues des anciens. J'ai compris les garages, les bars et les chantiers ; les non-dits, les regards et les secrets. Et j'ai aussi compris pourquoi on me glissait souvent à voix basse : « Tu sais ton père ça aurait pu être quelqu'un. »

Alors c'était quoi tout ça, la Mafia ? Non, la Mafia c'est un conte pour grands enfants. La Mafia ça fait de jolis films et de bons bouquins, mais ça ne dit rien de ce qui se passe en coulisses. Non, le seul terme qui convienne c'est « bizness ». Et le bizness c'était quelque chose dans ma famille. Peu importe l'activité, la marchandise ou le besoin, il y avait toujours un moyen de s'arranger et de faire ce pas de côté qui allait le régler, le problème. Il te fallait un job, une nouvelle voiture, creuser les fondations de ta maison ? Il fallait remplir ta cave pour l'apéro ? Ta femme voulait changer de cuisine, de meubles, de parfum ? Ton gosse voulait des billets pour aller voir le match au stade, mais c'était complet ? Un de tes potes avait déconné et il avait besoin de se faire un peu oublier ? Le collègue à qui tu avais prêté de l'argent il y a six mois faisait le mort ? Tu avais besoin de faire un billet rapidement ? Il y avait toujours une solution. La seule chose à retenir c'est qu'il y avait ce que tu voulais, le meilleur moyen de l'obtenir, et ton honneur basta. Le reste c'était de la littérature.

Ces révélations en forme d'aveux et de rite initiatique ont glissé en moi comme j'engloutissais une troisième part de cassata à la fin d'un repas de Noël à rallonge. Rien ne m'est resté sur l'estomac, au contraire j'ai accueilli cela de la même manière que j'avais renoué avec ma famille : j'étais de retour à la maison. Au fond c'est comme si je l'avais toujours su. Les gosses se jouent toujours des secrets des adultes. Une seule énigme perdurait, mon père. Bien qu'il en soit un des personnages centraux, la déclassification à la nouvelle génération des archives familiales ne l'avait pas fait bouger d'un pouce. Il n'en avait jamais parlé, il n'en parlait pas et il n'en parlerait pas. Callahan et mes cousins avaient également été mis au parfum, mais la révélation ou plutôt la confirmation de ce que nous pressentions depuis tant d'années n'a pas eu le même impact. Pour eux tout cela était un peu abstrait, lointain et vaguement exotique. Pour moi c'était fondamental. Et même si je ne m'étais jamais cherché d'excuses, à présent j'en avais une en béton.

Alors oui je vous vois venir : Clément, papa, Tonton ; les signes, le destin, le karma… pourquoi pas les constellations familiales pendant qu'on y est ? Je vous en prie, épargnons-nous ces bondieuseries pour petit chose et avançons si vous le voulez bien.

Police

On en était encore à la préhistoire. Le temps des commissariats de quartier, des bras de chemise en scooter 50 cm^3 Peugeot et des débuts de la BAC. On connaissait le prénom des « inspés » et les plaques de leurs bagnoles, en même temps il n'y en avait que deux qui tournaient dans tout Grenoble. J'ai vécu les contrôles où le seul bronzé est le seul à finir en chaussettes dans le parc. Les mains qui tâtent sans pudeur et les descentes trop musclées. Les voisins que l'on vient cueillir pour deux savonnettes sous les yeux de leur mère comme s'ils étaient les nouveaux Mesrine et le gendarme de campagne qui panique et te met en joue en tremblant sur la place de l'église. J'ai connu les écarts, les bavures, les émeutes, les barricades et les commissariats en feu. La proximité ce n'est pas forcément la paix.

Les flics, les schmitts, les lardus, les condés, les bleus, les schtars, les kisdés, Babylone… C'est la première question qui sort de la bouche des non-brasseurs : « Et la police ?! Hein ? Et la police alors ?! » Comme si à l'instant où vous vendiez votre premier bout de 5, vous étiez immédiatement repéré, surveillé et traqué. Oui la police c'est l'une des peurs du brasseur, mais rarement la première. On craint bien plus les embrouilles et les carottes et on sait que la taule n'est une option qu'à partir d'une quantité respectable. On ne finit pas en promenade pour une demi-save, aussi bon le shit soit-il. Mais les flics, c'est l'arrestation. Et l'arrestation, dans l'immense majorité des cas, c'est la révélation, la découverte par l'entourage et la famille. C'est par la police qu'arrivent le déshonneur, la honte et l'opprobre. Alors elle reste l'ennemie, mais une ennemie à la fois proche et lointaine. Une présence familière, quotidienne, parfaitement intégrée au paysage, mais un risque plus qu'un danger. La peur du gendarme n'a jamais empêché qui que ce soit de se lancer dans le bizness ; au contraire.

Lilith

Le deal est un milieu masculin qui pue la testostérone et transpire la virilité. Les femmes, même celles des gros dealers, restent toujours cantonnées en périphérie du bizness et si elles sont invitées à y participer c'est pour assurer des tâches secondaires ou jouer les petites mains. En dehors des légendes comme Griselda Blanco et des toxicos qui revendent quelques doses pour assurer leur consommation, le deal reste donc une affaire d'homme, c'est un fait. Sauf pour Lilith.

C'est grâce à Clément que je l'ai connue. Ils s'étaient rencontrés au lycée professionnel où il avait atterri après avoir quitté le bahut. Lilith lui avait tout de suite tapé dans l'œil. Ce n'est pas courant une fille plutôt mignonne qui enquille les joints mieux qu'une meute de rats de quartier, surtout si c'est elle qui te propose de rouler sur son bout. C'est encore plus rare quand c'est elle qui te paie une trace de coke dans les chiottes du premier étage à côté de la salle de math et ça devient irréel quand c'est la même qui peut t'en vendre, te trouver des taz dans la journée et avoir de meilleurs prix que toi au demi-gros sur le shit. Car en plus de coucher la plupart des mecs sur n'importe quel prod, Lilith est une vraie brasseuse. Voire même une vraie dealeuse au vu des volumes qu'elle gère et de la fréquence à laquelle elle envoie. Lilith est unique.

Je n'ai jamais rencontré d'autres filles ni même d'autres brasseurs comme elle. Intelligente, rusée, organisée, mais sa plus grande arme c'est elle. Prenez cent brasseurs au hasard, enfermez-les dans une pièce, lâchez-y un escadron d'inspés et laissez reposer. La seule qui ressortira sans charges, sans menottes et qu'on raccompagnera chez elle sous escorte avec une lettre d'excuse de l'IGPN c'est elle.

Un mètre soixante, 45 kilos, une petite voix, un joli sourire, le tout magnifié par les bonnes manières du centre-ville. La première fois que je l'ai vue, j'ai pensé que Clément s'était foutu de moi. Cette nymphette tout droit sortie d'un pensionnat de jeunes filles ne pouvait pas être le phénomène dont il m'avait vanté les exploits. Lilith est insoupçonnable, indétectable et inattaquable. Qui pourrait croire une seconde que derrière cette gringalette à taches de rousseur se cache une véritable machine de guerre capable de ravitailler un club à elle seule et de faire sauter n'importe quel brasseur de Grenoble en un coup de fil ? Car Lilith ne craint ni les embrouilles, ni les carottes. Lilith ne craint pas grand-chose et pas grand monde. Elle est l'incarnation de ma théorie de comptoir sur le pouvoir. Arrivé à un certain niveau de deal la grosseur des muscles importe peu. On ne s'abaisse plus à se battre comme un chiffonnier et à se rouler par terre en public. À l'instar des grandes puissances, on manie l'art délicat de la dissuasion : on fait peur ou on fait taire. Lilith travaille bien et travail gros. Ses appuis sont à la hauteur de ses talents et ça se sait. Personne n'a jamais osé l'attaquer. Elle connaît tout le monde et tout le monde la connaît : Sam, Yacine, la Teigne, Bébé et tous les autres… En outre, qui prendrait le risque de perdre instantanément toute trace de virilité en allant mettre une douille à une fille ? Son statut de femme assure de fait à Lilith protection et immunité. Pour une fois… Mais ce qui la rend si spéciale c'est le milieu dans lequel elle brasse. Grenoble est tout sauf une ville branchée, mais comme partout ailleurs on y trouve des boîtes de nuit, des clubs et des bars où l'on vient plus ou moins faire la fête ou en tout cas tenter d'oublier sa semaine en s'ouvrant le crâne avec tout ce qui passe et en cas de miracle trouver un partenaire consentant pour entretenir sa misère sexuelle. Et les tombereaux d'alcool ingurgités et régurgités ne suffisant plus, il y a besoin de drogues. D'ailleurs on dit « faire la fête », mais existe-t-il dans nos contrées une seule occasion de la faire qui ne soit pas une occasion de se défoncer ? Y a-t-il même un seul moment de réunion familiale ou amicale qui ne soit pas noyé au minimum dans la fumée et la boisson ? La compagnie de nos semblables nous est-elle insupportable à ce point que l'on doive obligatoirement s'enivrer pour tolérer leur présence et ne pas s'entretuer sur-le-champ ? Le gars qui avait fait cette vanne sur les autres et l'enfer avait mis le doigt sur un truc ce jour-là.

Lilith fournit donc le milieu de la nuit : les patrons, les barmans, les DJ et leurs clients. Grenoble est l'antithèse de la jet-set, mais les mêmes causes produisant les mêmes effets, il existe un microcosme qui veut y croire. Vaguement chic, un peu toc, mais l'essentiel est de faire comme si pour cette aristocratie autoproclamée. Et quand les petits marquis du comptoir et les duchesses du vestiaire veulent s'encanailler, Lilith intervient. Elle est parfaite et se fond dans le décor à la perfection. Grâce à elle plus besoin de supporter ces horribles mecs de quartier avec leurs sales manières et leurs survêtements répugnants qui feront tellement tache sur la photo. Lilith maquille le deal, elle fait disparaître la tension intrinsèque de l'échange marchand de drogues et d'argent sous une délicate couche de strass et de paillettes. Acheter son gramme de coke, ses taz ou son bout de shit devient léger et inoffensif comme une bulle de champagne. Grâce à Lilith l'illusion est maintenue et la fête peut continuer. Sortir avec elle c'est aussi basculer dans un monde parallèle. Quand on l'accompagne, Clément et moi ne sommes plus ces lascars un peu trop basanés sûrement échappés d'une obscure cité que l'on évite et surveille du coin de l'œil. Non au contraire on nous déroule le tapis rouge là où d'habitude on nous refoule dès le parking. Les videurs nous tapent la bise, les barmans nous paient à boire et les patrons nous invitent au resto ; les lesbiennes nous tolèrent et même les petits PD hystériques des podiums de danse ne s'enfuient plus à notre vue. C'est vrai qu'avec Lilith tout est différent. Pas de concours de bites, pas besoin de toutes ces joutes stériles pour savoir qui a la plus grosse. En soirée pour offrir discrètement un taz, Lilith t'embrasse sensuellement et dépose délicatement le cachet dans ta bouche avec le bout de sa langue. Quiconque a déjà tapé une trace de coke en compagnie d'une équipe de dealers dans des caves réhabilitées en planques à shit saisira la nuance.

Lilith est une brasseuse de haut vol, mais c'est aussi une cramée de première. Rares sont ceux qui peuvent la suivre à la coke, elle fume autant que moi et tient mieux l'alcool qu'un contremaître de chantier ; le tout avec classe et élégance. Pendant les vacances de la Toussaint Clément était venu s'installer une semaine à la maison et nous avions tenté l'aventure de sortir tous les soirs avec elle. On avait appelé ça notre « semaine de cafards ». Notre but étant de ne jamais redescendre et de rentrer chaque soir raides défoncés. Pour être sûrs de ne pas se lasser on avait testé toutes sortes de combinaisons : alcool/shit, coke/shit, protoxyde d'azote/alcool/shit, coke/taz/alcool/shit, LSD/speed/poppers/shit… Le troisième soir où ma mère nous avait trouvés en PLS somnolant dans notre bave sur le canapé à 18 heures, j'ai su qu'il fallait raser les murs et se faire tout petits. Elle était d'une patience à toute épreuve, mais ce jour-là j'ai vu plus que de la colère dans ses yeux. J'avais beau avoir un certain entraînement, il m'a fallu plusieurs jours pour me remettre de notre semaine de débauche. Lilith elle n'a même pas eu à se recoiffer.

Bien évidemment Lilith n'a pas d'amoureux ou d'amoureuse attitrés. Elle pioche selon l'humeur du moment et personne, je dis bien personne, n'a quelque chose à y redire.

Téléphone

Le téléphone. Le Téléphone. C'est probablement l'objet, la chose qui cristallise le mieux le deal. Internet a rebattu les cartes, quoique ce soit peut-être pire avec les smartphones, mais pendant plusieurs décennies, le centre de la galaxie s'est situé dans un cadran numéroté de zéro à neuf.

Au commencement il y avait les fixes. Un téléphone par famille, par maison, par appartement. Un numéro qui appartenait à tout le monde et à personne. Appeler chez quelqu'un c'était faire le pari qu'il y était. Le bon côté, c'est que s'il était là, il répondait. Pendant longtemps, quand le téléphone sonnait on ne savait pas qui appelait, ni qui décrochait. Ce qui pouvait réserver quelques surprises. Pour un brasseur ou un client adolescent, c'était la possibilité de tomber sur les parents et cela constituait un premier barrage à franchir quand on cherchait à acheter un bout ou à récupérer de l'argent. Le fixe c'était les annuaires papier et la liste rouge, des numéros attribués quasiment à vie, des répertoires manuscrits à moins de cent contacts et pour le deal comme pour le reste l'obligation d'être ponctuel. Une fois un rendez-vous posé, il fallait s'y tenir un minimum. Impossible de se retrancher derrière l'une des pires tares de notre époque, le misérable « J'arrive ! ». Les fixes c'était aussi un certain anonymat, qui pouvait être total avec les cabines téléphoniques, le meilleur endroit pour mettre un coup de pression. Mais le fixe c'était déjà la peur des écoutes. Le téléphone a toujours été la première des balances.

Sont arrivés ensuite les bipeurs ou pageurs, Tam-Tam, Tatoo et autres Alphapage. Contrairement aux États-Unis où ils ont longtemps fait partie de l'attirail de base du dealer, ça n'a jamais pris en France. Et c'est bien dommage. Pour la première fois, on pouvait être joignable n'importe où, n'importe quand. Le texte étant laborieux à envoyer, on se contentait de suites de chiffres qui servaient de messages codés. Par exemple 1 pour une barrette, 2 pour un 5 grammes, 3 pour un 12, 10 pour une save… les bipeurs étaient discrets, rapides et on ne pouvait pas géolocaliser les appareils, mais c'était effectivement très limité. Surtout que peu de temps après est arrivé le portable qui tout a changé. Faisons court, son impact dans le bizness a été le même que dans le reste de la société : sans précédent. À une différence près. Désormais on vivait avec un mouchard dans sa poche. Le portable est alors devenu l'objet de toutes les attentions et de toutes les craintes. Donner ou ne pas donner son numéro, perdre son téléphone, ses contacts, changer de téléphone, de puce, de numéro, détruire sa puce, détruire son téléphone… Mais la règle de base restait la même : ne pas parler au téléphone, ne rien dire au téléphone, jamais. Mais les clients n'en ont rien à foutre. On a beau leur expliquer, leur répéter, les menacer ; il faut toujours qu'ils ouvrent leurs grandes gueules au téléphone. À croire que c'est plus fort qu'eux. Pourtant on sait très bien pourquoi ils appellent. On se doute bien que ce n'est pas pour prendre des nouvelles ou aller boire un coup en ville. On vend de la drogue, ils cherchent de la drogue, il n'y a pas trente-six mille raisons de s'appeler. Non c'est même tout le contraire : y en a qu'une ! Avec le temps, selon le jour et l'horaire, je pouvais deviner à l'avance qui m'appelait et ce qu'il voulait. Alors pas besoin de parler, de faire des allusions bien lourdes ou des phrases qui n'ont aucun sens du genre : « Et il te reste du chocolat ? », « T'es toujours avec Cécile ? », « T'as reçu de la salade ? » ou « Tu penses qu'on pourrait se voir comme la dernière fois si t'as toujours le même ? ». Mais qui dit ça sérieusement ? C'est simple pourtant : un horaire, un lieu. Pas plus, pas moins. On se voit et là on parle et encore le moins possible. On n'est pas amis et on ne le sera jamais alors allons à l'essentiel : drogue et argent. Point barre.

Hoc

– C'est la merde je te dis !

– Mais non t'inquiète pas, il va t'appeler tout à l'heure. Il doit être occupé c'est tout.

– Non c'est la merde j'en suis sûre ! Il ne répond pas sur son tel et il n'y a personne chez sa mère. C'est la merde je te dis !

– T'inquiète pas Dora y a rien.

– Mais si ! C'est les flics j'en suis sûre ! Je lui ai dit plein de fois que ça finirait mal toutes ces histoires. Et là ça y est c'est les flics, c'est obligé ! Je l'avais prévenu et maintenant c'est la merde. Qu'est-ce qui va lui arriver sérieux ?

– Arrête de stresser pour rien. Il doit être occupé c'est tout.

– Non c'est les flics je te dis !!!

– Mais pourquoi tu parles des flics ? Allez t'inquiète pas il va t'appeler. Je dois te laisser là il faut que j'y aille.

– Non, mais attends toi t'en penses quoi sérieux ? Qu'est-ce qu'il faut faire ?

– Je te dis qu'il va t'appeler. Arrête de te prendre la tête. Il a du retard c'est tout. Bon je dois y aller là Dora on se voit ce soir OK ?

– Non attends s'il te plaît, je te jure je suis trop stressée.

– T'inquiète de rien je te dis. Allez à ce soir, bonne journée.

On a baisé les stups.

Baisé oui, y a pas d'autres mots. À ce niveau-là on pourrait même dire qu'on les a fourrés ; jusqu'à l'os. On les a baisés et on a sauvé Bébé. Et je me suis peut-être sauvé un peu aussi.

Mais pour sauver Bébé il fallait que les stups mordent à l'hameçon et ils l'ont gobé jusqu'à s'en décrocher la mâchoire.

Mais pour qu'ils mordent à l'hameçon, il fallait un appât, un bon, préparé dans les règles de l'art. Un qui daube suffisamment pour être reniflé à des kilomètres, mais tellement bien fait qu'on le prend pour un vrai une fois le nez dessus. Hoc était de cette trempe-là. Il cochait toutes les cases : arabe, dealer, originaire de cité. Le méchant.

Mais un bel appât n'est rien sans un bon leurre et Bébé avait été parfait dans son rôle. Il cochait toutes les cases : français, blanc, classe moyenne. La victime. L'inspecteur responsable de l'enquête lui avait même lâché un « Ne t'inquiète pas mon petit loup, on va l'avoir ce salaud » quand ils ont récupéré la cassette des écoutes.

Et si les stups avaient les écoutes, c'est qu'on avait réussi à faire exister Hoc. Un fantôme plus vivant que les mortels. Bébé avait été un très grand acteur en garde à vue, mais mon interprétation de Hoc n'avait pas été mal non plus. Même sa mère n'avait pas reconnu ma voix, elle avait passé le téléphone à Bébé sans sourciller et j'avais pu débiter mon texte à la perfection. La composition était risquée. Pour détourner l'attention des stups, Hoc devait devenir la nouvelle cible, mais il ne pouvait pas en savoir plus que la rumeur de la rue ; question de crédibilité. On avait trop besoin de lui.

Et si on avait autant besoin de Hoc c'est qu'il était la seule solution. Il fallait allumer un contre-feu, minimiser le rôle de Bébé et appâter les flics avec un plus gros poisson. J'avais donc inventé Hoc de toutes pièces et lui avais donné vie à travers le combiné d'une cabine téléphonique près de la cité. Et j'avais dit à Bébé de se présenter dès le lendemain matin au commissariat en jouant le mec terrorisé.

Mais si j'avais donné vie à Hoc par téléphone c'est qu'on savait que Bébé était surveillé.

Et si on savait que Bébé était surveillé c'est qu'on avait piégé les flics, on se rendant au parc. Ces guignols s'étaient planqués derrière les buissons pour nous prendre en photo. Ils avaient été obligés de se carapater et d'escalader la grille comme de vulgaires voleurs à la tire quand on les avait débusqués. On avait même eu le plaisir d'apercevoir leurs gueules rougies par l'effort quand la voiture des inspés était passée en trombe devant nous.

Et si on avait besoin de savoir si Bébé était surveillé, c'est que notre histoire devait tenir parfaitement debout. Une bonne histoire, voilà ce qu'il nous fallait. C'est ce que j'ai expliqué à Bébé le jour où il était sorti de garde à vue.

Mais si Bébé avait été en garde à vue, c'est que les stups l'avaient cueilli au réveil juste après que sa mère était partie au boulot.

Et s'ils l'avaient cueilli, c'est que Bébé s'était fait balancer la veille au soir par cette tapette de Mus. Cette baltringue n'avait même pas tenu une heure en interrogatoire.

Mais si Mus s'était fait choper, c'est que la BAC l'avait contrôlé au parc et avait trouvé 50 grammes sur lui.

Et si Mus avait 50 grammes sur lui, c'est qu'il était passé le soir même prendre du shit à Bébé et qu'il avait voulu se la raconter en sortant son bout devant les merdeux du quartier pour rouler son joint.

Et si j'avais pu réagir aussi vite et conserver un temps d'avance sur les stups tout au long de la procédure, c'est que Dora m'avait appelé en pleurs le matin même de l'arrestation car elle n'arrivait pas à joindre Bébé. Quand j'ai entendu le son de sa voix j'ai tout de suite su qu'on était mal. Elle ne m'appelait jamais et Bébé me tenait toujours au courant quand il disparaissait pour faire marron sa meuf et là il ne m'avait rien dit. Dora aurait eu besoin d'écoute et de réconfort, mais je l'ai expédiée et j'ai raccroché dès que possible. Elle en avait déjà beaucoup trop dit au téléphone. Mais au moins elle m'avait mis au courant.

Et si les flics étaient là, j'aurais dû enfin ressentir quelque chose. De la peur, du stress, de l'excitation, un vague sentiment même désagréable ; à quoi bon brasser autrement ? Mais non, rien n'est venu excepté un pragmatisme neutre et sans saveur : trouver la meilleure solution pour sortir Bébé de là et accessoirement sauver mon cul. Car si Bébé tombait trop bas ou s'écrasait trop fort je serais forcément éclaboussé à un moment ou à un autre. On ne pouvait plus éviter la chute, mais il fallait l'amortir au mieux. J'ai donc fait ce que j'avais à faire, rien d'autre ; le néant. Le pire ce n'est pas tant la tristesse, le malaise ou la douleur. Non le pire c'est de ne plus rien ressentir. Comme une anesthésie des sens qui vous ferait presque regretter l'envie d'en finir.

Le jugement passé Bébé a immédiatement repris l'ensemble de ses activités. L'incendie avait été maîtrisé à temps pour que l'affaire ne s'ébruite pas trop dans le milieu et que Bébé ne soit pas relégué au rang des pestiférés avec qui on évite de traîner ou de faire affaire si on tient un peu à son bizness.

Cette histoire de stups m'avait occupé trois bonnes semaines et évidemment pendant ce temps-là je n'étais pas allé à la fac. En dehors de toucher la bourse étudiante et rencontrer des filles, je n'avais pas prévu d'y faire grand-chose, mais mon retour après ces quinze jours d'arrêt m'a définitivement convaincu de ne pas pousser plus loin la mascarade. On était tout juste à la fin du mois d'octobre, soit quelques semaines après la rentrée, mais la quantité de boulot à rattraper, bouquins à lire, TD à rendre, exposés à préparer, dissertations à rédiger… dépassait de loin tout ce que j'avais réussi à produire depuis le début de ma scolarité. J'étais tout bonnement incapable d'abattre autant de travail et je ne savais même pas comment m'y prendre. Je n'avais ni la méthode ni la discipline et encore moins l'envie. Rien ne vous préparait moins à la fac qu'un lycée lambda. Le doyen l'avait bien résumé lors de son discours de bienvenue. « Le bac c'est bien, mais ça permet juste de faire le tri entre les torchons et les serviettes. » Si on ajoute à cela que les profs étaient encore plus névrosés qu'au lycée, le personnel administratif encore plus psychorigide et la direction encore plus hautaine ; il n'y avait définitivement aucune raison que je reste un jour de plus. J'ai donc pris mon courage à deux mains et annoncé à mes parents que je prenais une année sabbatique. Ma mère m'a prévenu qu'elle ne me mettrait pas à la porte, mais que je n'étais pas à l'hôtel et mon père malgré ses reproches ne disposait d'aucun moyen de pression. J'avais quand même prévu un minimum mon coup. Le travail au restaurant me donnait une certaine autonomie financière et validait le contrat moral avec ma mère tandis que mes liens avec Ben me fournissaient un embryon de projet. J'étais enfin libre. Mon bonheur prenait la forme de ces matins où l'angoisse de devoir aller en cours me réveillait par réflexe, le temps que je réalise que tout cela n'était qu'un mauvais rêve et que je replonge le sourire aux lèvres dans un sommeil empreint de béatitude bercé par les perspectives que m'offrait ma nouvelle vie remplie d'oisiveté et de produits en tout genre.

Taz

Les taz, l'ecstasy, la MDMA. Avant que les paras et la molly arrivent, on gobait des cachets. Des petits, des gros, des épais, des plats, des blancs, des colorés, mais on avalait que des piloches. Personne ne la sniffait et la MD n'était quasiment jamais en poudre. Ce qui n'a pas changé par contre, c'est que les taz venaient déjà de Hollande, transitaient par la Belgique et arrivaient en masse dans le Nord pour être ensuite distribués dans toute la France. Les « extas » c'était la musique électronique : les clubs, les raves, les teufs et les teknivals. Si j'en ai bouffé à l'époque c'est parce que Bébé avait un pied dans ce milieu, on n'en trouvait pas en dehors.

Comme tous les autres prods la MD s'est largement démocratisée depuis, mais ça reste encore beaucoup lié au monde de la nuit. Tu as plus de chances de te faire alpaguer par un dealer en festival trance que de trouver un choix pléthorique de taz dans ton four habituel. Il y a l'aspect culturel bien sûr, mais ça vient surtout du produit en lui-même. Il n'y a pas de toxicos à la MD. Pas de consommateurs journaliers sur le long terme. Personne qui ruine sa vie, vide son compte en banque et passe le plus clair de son temps éclaté aux taz depuis dix ans. À l'alcool, à la coke, à l'héro, au crack, aux médocs oui ; aux taz non. Alors bien sûr on a tous connu quelqu'un qui en avait abusé, mais quand on voit l'ampleur de la consommation de MDMA en France on attend toujours la catastrophe sanitaire qui devrait aller avec. L'Amérique du Nord n'a pas eu à se poser la question avec la crise des opioïdes. Les taz, t'en prends pour faire la fête, pas pour aller bosser ou diluer ton suicide sur le long terme.

La MDMA c'est chouette, mais ça fait parler, vraiment trop parler. Il n'y a rien de plus insupportable qu'un type en pleine montée de taz qui se met à te raconter sa vie. Clair il ne t'adresserait pas la parole, mais là en moins de cinq minutes il te déballe ses traumas d'enfance, l'histoire de son grand-père et ses problèmes de transit. Le pire, s'il s'en souvient, c'est qu'il le regrettera le lendemain, mais là sur le moment c'est plus fort que lui, il faut qu'il te parle. Alors que t'en as rien à foutre. Mais les taz, notamment les premiers, c'est magique. Après en avoir gobé un soir de juillet en compagnie de Clément qui m'avait raconté dans le détail l'ensemble de ses histoires de cul, et il y en avait, j'étais parti au petit matin errer dans Grenoble pour profiter des dernières salves de ma défonce. Mon périple s'était terminé sur un parapet surplombant de plusieurs mètres une avenue du centre-ville. Les pieds dans le vide j'enchaînais les deux feuilles face à la colline de la Bastille. Toute la nuit l'orage avait grondé et d'épais nuages en dragons de cendres roulaient sur la montagne comme pour l'engloutir. Au lever du soleil lorsque les premiers rayons ont illuminé le ciel, la Bastille tout entière s'est parée d'une alternance de visions gothiques et de paysages bibliques qu'aucun peintre n'aurait jamais pu retranscrire. La brume en dentelle lacérée, la lumière en ambre incendiée. Et chaque latte tirée sur mes joints renforçait mon extase. Non c'est sûr la MDMA ça peut être formidable. Mais ça fait vraiment trop parler.

Hachim

Ne pas le regarder. Surtout ne pas le regarder, ne pas poser les yeux sur son cul qui se trémousse devant moi. Ça pourrait être vu comme une marque d'intérêt ou pire, une preuve de désir. Bébé m'avait prévenu qu'il n'en fallait pas plus pour être instantanément soupçonné, voire accusé d'être demandeur ou consentant. Et à partir de là c'était très compliqué de s'en sortir. Si tu refusais leurs avances de manière un peu trop rude, ça pouvait vite dégénérer. Avant d'être des travs c'était des mecs de quartier, rompus à l'embrouille et à la baston depuis leur plus jeune âge. Selon le lieu ou la configuration, s'ils prenaient le dessus tu risquais ta virginité ou pas loin. Et si c'était toi, ils couraient pleurer dans les jupes d'Hachim ou de l'un de ses lieutenants. À l'époque on ne parlait pas encore d'homophobie, mais bon t'étais celui qui avait cogné les travs. En termes de réputation ça la foutait mal. Tu le payais à un moment ou à un autre. Même Conor ne frappait pas les petits PD.

Je regardais donc mes pieds pendant que Bilel hystérisé à la coke se dandinait à moins d'un mètre de moi dans un accouplement entre une danse orientale ratée et une très mauvaise imitation de Shakira. Quand le plateau de coke est revenu vers nous je n'ai pas été assez méfiant et quand je me suis relevé après avoir tapé ma trace Bilel a tenté de m'embrasser par surprise. Par chance j'ai réussi à esquiver sa bouche, mais la tension est encore montée d'un cran. Heureusement pour moi Hachim, qui comme toujours suivait le plateau du regard, est intervenu. De sa voix de cancéreux en phase terminale, il a ordonné à Bilel de se calmer et de me laisser tranquille. Bilel ne s'est pas calmé, mais il m'a laissé tranquille. Il s'est réfugié dans les bras de Yahya avec qu'il a entamé un sketch digne de *La Cage aux folles* pour savoir « qui ferait l'homme et qui ferait la femme ce soir ». Certains racontent qu'Hachim fait parfois l'homme avec eux. D'autres qu'il lui arrive de rouler des pelles aux travs et même de se faire sucer quand il est trop défoncé. Bien sûr personne n'osera jamais le lui dire en face et lui-même n'accepterait pas un tel affront, mais le fait est qu'il est toujours fourré avec eux ou les PD, surtout ceux qui tapinent.

Le deal est un milieu d'hétérosexualité triomphante. On est là pour montrer qu'on a la plus grosse et qu'on baise plus que le voisin. On passe son temps à s'insulter à grands coups de « T'es qu'un PD », « C'est qu'une sale tapette », « C'est tous des pédales », « Je les nique tous », « Moi je vous encule… ». On est autant jugé à la quantité que l'on a vendue qu'au nombre de meufs que l'on a choppées. Rien n'est pire que de perdre sa virilité et toute trace de tendresse entre hommes ou de comportement homosexuel vaut arrêt de mort. Mais dès que l'on sort de la stricte sphère du shit une forme de tolérance obligatoire s'installe. Un gros brasseur ou un dealer de coke ou de taz est forcément en contact avec le milieu de la nuit. Et sans le milieu gay la nuit n'existe pas. Les homos sont de trop bons clients pour être laissés de côté. Alors on ravale sa fierté, sa peur ou son dégoût. Au pire on feint l'indifférence, on ignore, mais on n'attaque pas. L'argent n'a pas d'odeur et encore moins d'orientation sexuelle. Et Hachim aime le vice, la drogue et le sexe ; dans cet ordre. Tout en lui transpire le stupre. Le pire c'est sa voix qui est l'exacte expression de son être : dégueulasse. Mais Hachim n'est pas seulement répugnant, il est dangereux. C'est le seul que j'ai vu défoncer Conor et encore il ne s'est même pas donné la peine de se salir les mains. Il lui a juste tendu un piège et quand Conor qui lui devait des thunes depuis trop longtemps s'est pointé au rendez-vous, une armée de racaillons lui est tombée dessus. Conor s'en est sorti, mais quand il s'est pointé en bas de chez moi quelques jours après on l'a à peine reconnu.

Hachim n'est pas un dealer, ni même réellement un brasseur, mais il est connu dans tout Grenoble et incontournable dans le réseau de Bébé. C'est une sorte de caillera ultime seulement guidée par sa violence, l'appât du gain et celui des prods. Partout chez lui : en tekni, en bas des tours, dans les boîtes, les bars, les ruelles du centre-ville… Il n'est jamais seul, toujours accompagné d'une cour de rats de quartier ou de tapins homme ou femme. Ses cicatrices et l'état de son visage semblent indiquer qu'il a largement dépassé la trentaine, mais il est impossible de lui donner un âge. Il a l'appétit insatiable d'un gamin découvrant la rue, mais c'est comme s'il avait toujours été là. La légende raconte qu'à 13 ans il faisait déjà la mule et transportait des dizaines de kilos de shit dans les rues de Lyon.

C'est devant un bar américain, pendant qu'il attendait que sa nana finisse son service et accompagné d'une gamine fringuée comme une héroïne de *hentai* que je l'ai rencontré la première fois. Mimi, sa régulière, bossait comme hôtesse et elle était tout ce qu'un gamin de 20 ans peut projeter sur ce genre de femme : pornographique et à moitié tarée. Bébé nous avait demandé de l'accompagner ce jour-là. Il était toujours un peu sur ses gardes quand il s'agissait d'Hachim, mais peut-être encore plus que moi Bébé était irrémédiablement attiré par le pouvoir. Tandis qu'il parlait bizness, Clément qui tombait amoureux en moyenne trois fois par semaine avait eu un coup de foudre instantané pour Poly, la lolita classée X qui accompagnait Hachim. Il s'était alors discrètement lancé dans un de ses numéros préférés, le lascar sensible. Mutique, la démarche ultra virile et l'œil de chien battu qui semblait dire : « Regarde-moi femme. Non je n'ai pas choisi d'être aussi dur et violent. Je n'ai pas eu le choix, tu sais j'ai tellement souffert. Mais derrière cette armure en streetwear hors de prix il y a un petit cœur qui bat et qui saigne. Mon âme est sombre, mais mes Air Max sont tellement blanches. Je t'en supplie vient me soulager du poids de ma tristesse et de mes kilos de shit. Et si tu peux me sucer la bite au passage ça serait sympa. » Le pire c'est que ça marchait quasiment à tous les coups. Comme les autres, Poly est tombée dans le panneau. Elle lui a discrètement fait passer son numéro et ils se sont mis ensemble peu de temps après. Et moi comme d'habitude je fumais mon joint en regardant les dominants s'emparer des morceaux de choix. Un peu comme le mec qui se branle en arrière-plan derrière le canapé pendant la partouze à la fin d'un porno.

À 16 heures Mimi est enfin sortie du bar. Elle s'est jetée sur Hachim pour lui avaler la bouche, mais il lui a gentiment demandé de dégager le temps qu'il finisse de parler affaires avec Bébé. Clément était en pleine parade nuptiale et Mimi n'avait aucune envie d'aller papoter avec Poly. Elle tolérait les sex-toys d'Hachim, mais elle n'allait pas non plus leur faire la causette. Elle s'est donc rabattue sur moi.

– Salut t'as du feu s'il te plaît ? Ha c'est un joint ? Je peux te prendre une taf ? Aaaaaah comment je suis contente de voir Hachim. Ça faisait trooooop longtemps, j'en pouvais plus. Non je te jure c'est que j'ai la chatte en FEU ! Ah ouais sérieux j'ai la chagatte qui chauffe au bout d'un moment moi !

Je sais, je sais… mais c'est mot pour mot ce qu'elle m'a dit. La première fois qu'on s'est vus. La première fois qu'elle m'a adressé la parole.

Je n'ai fait que quelques soirées avec Hachim, mais je m'en souviens parfaitement. Tout semblait pouvoir basculer d'un instant à l'autre. À la différence de la majorité des gros brasseurs ou dealers, l'âge n'était pas un problème pour lui. Au contraire, il prenait un plaisir non dissimulé à accompagner la nouvelle génération dans sa dépravation. Hachim n'était pas celui qu'on voyait le plus, mais son nom ressortait en permanence. Pour le mec qu'il avait défoncé en teuf, celui qu'il avait racketté en soirée, les embrouilles auxquelles il était mêlé et l'énième fois où il avait cogné Mimi. Et pour la seule fois où je me suis fait carotter du prod.

Un été où les plans se faisaient rares, Hachim avait appâté Bébé avec des prix imbattables au kilo. La période n'étant pas à l'opulence, même Lino qui ne faisait pourtant jamais de bizness avec Bébé s'était greffé sur l'affaire. Le jour de la transaction, Hachim avait débarqué accompagné de son gang et en lieu et place du shit il avait balancé deux crochets au foie à Bébé et on n'avait jamais vu la couleur de nos saves. L'histoire entre Clément et Poly avait fini par lui arriver aux oreilles mais il n'avait pas réussi à leur mettre la main dessus. C'était sa manière de se venger et d'envoyer un signal : personne ne pouvait se permettre de lui piquer ses putes, aussi jeunes soient-elles. Ça lui donnait aussi une bonne excuse pour nous carotter à moindres frais. Le soir même, Bébé était parti à la recherche de Clément dans tout Grenoble. Fou de rage, il était même allé jusqu'à sonner chez ses parents. Comme d'habitude Dora avait paniqué et je m'étais retrouvé à devoir suivre Bébé dans sa traque nocturne pour la rassurer. Bien sûr tout ce cirque ne servait strictement à rien. Quand bien même on aurait débusqué Clément, ça aurait changé quoi ? Ce n'est pas lui qui allait nous rendre notre thune ou notre shit. On pouvait lui reprocher beaucoup de choses, mais pas son coup de foudre pour Poly. Et bien entendu on n'a jamais réussi à lui mettre la main dessus. En prévision qu'Hachim veuille lui faire la peau, il avait disparu de la circulation depuis un petit moment. Clément avait été mouillé dans trop d'histoires de cul et de couples pour ne pas sentir le danger arriver.

Lino aussi a pété un plomb quand je lui ai annoncé qu'on s'était fait baiser. L'Italie du Sud lui est brusquement remontée dans les testicules et il s'est lancé dans de grandes tirades chargées en insultes et menaces de mort. J'ai essayé de lui expliquer en vain que sur ce coup-là Bébé n'y était pas pour grand-chose, mais il est reparti de plus belle sur l'air de « lui ce n'était pas un PD, que personne ne le carottait et que sur la tête de sa mère on allait voir ce qu'on allait voir… ». Quand il a commencé à devenir un peu trop pénible, je lui ai rappelé que personne ne l'avait forcé à se mettre sur le plan et que s'il voulait je lui trouvais dans la minute le 06 et l'adresse d'Hachim pour qu'il aille lui réclamer son argent. Je pense que la simple vision de son lynchage sous les réverbères de la cité a suffi à le faire redescendre. Alors il a fait comme les autres, il a dit adieu à son fric et son shit et le soir dans son lit, il a rêvé de tenir la sale gueule d'Hachim en joue au fond d'une cave. Mais il en a rêvé c'est tout. Qu'est-ce qu'on allait faire ? Se mettre en embrouille avec des mecs de 40 piges qui avaient passé la moitié de leur misérable vie à l'isolement et tout un quartier au cul ? Même Yacine qui avait Steve et Bébé sous sa protection n'avait pas bougé le petit doigt. Parfois on perd c'est tout. Il vaut mieux l'accepter. Vouloir la victoire à tout prix pourrait s'avérer pire, bien pire.

Parano

Même avant la démocratisation du cannabis et l'explosion ubérisée du deal, quand vous n'étiez qu'un simple fumeur de shit, sauf à jouer de malchance et tomber sur un agent très procédurier, en cas d'arrestation en tant que consommateur, vous ne risquiez guère plus qu'une garde à vue et une petite amende. En ville, la plupart du temps, les flics se bornaient à vous confisquer votre conso et ça n'allait pas plus loin. En campagne cela pouvait être un peu plus tendu. Les gendarmes étaient parfois capables d'ameuter tout un village et de lancer une procédure pour une minuscule boulette, mais excepté une réputation entachée pour quelques années, vous vous en sortiez sans trop d'encombre. Pour le petit brasseur qui subissait sa première arrestation, les choses se corsaient un peu, mais variaient selon les cas de figure. Si vous alliez jusqu'au tribunal, la justice était plus clémente si elle estimait que vous vendiez simplement pour assurer votre consommation et vous vous en tiriez avec un simple rappel à la loi et un peu de sursis. Par contre si l'enquête mettait en lumière que vous brassiez pour le fric, les ennuis commençaient. L'État tolérera toujours un quota de gens qui se droguent légalement ou non, mais de l'argent qui circule sans qu'il puisse prendre sa commission, ça c'est impossible. Néanmoins les peines n'étaient jamais très lourdes et encore une fois à part les cas sociaux avec un casier long comme le bras, personne n'allait en prison pour une centaine de grammes. Au travers du prisme de la loi, le shit était donc bien une drogue douce.

Ça, c'est pour la théorie. En pratique, passé le premier 25 beaucoup baignent dans les remontées acides. Brasser c'est accepter une part de risque qui s'accroît avec les quantités. Et à l'ombre de cet angle mort poussent d'étranges monstres sans visage qu'il faut apprendre à dompter. La parano c'est un tout, irrationnel autant que factuel. C'est ce qui vous pousse à compter vos billets dans les chiottes à l'abri des regards indiscrets, des fois que les voisins n'aient que ça à foutre que de vous épier à longueur de journée. C'est ce qui transforme les grésillements de votre téléphone en preuves d'écoutes, les messes basses de vos potes en complots et chaque portière qui claque en sursaut. C'est diffus, insidieux, ça vous ronge et ça peut devenir envahissant. C'est la peur des flics et des embrouilles, mais c'est surtout la méfiance envers tout et tout le monde. Fournisseurs, clients, amis, famille, relations amoureuses... Personne n'y échappe.

Pour lutter contre j'avais développé ma propre technique. Quand l'étau invisible se resserrait trop et que la vigilance commençait à se transformer en peur, je me mettais en pause. J'avais choisi le terme de disparition. Pendant quelques semaines je bloquais tout. Ni dedans ni complètement dehors, j'observais le système continuer à tourner sans moi. Laissant passer les plans et les arrivages, je profitais de cette retraite temporaire pour faire retomber la pression et retrouver un semblant de lucidité. Cela me permettait de vérifier la nature de mes soupçons et mes angoisses, s'ils étaient bien réels ou simplement le fruit d'un délire nourri au stress et aux descentes de prods. Quand le calme et l'ennui recommençaient à poindre, c'est qu'il était temps de replonger. Je n'ai jamais eu de difficultés à reprendre ma place. Sans être un brasseur de premier plan, j'avais assez de réseaux et d'expérience pour me remettre en selle au plus vite. Avec les stupéfiants, comme dans n'importe quel circuit économique, les clients sont versatiles, mais ils reviennent toujours là où ils ont leurs habitudes.

Le deal rend parano, indiscutablement. Mais le shit ? Ça, on nous en a rebattu les oreilles de la parano du bédaveur. Oui une surdose de THC peut déclencher chez certains une forme d'anxiété qui peut aller jusqu'à la crise d'angoisse ou l'attaque de panique mais c'est toujours temporaire. Une fois le pic des effets passé, les symptômes disparaissent d'eux-mêmes. Et quand on sait que les premières données solides qui remontent au début des années 2000 montrent des taux moyens de THC d'environ cinq pour cent dans le shit, ce n'est pas avec le tcherno des années 90 qu'on risquait de développer un trouble de la personnalité. Même si c'est tentant et bien pratique, serait-il possible de trouver d'autres coupables que la drogue de temps en temps s'il vous plaît ?

Sam

– ET LÀ TU NIQUES QUI LÀ ?!!! HEIN TU NIQUES QUI FILS DE PUUUUUUTE !!!

Le plus terrifiant la première fois qu'on se fait braquer, ce n'est pas tant la peur qu'on vous tire dessus, c'est le canon qui vous fixe, cette sensation que l'arme vous dévisage. C'est intenable, instinctivement on se dérobe. Comme si le simple fait de tourner la tête pouvait éviter qu'elle explose sous l'impact de la balle.

Je ne fais rien. Rien selon les normes officielles, mais selon les miennes je suis au taquet. Ben attend désespérément qu'on lui fournisse un début de texte potable, mais j'ai des priorités autrement plus importantes. Mon dernier hobby est de bouffer un taz au réveil en sortant de la douche pour aller ensuite passer la journée chez Bébé à brasser des piloches et des bouts de shit. Le but étant que personne ne remarque que je suis défoncé et si même Bébé ne s'est rendu compte de rien à la fin de la journée, j'ai réussi mon coup. En pleine bourre je vous dis.

Dans la continuité de ces exploits remarquables, cet après-midi, Sam, le dealer qui avait éteint Steve lors de ma première teuf, est de passage à la maison. C'est le boss du moment. Sa phrase préférée c'est : « C'est qui le chef ?! Hein ! C'est qui le patron ?!! » Il se rêve en parrain et a même pris le risque de rentrer en conflit ouvert avec

Conor. Ne pouvant se passer ni de l'un ni de l'autre, la situation demande à Bébé un bon sens de l'organisation pour éviter qu'ils se croisent en bas de chez lui et une belle souplesse diplomatique pour ménager les ego et les susceptibilités.

Sam est un vrai dealer. Selon mes calculs il doit envoyer pas loin d'un kilo de coke par mois, ce qui lui permet de fournir une bonne dizaine de brasseurs et d'avoir une clientèle quasi illimitée au détail. Si on rajoute à cela les milliers de taz qu'il écoule régulièrement, on peut affirmer sans prendre trop de risque que Sam travaille bien. Mais son principal atout c'est sa copine, Anna. C'est la maman du duo. En soirée, quand les prods commencent à la rendre empathique, elle aime qu'on l'appelle « Tata ». Avec Anna à ses côtés Sam n'est plus seulement le dealer sociopathe qui se vante d'avoir fini un mec la tête enfoncée dans le passage de roue d'un camion en teknival ou d'avoir brisé la moitié des dents d'un autre qui ne voulait pas le payer. Non on les accueille comme un petit couple, on les reçoit en amis qui viendraient prendre l'apéro ou boire le café. Anna transforme le cérémonial viril et nerveux du deal en visite de courtoisie et leur duo fonctionne à merveille. Le numéro est bien rodé, ils passent leurs journées à le travailler en vendant des grammes ou en récupérant de l'argent à leurs créanciers. Et quand il n'y a plus de bizness à faire, ils le créent. Si après avoir épuisé la liste des contacts de leurs clients il leur reste encore un peu de temps et d'énergie, ils partent en chasse d'un de ces toxicos non déclarés. Le genre de ceux qui tapent des grammes à longueur de semaine et peuvent s'en enfiler cinq dans un week-end, mais qui jurent qu'ils n'ont aucun problème avec la C. Le milieu de la coke en est rempli. Celui de l'héro a le mérite d'être moins hypocrite. La technique est simple, mais éprouvée. À peine arrivés chez leur future victime consentante, Sam et Anna offrent une trace, puis une deuxième et le temps de fumer un joint et boire une bière encore une autre. Ils sont grands seigneurs. Allez c'est cadeau ! Et le piège se referme. La coke, c'est l'illusion d'une fête sans fin même un mardi après-midi pluvieux dans votre studio sordide quand il n'y a rien à la télé. Pour Sam et Anna, ça ne s'arrête jamais, ils ne savent même plus quoi faire de la coke et de toute façon ils en auraient tapé autant que vous soyez là ou pas. Mais pour vous qui allez vous retrouver à sec une fois qu'ils seront partis, l'angoisse de la redescente dissout instantanément vos maigres économies. Pas d'argent ? Pas de soucis ils repasseront à la fin du mois et vous font l'honneur de créer une ligne à votre nom dans le cahier des croums. Et voilà comment on écoule encore quelques grammes. C'est tout un art et ils le maîtrisent à la perfection. Je le sais, j'en ai moi-même fait les frais.

Aujourd'hui ils sont donc de passage à la maison. Ils devaient y croiser Bébé et l'emmener passer la soirée dans leur nouvelle baraque. J'en entends parler comme du dernier endroit à la mode. Tout le monde veut y rentrer, mais la sélection à l'entrée est impitoyable. Au moment de prendre la route, sûrement pris par un élan maternel devant ma face transpirant l'envie et la déception comme un enfant de 3 ans à qui on a refusé un tour de manège, Anna propose à Sam de m'embarquer avec eux. Un sourire en coin, il me scanne de la tête aux pieds comme on choisirait un esclave à Gorée et d'un hochement de tête me fait signe de monter dans la Golf. Moins de cinq minutes plus tard on est déjà sortis de Grenoble. Sam roule comme il tape sa coke, comme un assassin. Après avoir serpenté un temps sur les départementales de montagne on finit par pénétrer dans une vaste propriété où un chemin en terre battue mène à une villa gardée par un énorme beauceron. Sam envoie tellement qu'il peut se payer le luxe d'habiter dans les quartiers huppés en périphérie de Grenoble au milieu des cadres sup', ingénieurs et dentistes en quête de nature et de tranquillité. Le terrain arboré légèrement en pente permet de profiter d'une superbe vue sur la vallée. La maison, elle, est quasiment vide. Peu de meubles et pas de déco, seuls la gigantesque télé du salon et un ensemble canapé fauteuil en cuir blanc digne de *Miami Vice* rappellent que quelqu'un vit ici.

Quelque temps après notre arrivée, tandis que Bébé et moi roulons nos joints, une seconde voiture arrive. La porte d'entrée s'ouvre et Yacine apparaît accompagné d'un type un peu plus âgé, très classe, en costume sombre et manteau de laine, un petit sac de sport à la main. Sam les reçoit en surjouant la connivence et nous les présente comme ses « frères ». L'homme au costume ne prend même pas la peine de quitter son manteau et pose le sac de sport sur la table en fer forgé du salon. Il en sort un pain de coke gigantesque. J'entends qu'il y a près d'un kilo. C'était la première fois que je voyais une telle quantité. Yacine demande qu'on lui apporte un couteau et coupe le pain en deux. Il replace une moitié dans le sac et donne l'autre à Sam. Pendant qu'Anna prépare quelques traces en grattant l'énorme bloc, Yacine et Sam se lancent dans un bruyant concert d'autocongratulation comme si leur intelligence et la grosseur de leurs couilles dépassaient tout ce que le cosmos avait pu engendrer. L'homme en costume lui ne bronchait pas. Impassible, il affichait le même petit sourire poli, mais ne disait pas un mot. Le temps de quelques tournées de gigantesques scarfs et Yacine et son acolyte reprennent la route. La soirée se poursuit à quatre. Je n'ai jamais tapé autant de coke de toute ma vie. Sam et Anna enchaînent les traces toutes les vingt minutes tandis que Bébé roule joint sur joint. Au bout de quelques heures, Sam commence à être sévèrement atteint. Il hurle plus qu'il ne parle, transpire comme un bœuf et entre deux nettoyages de nez au Stérimar se met à nous raconter son enfance fracassée des trémolos dans la voix. Il ne tient pas en place et se lève à intervalles réguliers pour mimer ses confessions et gesticuler à grosses gouttes. Encore quelques séries de traces et il finit par monter se reposer à l'étage, exténué et écarlate. On reste seuls avec Anna qui sublime sa défonce avec des tocs de femme d'intérieur et s'agite en nettoyant et rangeant sa baraque à moitié vide. Vers une heure du matin Bébé qui gère la coke comme personne commence à s'assoupir devant la télé et Anna redescendue de sa folie ménagère finit par nous rejoindre et s'assied en amazone sur l'accoudoir du canapé.

– On a passé une bonne soirée non ? C'était cool hein ?

– Ouais terrible ! Elle tue la coke.

– Ouais c'est cool… Tata et tonton ils ont beaucoup payé. On a bien tapé hein ?

– Ouais super. Merci !

– Ouais c'était super… mais ça fait beaucoup. Alors ce qui serait bien c'est que tout le monde participe. Chacun paie 1 gramme ou 2, OK ? Parce que là on a presque passé

10 grammes alors c'est bien si on partage. Même si vous ne pouvez pas payer tout de suite on le met dans le cahier des croums et on réglera ça plus tard. Allez, on dit que ça fait 2 grammes chacun. OK?

Je regardais Anna et ses traits si fins, ses grands yeux noisette, sa peau diaphane et ses longs cheveux châtains, mais cette fois ni sa beauté ni la douceur de sa voix n'arrivaient à masquer la profondeur de son vice et la carotte qu'elle était en train de nous poser. Elle nous braquait, alanguie sur son sofa en cuir blanc, semblable à une figure échappée d'un tableau de Monet, ses jambes interminables moulées dans son jean Stretch, mais elle nous braquait quand même. Elle et son toxico de mec s'étaient rendu compte qu'à s'enfiler trace sur trace et enchaîner frénétiquement les clopes recouvertes de coke, ils venaient de claquer pas loin de 10 grammes et cela perturbait leur petite comptabilité. Pourtant quand on brasse des kilos on n'est pas vraiment à ça près. Mais ce soir-là Sam et Anna estimaient qu'il était temps de faire cracher les invités. Comme si vous vous bourriez la gueule dans une soirée avec open-bar et qu'à la sortie le videur vous tendait la note.

Voyant Bébé accepter sans broncher j'ai réalisé qu'on venait de se faire baiser et qu'il valait mieux éviter de protester au risque de devoir assumer une embrouille au long cours avec Sam. L'amertume de la coke n'arrivait pas à faire passer le goût de l'humiliation mais les options qui s'offraient à moi n'étaient guère alléchantes. M'enfuir à pied dans la nuit par moins 5 degrés? Ça n'empêchait que très temporairement que Sam me retrouve et me fasse cracher ma dette. Annoncer à Anna qu'elle pouvait aller se faire foutre puis me battre avec son jules avant là aussi de m'enfuir à pied ? Il aurait déjà fallu que je rattrape les deux têtes et les 30 kilos qui nous séparaient, même Conor n'osait pas l'affronter en tête à tête. J'ai donc mollement acquiescé, puis j'ai tenté de passer ma rage dans un deux feuilles trop chargé. Après nous avoir dépouillés en douceur Anna est montée rejoindre Sam, nous laissant devant un porno de seconde zone où des acteurs épilés et des starlettes siliconées tentaient péniblement de s'accoupler dans un improbable décor champêtre. Vers 2 heures et demie, la multitude de joints que nous nous étions envoyés finissant par prendre le dessus sur la coke, on est montés s'écrouler dans la chambre qu'Anna nous avait préparée.

PUTAIN C'EST QUOI CE BRUIT ?!!!

Réveillé en sursaut je me redresse sur mon lit le cœur dans les tempes et aperçois dans l'obscurité Sam, en slip, debout dans l'encadrement de la porte qu'il vient d'ouvrir d'un coup de pied.

– Vous croyez que je ne vous ai pas entendus ?

– Heinnnnnn…

Bébé se réveille à son tour.

– C'est ça prends-moi pour un con, mais t'inquiète je vous ai entendus alors essaie pas de me la faire à l'envers !

– À l'envers de quoi ? Qu'est-ce qu'il y a là ? Vas-y on dort qu'est-ce qui t'arrive ?

– Qu'est-ce qui m'arrive ? Qu'est-ce qui m'arrive hein ?! Mais vous croyez que vous pouvez me niquer ?!! Vous croyez que je ne vous ai pas entendus fouiner bande de sales merdeux ? Mais t'inquiète on va régler ça demain.

Vous croyez que vous pouvez me niquer mes taz hein ? Mais vous ne niquez RIEN DU TOUT !!! D'façon on verra ça demain !

– Mais on verra quoi vas-y c'est bon là ! On DORT ! Qu'est-ce qui t'arrive !

– Qu'est-ce qui m'arrive ? QU'EST-CE QUI M'ARRIVE ?!!! On va régler ça demain ! T'inquiète !

Et Sam de disparaître en claquant la porte de la chambre. Dans un soupir d'exaspération, Bébé roule sur le flanc et se rendort instantanément. Le temps de me perdre dans quelques rêves éveillés où ma langue se mêlait à celle d'Anna pendant que ses mains griffaient mon dos et je finis par sombrer moi aussi.

J'ai faim. Putain ce que j'ai faim. Ce n'est pas pour rien que les mannequins anorexiques de la fashion week en tapent autant. La coke ça te coupe l'appétit à la première trace et ça te fait passer l'envie de bouffer pour le reste de la journée. Avec tout ce qu'on s'est mis hier soir on n'a évidemment rien mangé et de bruyantes crampes d'estomac couplées à la lumière du jour qui perce à travers les volets m'ont tiré du lit. Bébé dort encore à poings fermés et je quitte la chambre sur la pointe des pieds et descends à la recherche de quelque chose à avaler. La maison est silencieuse. Je me dirige vers la cuisine d'où s'échappe un appétissant fumet quand j'aperçois Sam posté de dos devant la porte-fenêtre du salon.

– Salut Sam, ça va ?

– Huuuummmmm… T'as rien à me dire ?

– Hein ?

– T'as rien à me dire ?!

– Heu… Ben… Salut ça va ?

– Ça va ? C'est tout ce que t'as à me dire ?

– …

– T'as rien d'autre à me dire ? OK…

– Ben je sais pas… De quoi tu parles ?

– De quoi je parle ? DE QUOI JE PARLE ?! Les taz ! Y SONT OÙ LES TAZ !!!

– Les taz ?!

– Ouais c'est ça fais semblant de pas savoir. Mais t'inquiète on va régler ça quand y va se lever l'autre.

Sam n'a même pas pris la peine de se retourner pour me parler. Ça ne sent pas le petit déjeuner au lit tout ça. Je décide de patienter vautré dans le canapé et d'attendre que Bébé se lève pour négocier un truc à bouffer.

« Salut bien dormi ? T'as du thé s'il te plaît ? » Cinq minutes après, Bébé arrive enfin. On va pouvoir manger. Il visse sa casquette sur son crâne et enfile ses chaussures restées en bas de l'escalier.

– Du thé ? Tu veux du thé hein ? Et t'as rien à me dire petit PD ?

– De quoi ?

– T'as rien à me dire ?

– À dire quoi ?

– MES TAZ !!! Y SONT OÙ MES TAZ !!! Tu crois que je vous ai pas entendus hier soir bande d'enculés !!!

– Heinnnnn ? Vas-y arrête de gueuler là ! Personne n'y a touché à tes taz !

– Ah ouais vous y avez pas touché ? Tu crois que tu peux me niquer comme ça chez moi hein ? TU CROIS QUE TU PEUX ME NIQUER ?!!!

– Mais personne t'a niqué ! Calme-toi là c'est bon !

Bébé vient s'asseoir à côté de moi sur l'accoudoir du canapé.

– Vous croyez que vous pouvez me niquer hein ? Tu vas voir si tu peux me niquer. Bouge pas. BOUGE PAS !!!

Sam disparaît dans la buanderie mitoyenne au garage et en ressort quelques instants après.

– Y sont où mes taz alors hein ?! Y SONT OÙ !!!

– Mais j'en sais rien ! Vas-y arrête là !!! Tu casses les couilles à la fin !

– Ah ouais je casse les couilles ? Je casse les couilles hein ?! Et vous croyez que vous pouvez me niquer hein ?! VOUS CROYEZ QUE VOUS POUVEZ ME NIQUER !!!!!

Sam fait le tour du canapé et sort une 22 long rifle de derrière son dos.

– ET LÀ TU NIQUES QUI LÀ ?!!! HEIN TU NIQUES QUI FILS DE PUUUUUUTE !!!

C'était la première fois que je me faisais braquer, je veux dire réellement, pas pour jouer avec un pote qui a ramené le vieux pétard que son grand-père planquait en haut d'une armoire. ALORS TU NIQUES QUI LÀ !!! HEIN TU NIQUES QUI ?!!! TU ME NIQUES PAS MOI !!! T'AS COMPRIS TU ME NIIIIIIIIIIIQUES PAAAAAS !!!

Durant de longues secondes qui m'ont paru une éternité, Sam a balayé l'air devant nos faces le doigt sur la détente de sa 22, nous transformant en de pathétiques vermisseaux gesticulants sur son canapé blanc. Et pendant tout ce temps, je n'ai pensé qu'à une seule chose : est-ce que la 22 était chargée ? Et d'ailleurs pourquoi une 22 ? Pourquoi ce besoin de toujours braquer les gens avec une carabine, un fusil ou un pompe ? Tous ces trucs grands, gros, pas discrets pour un sou et impossibles à dissimuler, alors que le résultat serait exactement le même avec un petit calibre. Je veux dire, une fois que la balle s'est logée entre les deux yeux ou dans la rotule, faut vraiment pinailler pour trouver une différence. Il y a peut-être un peu de vrai derrière la théorie phallique des armes à feu…

– Mais qu'est-ce tu fais ?!!! T'es fou ARRÊTE !!!

Anna arrive en panique dans le salon.

– FERME TA GUEULE TOI !!!

– Arrête je te dis ! Tu fais quoi là ? POSE TON FUSIL ! T'es fou ou quoi !

– FERME TA GUEULE JE TE DIS !!! Tu veux que je te défonce aussi !

– MAIS ARRÊTE ! T'ES MALADE !

– VIENS PAS ME CASSER LES COUILLES TOI !!!

L'arrivée d'Anna détourne un temps l'attention de Sam et nous permet de fuir le canapé et le canon de la 22. Mais il repère notre manœuvre et se précipite vers la buanderie qu'il ouvre pour lâcher ses chiens sur Bébé. Et l'ambiance chute encore d'un cran. Terrorisées, les bêtes hurlent à la mort et détalent aux quatre coins de la pièce en se pissant dessus tandis que Sam les martyrise à coups de pied. C'en est trop pour Anna qui bascule à son tour. Elle se jette sur lui et en pleine furie se met à lui lacérer le visage avec ses ongles. Apparemment ce n'est pas la première fois qu'elle lui fait le coup, car tout en gardant la 22 dans sa main gauche, comme s'il travaillait cette prise plusieurs fois par semaine, avec calme et dextérité Sam se dégage, saisit Anna par la nuque et l'envoie s'encastrer contre un mur porteur. Elle finit à moitié KO, étalée au sol, gisant dans ses larmes et les flaques d'excréments canins. On ne croirait pas comme ça, mais c'est tout un art les violences conjugales. La tentative désespérée d'Anna a au moins eu le mérite de démultiplier les boucs émissaires. Sam est toujours persuadé qu'on lui a volé ses taz, mais désormais il en veut à la terre entière : concurrents, ex-associés devenus rivaux, ennemis imaginaires... Il fait trois fois le tour de la baraque pour les débusquer en vain et finit par revenir dans le salon. Il ouvre alors brusquement la porte-fenêtre, sort dans le jardin et tire à plusieurs reprises vers l'horizon. La 22 était bien chargée.

La suite de la matinée est une longue litanie, de pleurs, de cris et de couinements de femme et de chiens. Le seul point positif étant qu'on n'ait pas eu à se battre. Comme si dans sa logique de toxico dément, Sam considérait que le braquage à l'arme à feu restait encore du domaine de l'acceptable là où l'affrontement physique faisait office de point de non-retour. Autant il n'avait pas hésité une seule seconde à s'en prendre à Anna, autant il n'avait jamais osé lever la main sur nous. Question d'habitude sûrement. Assis sur sa chaise, Bébé restait imperturbable, enchaînant les joints en attendant que ça se passe, répondant d'un ton détaché aux insultes quand Sam allait vraiment trop loin. Je ne manifestais guère plus d'activité, à quoi bon ? Les menaces de Sam duraient maintenant depuis trop longtemps pour que l'on craigne réellement qu'il nous tire dessus, mais je n'avais aucune envie qu'on retrouve ma cervelle pulvérisée sur les murs après que le doigt de ce débile eut ripé par inadvertance sur la gâchette. La faim qui m'avait tiré du lit, elle ne m'avait pas quitté et mes narines étaient torturées par l'odeur de bouffe qui parfumait désormais toute la maison.

Dans le flot de paroles délirant qu'il débite en continu, je finis par comprendre que cette nuit Sam a lancé un bourguignon dont il reproche d'ailleurs à Anna de ne pas avoir surveillé la cuisson. Au milieu de sa parano, de ses hallucinations et de ses envies de meurtre, ce fils de pute n'avait rien trouvé de mieux à faire que de préparer un bourguignon à 4 heures du matin. Un bourguignon ? Il fallait que je me tire de là. Mais dans ce *Scarface* du pauvre, le Tony Montana grenoblois n'en avait pas encore fini. Il lui fallut encore une bonne heure pour redescendre et finir par écouter Anna qui l'implorait de se calmer et de nous ramener sur Grenoble. Le voyage nous permit de toucher le fond.

Un peu moins agressif mais toujours aussi déchaîné, Sam roulait à tombeau ouvert sur les routes de montagne. Anna lui a demandé une première fois de ralentir. Puis une deuxième après un virage beaucoup trop serré. La troisième fois c'était parce qu'il avait doublé sans visibilité dans une épingle. À la quatrième, après qu'on avait frôlé un camion qui arrivait en sens inverse, elle a décompensé. Sa voix cassée par les pleurs et la coke de la veille saturait la voiture et me vrillait les oreilles. Le torrent d'insultes qu'elle déversait sur Sam était assez jouissif, mais ce n'était qu'une bombe à retardement. Après lui avoir ordonné à plusieurs reprises de fermer sa gueule sans succès, Sam l'a fait taire. Dans une ligne droite, tenant le volant d'une seule main, il s'est jeté sur elle et l'a agrippée par les cheveux. Après lui avoir balancé la nuque en arrière pour prendre de l'élan, il lui a fracassé le crâne sur le tableau de bord. Le choc a produit un bruit sourd, comme un ballon de foot dégonflé qui s'écrase au sol. Le silence est revenu dans la Golf. Bébé impassible regardait le paysage défiler par la fenêtre. J'ai pensé ouvrir la porte et sauter de la voiture, mais Sam roulait clairement trop vite.

« T'as pas de couilles, t'es pas un homme. C'est facile de faire ça avec moi hein ? Mais t'as pas de couilles pour t'en prendre à une femme. T'es pas un homme. » Anna murmurait ça en boucle, épongeant son visage maculé de sang en s'admirant dans le miroir du parasoleil. Sam faisait mine de l'ignorer. Depuis quelques virages il avait ralenti et se tortillait sur son siège une main sur le volant et l'autre fouillant sa veste dans les moindres recoins. À un stop dans le rétroviseur, j'ai vu son visage se figer puis s'illuminer avec le sourire d'un nouveau-né découvrant le plaisir anal après avoir rempli sa couche.

– Les taz ! Les taz ils étaient là...

Sam venait de retrouver ses putains de piloches dans la doublure de sa doudoune. Il avait soupçonné, menacé, accusé, insulté, braqué, frappé, tiré et préparé un bourguignon ; mais cet enculé n'avait pas été foutu de vérifier si ses taz étaient dans sa veste. Et il n'y en avait pas deux ou trois, non c'était un sachet rempli à ras bord de quatre cents cachets. Le truc que t'égares pas comme ton briquet.

La tension est retombée instantanément dans la voiture. Sam était métamorphosé. Il s'est mis à nous chercher du regard dans les rétroviseurs et à lancer des œillades de chien battu à Anna qui continuait à essuyer son nez ensanglanté. À un feu il lui a tendrement passé la main dans les cheveux. Là il en faisait trop. Qu'est-ce qu'il croyait ? Elle allait l'ignorer et l'envoyer chier, lui et ses taz de merde.

D'ailleurs elle avait prévu de le quitter le soir même. Elle irait dormir chez une copine et dès le lendemain elle appellerait un de ces nombreux prétendants ou un autre dealer concurrent pour se le taper et rendre Sam fou de jalousie. Elle avait l'embarras du choix. Elle était désirée, elle le savait. Elle n'avait qu'à se baisser pour trouver un autre mec. Même mieux, elle allait le balancer aux flics ou demander à son nouveau mec de monter une équipe pour le faire sauter. Elle allait le faire payer d'une manière ou d'une autre. Ça n'allait pas en rester là. Qu'est-ce qu'il croyait le psychotique rincé au sérum phy ?

Enfin ça c'est ce que je pensais. Il a suffi de deux regards et trois caresses pour qu'elle se mette à afficher le même sourire niais et qu'elle lui prenne la main. À l'entrée de Grenoble ils se sont embrassés. Le temps qu'on arrive en bas de chez ma mère, ils étaient amoureux comme au premier jour. J'avais envie de vomir. Avant qu'on sorte enfin de la voiture, Sam nous a dépanné une boulette de ces nouveaux shits qui commençaient à tourner. Une fois dehors, il nous a pris dans ses bras pour nous dire au revoir et Anna a retrouvé son rôle de maman.

– Bon c'était cool hein ? Merci d'être montés. On se refait ça quand vous voulez ! Bon c'est vrai que tatie et tonton ils se sont un peu engueulés, mais on a passé un bon moment hein ? Allez, on s'appelle. Bisous !

Et ils sont partis. Anna sortant délicatement son bras par la fenêtre pour nous faire coucou. Ils avaient prévu de passer récupérer de la thune chez un client. Bébé est monté à la maison le temps de fumer un joint. Le shit de Sam était incroyable, meilleur que toutes les saves que j'avais goûtées dans ma vie mais on n'a presque pas parlé. Le spliff terminé, Bébé a partagé en deux ce qui restait du bout et il est rentré chez lui. Le soir j'ai avalé trois assiettes du rôti que m'a mère avait préparé et je me suis couché à 22 heures. J'aurais voulu qu'elle me borde, qu'elle m'amène un verre d'eau et qu'elle laisse la lumière allumée. Mais je me suis endormi tout seul, dans le noir.

Pénurie

Il n'y a plus rien à fumer, plus un seul bout, nulle part. Tout le monde en cherche, mais personne n'en trouve. Plus de gros ni de demi-gros, plus une save, plus un 25, même plus de détail. Alors on se rationne, on hésite à faire tourner. On crame son perso à l'abri des regards en fin de soirée, histoire de pouvoir au moins dormir, mais les journées sont longues et tendues. Les grossistes gardent leurs fins de stock pour leur conso et on voit ressortir des lots dégueulasses. Ceux qu'on avait oubliés au fond d'une cave ou carrément enterrés dans la forêt, tellement infumables qu'ils en deviennent invendables.

Chaque été on a droit à une petite pénurie. Les équipes et les dealers se calment. C'est les vacances, même pour eux. Mais là, de mémoire de brasseur, ça dépasse tout ce que l'on a déjà vu. Pire qu'une sécheresse en plein mois de juillet, Grenoble est à sec. La nature ayant horreur du vide on comble le manque en se contant des histoires pour grands enfants en mal de THC. Certains parlent d'une équipe qui tournerait au centre-ville dans une Renault 21 blanche et balancerait du détail. D'autres racontent qu'on trouve des 25 à l'Alma. On a entendu dire qu'il y en avait au V2. Une autre fois c'était aux Îles de Mars. Le lendemain c'était au Limousin ou aux Floralies, au Saint-Onge ou peut-être à l'Abbaye. Mais les jours passent et toujours rien à se mettre sous le poumon.

En même temps on aurait dû le voir venir. Ça ne pouvait pas durer éternellement. Depuis plusieurs mois les arrivages avaient explosé. L'offre était tellement importante que les prix n'arrêtaient pas de baisser et ça s'était encore accéléré ces dernières semaines. On ne savait plus quoi faire du shit, il y en avait partout et tout le monde s'était mis à brasser. Du grand n'importe quoi. Même la plus grosse baltringue, le gars le plus tricard à qui avant on n'aurait jamais lâché 1 gramme pouvait te faire un bout. J'avais vu les hippies du lycée, ceux que tout le monde escroquait habituellement, proposer des 25 à 200 balles. Deux cents balles le 25 ! Il y avait forcément quelque chose en dessous. Mais personne n'aurait pu imaginer que ça finirait comme ça.

En désespoir de cause et pour nous donner l'illusion de tenter quelque chose, on passe nos journées avec Bébé à écrémer nos répertoires à la recherche d'un plan. Après avoir épuisé le cercle des amis, des potes puis des connaissances, on en est à parcourir celui des quasi-inconnus. Au bout de trois jours, au fin fond de ses contacts, Bébé finit par récupérer le numéro d'un hypothétique brasseur grâce à un ancien collègue de boulot qui ne fume même pas. Il cale un rendez-vous chez lui l'après-midi même. Le héros du jour est un blédard gominé d'une quarantaine d'années qui parle trop et s'est renversé une bouteille d'eau de Cologne sur la poitrine. Il peut nous faire du détail et rien d'autre. Dix barrettes et pas une de plus et c'est le même prix par une ou par dix. À prendre cash ou à laisser. Le shit est pas mal, mais les barrettes sont tellement fines qu'elles ressemblent à de grosses allumettes. Notre sauveur avait une gueule d'escroc, mais les temps n'étaient plus à la négociation. Bébé lui a pris les dix barrettes sans discuter. En temps normal on en aurait brassé huit et gardé deux en bénéfices. Cet été-là on n'en a vendu aucune.

À partir de la fin août, la pénurie a fini par s'estomper, mais plus rien ne serait jamais comme avant. Tout avait changé, en mieux. Le tcherno était mort. Les Marocains – je parle d'eux, car le shit consommé en France provenait quasiment à cent pour cent du Maroc –, après des décennies à nous refourguer leurs sous-stocks, s'étaient enfin décidés à monter en qualité, même sur le commercial. Les savonnettes de 250 grammes aux coins en pointes ont laissé place à des petites plaquettes rectangulaires de 100 ou 200 grammes. Et comme un présent divin tombé des cieux, le shit était meilleur. Plus que meilleur, ce n'était plus le même produit. On passait d'un tcherno dur, sec, au goût de terre et aux effets légers à un shit mou, collant, épicé que tu découpais sans chauffer et qui te défonçait la gueule. C'était Noël avant l'heure. En y réfléchissant bien, il y avait eu des signes avant-coureurs comme les bouts de pollen que Lino et Igor m'avaient ramenés une ou deux fois et qui m'avaient rendu vert de jalousie ou le shit que nous avait dépanné Sam après sa crise. Mais dans un milieu régi par les lois sacrées du marché, à savoir se gaver le plus rapidement possible en écrasant le voisin et en escroquant ses clients, l'idée que le produit de consommation le plus répandu monterait en qualité n'avait jamais été à l'ordre du jour. Mais les têtes de réseau avaient dû sentir le vent tourner et qu'elles ne pourraient pas éternellement exporter leur shit avarié alors que le bizness était en train de se mondialiser et que les Hollandais, qui avaient un siècle d'avance sur les paysans du Rif, mettaient chaque semaine sur le marché de nouvelles variétés toujours plus puissantes et productives. Les parts de marché en jeu étaient trop importantes. Il en allait de l'économie tout entière du royaume. Il fallait réagir. Les Marocains ont réagi. Le shit n'a jamais baissé en qualité et il n'y a plus jamais eu de pénurie.

Tripaliare

Je ne fais toujours rien. Ben patiente, porté par une incompréhensible foi en mes prétendues capacités, mais concrètement je ne fais rien. Les journées s'enchaînent, toutes plus similaires les unes que les autres. Je glande, je me défonce et bien sûr je brasse plus ou moins intensément. Le minimum syndical étant de ne pas payer ma fume, question d'honneur. Les mois défilent sans que rien de notable en ressorte. Une routine en forme de mélasse psychotrope s'est installée et rien ne me pousse à en sortir. Je continue à travailler au restaurant les week-ends et cela me suffit comme alibi. Je bosse, je gagne ma thune, alors ne venez pas me faire chier. Et ça marche, avoir un boulot régulier permet de tenir la société et ses angoisses à distance.

Le travail, cette chimère. Tout brasseur, tout dealer aussi gros soit-il, garde toujours un lien même ténu avec le spectre du travail. Avoir un taf, un vrai ; légal, officiel, déclaré et taxé comme tel. L'appel de la tranquillité et l'orgueil du respectable rôdent toujours dans la langueur des conteneurs de coke bercés par le Pacifique ou l'hystérie des go fast avalant l'asphalte. Moi-même je pensais qu'en prenant un boulot normal je jouais la sécurité, je jouais le jeu et tentais enfin de m'intégrer un tant soit peu. Il y avait bien sûr un prix à payer. Il fallait vivre avec le poids de la culpabilité, le goût de la défaite. L'humiliation d'avoir baissé les armes et accepté son sort. En échange on gagnait le confort légèrement insipide de l'argent facile. Oui l'argent facile, il n'est pas là où on le dit. Il ne faut vraiment jamais avoir vendu une barrette de sa vie pour penser que l'illicite c'est de l'argent facile. Le jour où j'ai encaissé mon premier chèque de salaire, ça m'a fait comme un choc. Instinctivement je suis resté sur mes gardes. Y avait un truc, ce n'était pas possible, ça ne pouvait pas être aussi simple, aussi facile justement. Gagner de l'argent sans avoir rien à craindre, ni les flics, ni les embrouilles ? Sans avoir à se cacher ou à planquer son fric ? Sans paranoïa, sans sueurs et sans nuits blanches ? Avec de vrais horaires et en plus le repas est fourni ? Mais apparemment c'était bien ça « travailler ». Ma mère était heureuse et rassurée, mon père était fier et rassuré, j'étais quelque part vaguement rassuré. Mais c'est au travail que j'ai rencontré les pires crapules.

La restauration est une profession de défoncés. Pour tenir et supporter des conditions de travail déplorables, on boit, énormément, on fume, des montagnes de clopes et des kilos de shit, et on se shoote à la caféine. Mais ça c'était avant. Avec sa démocratisation la coke a fait une entrée fracassante dans le milieu. On en consomme avant, pendant et après le service. Au niveau du deal c'est encore mieux. Les cuistots et les serveurs sont de super-clients. Ils gagnent confortablement leur vie et les horaires décalés qui les marginalisent des créneaux habituels de la consommation de masse font qu'ils ne savent souvent pas comment dépenser leur fric. Mais leur vrai point faible c'est la dépendance à l'adrénaline du service et des coups de feu qui les pousse à rechercher toutes sortes d'excès, donc toutes sortes de drogues. Dans mon restaurant ils tournent tous à quelque chose.

C'est surtout en cuisine qu'on trouve le plus de phénomènes. Le chef passe près d'un paquet de tabac à rouler par jour. Il ne fume pas ses clopes, il les avale. Le gars aux entrées fume presque autant mais en plus il se descend un litre de café par service. Un litre d'expresso préparé d'avance dans un pichet à bière qu'il sirote au fil des envois. Le second de cuisine qui se fait passer pour un bon musulman ne crache pas sur ses demis en fin de service et le plongeur sirote discrètement son whisky grâce à une flasque qu'il cache au fond de sa veste de travail. Au gril il y a Nicholson. Lui carbure à tout ce qui passe : clopes, shit, alcool, coke, speed, taz... Avec sa dégaine de doublure de *Shining* et son tablier maculé de sang, il finit les services comme échappé d'un film de Tobe Hooper et même à jeun son regard met les serveuses mal à l'aise. Si la restauration devait choisir un visage pour ses campagnes de recrutement, il faudrait absolument qu'elle évite celui de Nicholson.

Mais il n'y a pas que des cas sociaux au resto, il y a aussi Hamza qui bosse en salle avec moi et qui a toujours du tamien incroyable. À traîner avec lui entre les services, j'ai pu observer que sa famille était l'une des plus importantes et des plus connues de Grenoble au niveau du shit. Les frères de Hamza blanchissaient l'argent du deal dans différents commerces et tenaient même une épicerie qui leur servait de couverture et de base arrière. Il se racontait qu'ils avaient négocié avec les flics la paix sociale dans le quartier en échange d'une certaine tranquillité pour mener leurs affaires. La fratrie venait parfois manger au resto et ne se privait jamais d'étaler sa réussite en réglant des additions à trois chiffres ou en offrant des cigares à toute la salle. Tout cela était fort appétissant bien sûr, la famille de Hamza était aussi attirante que leur shit était gras, mais c'était un peu trop gros et surtout un peu trop tendu pour moi. L'ampleur de leur bizness et des cicatrices ornant le thorax du frère aîné, souvenir de multiples perforations aux poumons, me laissait à penser que je n'avais pas forcément tort de me contenter de profiter de leur immunité policière permettant de cramer des tarpés en toute liberté au centre-ville quand je traînais avec eux ; ce qui était déjà un luxe inouï pour l'époque. Il fut un temps où il était risqué de fumer dehors sans un minimum de discrétion.

Et enfin pour chopper de la beuh dans tous les restaurants de mon boss il y avait le grand pote de Nicholson : Manu. Il était second dans un autre établissement et venait parfois chez nous pour combler les absences ou donner un coup de main quand les services devenaient ingérables. On a sympathisé grâce aux joints échangés après le boulot et quand je lui ai demandé où il chopait la beuh qu'il venait de rouler dans sa feuille longue il m'a proposé sans détour de passer chez lui le lendemain pour en acheter. C'est la première fois que je tombais sur un brasseur aussi peu méfiant. Deux ou trois plans ensemble et Manu me rencardait sur son bizness et son mode opératoire. Il faisait partie d'une équipe dirigée par Chabichou, un rasta blanc pas très peace and love pour le coup qui faisait venir tous les mois des dizaines de kilos de weed en provenance de Suisse. Elle n'était pas exceptionnelle et souvent pleine de graines, mais elle avait le mérite d'être bon marché et conditionnée sous forme de pains ou de boudins compressés à l'extrême, ce qui permettait de réduire au maximum le volume des cargaisons et de la débiter en tranches ou en morceaux comme on le faisait avec le shit.

Manu possédait une sacrée clientèle. Son appartement était continuellement saturé de fumée et d'acheteurs. L'herbe attirant les hippies, l'atmosphère était roots, sentant le retour de festival de reggae en Ardèche, le thé au miel et le pastis tiède. J'y croisais souvent Nicholson et tout un groupe de trentenaires à l'embonpoint goguenard qui venaient faire leurs emplettes en dissertant sur leurs problèmes de couple et de calvitie. La douceur de ce revival seventies assaisonné au patchouli tranchait radicalement avec l'habituelle raideur en béton armé de mon quotidien et je me suis vite débrouillé pour squatter le plus souvent possible chez Manu. C'est avec lui que j'ai fait mon apprentissage de la beuh. Il récupérait en permanence tout un tas d'échantillons donnés par des clients cultivateurs. Ça allait du gamin qui s'était fabriqué un mauvais placard de culture dans sa chambre au jardinier de 50 balais qui plantait de véritables champs à la campagne et récoltait des pieds de sativa de plus de 2 mètres de haut.

En plus d'un salaire le travail m'offrait donc de nouveaux plans et parmi les meilleurs que je n'avais jamais eus. L'ironie du sort était tout de même savoureuse. Je me décidais enfin à rentrer un peu dans le moule, mais à peine un pied posé sur le sol de la droiture, de l'honnêteté et des points retraite qu'on me servait sur un plateau des dealers, des cramés et des prods en pagaille. La probabilité que pour mon premier job j'atterrisse dans la boîte où travaillaient deux des plus gros fournisseurs de cannabis de Grenoble était tout de même assez mince non ? Ou peut-être que tout cela n'avait rien à voir avec l'ironie ou quoi que ce soit avec le sort. Il y avait des dizaines d'employés dans les restaurants de mon patron. Certains ne faisaient que passer, d'autres étaient là depuis des années, mais ils n'en avaient rien à foutre de la famille de Hamza, des pains de beuh de Manu ou des grammes de speed de Nicholson. Le boulot leur permettait de payer les factures, pas de trouver de nouveaux fournisseurs. Ils s'en servaient pour assurer le quotidien ou préparer l'avenir, se maintenir à défaut de s'améliorer. Pas pour s'enfoncer encore plus.

Légende 2

« Le cannabis c'est la porte d'entrée. La première marche sur l'irrémédiable escalade des drogues qui se terminera par l'agression de vos pauvres parents à qui vous déroberez leurs maigres économies pour acheter la dose d'héroïne fatale que vous vous injecterez au creux de votre bras nécrosé, prostré au fond du caniveau qui vous fera office d'ultime demeure. »

Cette théorie née au milieu des années 70 perdure encore aujourd'hui. Elle est même relayée par nos élites politiques en mal de voix. C'est dire si l'alcool imbibe la société jusqu'à la moelle et provoque notre cécité mieux que le méthanol frelaté. La porte d'entrée des drogues ce n'est pas le premier joint tellement mal roulé qu'il est impossible à fumer. Ce n'est même pas la première cigarette avec laquelle on s'étouffe en essayant d'avaler la fumée. Non, l'initiation a lieu bien avant. Tellement tôt qu'on l'oublie comme ses premiers souvenirs d'enfance.

On voit le jour au milieu des verres, des bouteilles et des cubis. On découvre le monde aux côtés de papa et maman qui s'en jettent un le soir en rentrant à la maison ou en cachette le matin. On grandit en trempant ses lèvres dans les coupes de champagne et les grands crus du Bordelais. On apprend à servir l'apéro avant même de savoir se branler et la première cuite vaut dépucelage.

Repas entre amis, repas de famille, anniversaire, diplôme, mariage, divorce, retraite, enterrement… pas un évènement qui ne se fête sans se bourrer la gueule. Les gamins savent ce que c'est d'être saoul avant même de boire leurs premiers verres. La France est un gigantesque alambic à ciel ouvert. Un tonneau percé, suintant la boisson par tous ses pores à la face de ses enfants. La première drogue que l'on voit, que l'on sent, que l'on goutte, que l'on ressent ? D'escalade il n'y a pas. Mais s'il y a une porte d'entrée…

Luciano

Je pensais qu'on y pénétrait comme dans une forteresse. Que les lieux étaient gardés, surveillés de jour comme de nuit, que tout ce qui rentrait ou sortait était intercepté, contrôlé, vérifié ; devait être justifié et validé. J'imaginais un espace échappant aux règles communes du dehors. Plus fermé qu'une prison, plus secret qu'une base militaire. Mais j'ai eu le temps de m'y perdre.

Le fronton de l'arche faisant office d'entrée principale ne laisse aucun doute sur la nature des lieux : « Hôpital psychiatrique départemental ». Juste en la franchissant, on bascule déjà un peu. Les sens en alerte, une légère inquiétude vous étreint. La peur diffuse d'être touché, contaminé à son tour par l'indicible qui rôde et pourrait vous percer à jour, vous révéler. Rentrer dans un HP c'est toujours avoir peur de ne pas en ressortir.

Passé l'entrée on déboule dans un joli parc où trône un ancien couvent réhabilité. La suite de l'architecture est dans la même lignée, composée de bâtiments type 1900, imposants, solennels, inadaptés. Les pavillons sont éclatés sur l'ensemble du parc et j'erre pendant de nombreuses minutes à la recherche du bon service. Comme la plupart des néophytes, je m'attendais à être assailli par les cris, agressé par le bruit et la fureur, mais c'est le silence qui frappe. Il n'y a guère que le chant des oiseaux qui vient troubler celui du vent dans les feuilles d'automne. Mais le silence n'est pas le seul responsable du calme qui règne. L'hôpital semble désert. Le temps de mon périple, je ne croise quasiment personne excepté quelques blouses blanches au pas pressé et deux ou trois silhouettes fantomatiques enveloppées dans un nuage de cigarette.

Au détour d'une avenue en gravier bordée de platanes, je finis par tomber sur le bon pavillon et me présente à l'accueil. En lieu et place de cerbère une infirmière dont toutes les expressions trahissent un manque abyssal de sommeil me reçoit. Ni interrogatoire ni questionnaire à remplir, il me suffit de décliner mon nom et celui du patient que je viens visiter pour pénétrer seul à l'intérieur du service. On m'indique simplement que mon rendez-vous aura lieu à l'extérieur. Passé un hall décoré par un distributeur de boissons multifonction, un couloir entravé par deux portes battantes débouche sur une pièce faisant office de salle commune où traînent une vingtaine de personnes. Certains marchent au ralenti pendant que d'autres feuillettent mollement des magazines à côté de ceux qui ne font rien. Une télé fixée en hauteur crache un programme en sourdine tenant compagnie à une dizaine de corps inertes somnolant dans des fauteuils en Skaï. Ma présence passe totalement inaperçue et seul un adolescent trop grand arborant un casque de boxe interrompt ma traversée en m'interpellant dans un langage incompréhensible le temps de quelques pas avant de repartir en courant. Arrivé au bout de la salle près de la sortie qui mène au jardin, je jette un dernier coup d'œil à cet espace qui pourrait faire penser à un foyer de MJC de quartier;

les pyjamas, la bave et un gamin se cognant la tête sur les murs en plus.

L'infirmière de l'accueil m'avait indiqué que Luciano était sorti fumer et je le reconnais de dos assis sur un banc au milieu du parc. Avant de venir, je l'avais imaginé affaibli. Je l'avais imaginé abattu, délirant, en colère, en crise, en train de dormir, vêtu d'une camisole, enfermé dans une chambre capitonnée. Je l'avais imaginé de plein de manières, mais je n'avais pas imaginé ça. À quelques mètres du banc, je l'interpelle pour signaler ma présence, mais j'ai le temps d'arriver devant lui avant qu'il ait fini de se retourner. Luciano n'est plus que lenteur et difficultés. Lever les yeux du vide dans lequel ils s'étaient abîmés pour croiser mon regard lui prend une éternité. Ses mots, ses gestes, son souffle tout en lui est alourdi, empêché par une force invisible. Le pire c'est quand il crache. Sa salive semble être le prolongement de l'ectoplasme qui a pris possession de lui et s'étire en longs fils qui s'accrochent désespérément à sa bouche engourdie. Mais en bon mec de quartier, Luciano veut cracher. Les mollards et les cigarettes qu'il fume les unes après les autres sont les seuls vestiges de sa vie d'avant. Les derniers marqueurs tangibles de son moi qui subsistent. Le reste n'a plus grand-chose à voir avec la réalité. Par des mots cotonneux et des phrases s'allongeant à l'infini, Luciano rumine un amour contrarié qui n'a jamais existé que dans son imaginaire fracassé et des plans de vengeance contre un ami commun qui serait la cause de tout ce qui lui arrive. Et pas la peine de le raisonner, il sait très bien ce qu'il dit. Il n'est pas fou quand même. J'essaie vainement de contre-argumenter mais c'est peine perdue, Luciano boucle. Son mental tourne sur lui-même suivant sa propre logique tortueuse et ankylosée. Les rares fois où la discussion bifurque et quitte le terrain de la paranoïa, c'est pour me demander si j'ai un bout de shit à lui dépanner. Je refuse ou botte en touche, Luciano tente mollement de négocier puis repart dans le ressassement avant de ressortir à nouveau sur le shit puis de replonger. Et ainsi de suite jusqu'à ce qu'un infirmier vienne délicatement m'annoncer que mon temps est terminé. En lui faisant la bise me sont remontées des sensations enfantines avec mes grands-parents ou de visites à une lointaine tante alitée, c'était comme embrasser un vieux. Le visage de Luciano avait la même raideur et les mêmes temps de retard.

Avant ce gars qu'il accusait de tous les torts, c'est sur son grand frère que Luciano avait projeté son délire. En tout cas c'est quand il s'était jeté sur lui pour lui éclater la face à coups de poing que sa mère avait appelé le Samu. Luciano avait atterri aux urgences psychiatriques et il y était interné depuis trois semaines. Le diagnostic était tombé comme un couperet bien affûté : schizophrène. Autant dire cinglé pour là d'où il venait. Le lendemain de son internement, nous étions passés voir ses parents avec Lino et Igor. L'appartement était transformé en salon funéraire. Seule la télé allumée comme d'habitude en continu générait encore un peu de vie et de lumière. À peine on avait franchi le seuil de la porte d'entrée que la mère de Luciano s'était écroulée dans mes bras. Son corps décharné par le stress et une vie de malheur conjugal m'avait paru soudainement si lourd que j'avais dû lutter pour ne pas finir aspiré au sol avec elle. Mais tout était trop lourd. La mère de Luciano, le silence de son frère, le regard imbibé d'alcool et de haine de soi de son père incapable d'esquisser un geste alors qu'un gamin enlaçait sa femme, la touchait, elle qui aurait voulu qu'on l'étreigne jusqu'à l'abandon. Je ne pouvais pas porter ça, pas en plus de mes remords.

J'avais, on avait vu Luciano glisser petit à petit, de jour en jour, de mois en mois. Une lente et interminable chute. Mais comme tout ce que l'on a sous le nez, à force de le voir on ne le regarde plus. On l'avait pourtant alerté sur le fait que le shit commençait à le défoncer bizarrement, un peu trop violemment. On avait ri de ses silences, moqué ses errances et ses blancs de plus en plus nombreux. Et on l'avait réconforté le jour où il s'était effondré en larmes sans raison. On avait fait notre job d'ados. Est-ce qu'on aurait dû faire plus ? Interpréter les signes, décoder les prémices de l'effondrement ? Agir quand les adultes avaient été incapables de le faire ? Il était un peu tard pour les regrets et bien trop tard pour désigner un coupable. Luciano était désormais sur l'autre rive et personne ne savait s'il aurait un jour la force de retraverser.

La folie est taboue, partout, même dans le deal. On vend, on achète, on consomme des drogues, on altère ses sens, on brouille son mental, son intellect, ses émotions. On joue avec la réalité et certains parfois s'y perdent. On parle alors pudiquement et à voix basse de ceux qui sont restés perchés. On la frôle, on la touche du doigt, mais la folie reste un spectre sans nom que l'on tait et qui surgit parfois sous la forme d'une gamine bouffie et mutique ou d'un corps défenestré trop tôt.

Certaines études à charge avancent que près de cinquante pour cent des schizophrènes ont déjà consommé du cannabis. Certains rétorquent que ça ne prouve rien, car près de cent pour cent ont déjà mangé du chocolat et personne n'accuse jamais le cacao. Est-ce que le cannabis révèle certaines schizophrénies ? Est-ce que les schizophrènes ont une attirance plus marquée pour le cannabis ? L'œuf, la poule… aucune étude sérieuse n'a pour l'instant prouvé le lien de causalité entre cannabis et schizophrénie. La consommation et la qualité du shit et de l'herbe n'ont cessé d'augmenter depuis trente ans. Logiquement on aurait dû assister à une explosion des cas. Mais non, les HP débordent désespérément de malades aux souffrances sans nom. Pas de fumeurs de shit.

Arborescence

Une fois n'est pas coutume j'ai pris mon shit à Lilith. C'était la seule à avoir quelque chose s'approchant de ce que je recherchais désespérément : du gras, du noir, du mou, de l'épais ; pas une de ces putains de plaquettes fines et claires. J'en ai pris trois, ce qui me fait 600 grammes. Ça me permettra de tenir jusqu'à la fin juillet. Dans le meilleur des cas jusqu'à la mi-août si je gère un peu, mais pas plus loin. Je sais bien que même en prenant ses précautions, les réserves et bonnes résolutions du début d'été ne tiennent jamais assez longtemps.

J'aurais pu prendre mon shit à Bébé, mais il est devenu moins regardant depuis qu'il se concentre sur la coke. Quoiqu'il aurait pu en avoir grâce à Téo ou même par son frère. Depuis qu'il ne le prend plus à Yacine, Steve a souvent du meilleur shit. D'ailleurs c'est Baba qui fournit Sam et peut-être même la Teigne, mais a priori ils sont encore en concurrence sur le shit. Il y avait aussi les frères Cara qui brassent avec Chami et Nanard, mais il aurait fallu se coltiner Conor. Et puis de toute façon ça remettait Steve dans la boucle, donc non merci. Bon le pire c'était peut-être Kamel, le gars se fait passer pour un brasseur alors qu'il ne fume même pas de shit et puis avec lui c'est les embrouilles assurées. À un moment les mecs faut qu'ils choisissent : soit t'es un brasseur, soit t'es un carotteur, mais tu ne peux pas passer ton temps à dépouiller des gens et vouloir qu'on te prenne au sérieux. J'aurais aussi pu voir avec Lino, Guillaume lui fournissait toujours du shit acceptable et souvent bien frais. C'est lui aussi qui faisait du demi-gros pour Eddy et sa clique. À moins que ce ne soit Greg ? Ça aurait été marrant de savoir s'il était toujours en contact avec Gary qui aux dernières nouvelles se prenait pour un dealer de coke. Xavier, son ancien associé, était resté cantonné au shit. Par contre je me demande si Guillaume brasse toujours autant. Mais j'ai préféré épargner Lino. Même s'il n'avait pas été touché, depuis qu'il s'était fait tirer dessus à Pont-de-Claix, il s'était un peu calmé. Il y avait bien Clément, mais à force de papillonner à droite et à gauche il n'avait jamais de plan sûr et nous sortait un nouveau dealer toutes les semaines. Ça aurait dû lui servir de leçon de se faire braquer à coups de surin la dernière fois. En grattant un peu il y avait son ancien client Bebert qui brassait avec Joris, le gars qui s'était fait racketter sa voiture par Sam, mais depuis qu'il s'était fait séquestrer dans l'appart du 10, plus personne n'avait de nouvelles. C'est Toufik qui aurait pu aller chez le 10 pour moi, mais je crois que j'aurais encore préféré rappeler Virus même depuis que Georges s'était fait serrer, que de prendre au 10. Nicholson m'avait fait goûter un shit soi-disant artisanal, mais à part un vague goût de beurre je ne lui avais rien trouvé d'exceptionnel. Passons sur Manu qui était certes au top sur la weed, mais mauvais sur le shit, même depuis que le Pourciau squattait chez lui en permanence et y écoulait tout ce qu'il pouvait. Hamza et ses frères avaient toujours le meilleur shit du centre-ville, mais de là à prendre le risque de leur acheter un demi-kilo… Et je savais très bien que Faycel prenait son shit là-bas. Pasquale se fournissait maintenant chez moi et ses potes étaient incapables de trouver autre chose qu'un 10 grammes. Ne parlons même pas d'Hachim et de sa bande de raclures. Je cherchais un dealer, pas à finir en slip. Yann avait bien de temps à autre du jaune bien mousseux, mais il était incapable de me sortir plus de 50 grammes et Larissa avait disparu des écrans radars depuis la fin du tcherno. Est-ce que Ben aurait pu appeler le Grand Franck pour moi ? Le W était l'un des meilleurs shits que j'avais vu passer depuis longtemps. Mais un demi-kilo c'était hors de question avec Ben. J'étais déjà tellement mauvais en musique, je n'allais pas prendre le risque de tout perdre à cause du bizness. Non Lilith c'était très bien en fait. En plus elle avait dû prendre directement au Barbu ce qui mettait tout le monde d'accord.

Parfois j'essayais de recréer mentalement l'arborescence de tous les brasseurs et dealers que je connaissais, et des liens qui pouvaient exister entre eux. C'était tellement vaste et en même temps tellement précis. Je me disais que les flics eux-mêmes ne me croiraient pas si je me décidais à tout balancer.

Ambre

Je l'ai quittée au téléphone, ses sanglots étouffés par le combiné. Même pas le courage de lui dire en face. La fin était à l'image du reste : minable. Elle ne demandait pas grand-chose pourtant, un peu de passion, même factice. Un temps mort, une bouffée d'air dans nos vies asphyxiées, mais je n'ai même pas été foutu de lui faire l'amour correctement. Même pas de la baiser. Horrible.

Ambre avait débarqué un jour en compagnie de Mina pour m'acheter un bout de shit et je l'avais à peine remarquée. Nous nous étions recroisés quelque temps après chez Mina pour une soirée taz. Là j'avais été frappé par sa beauté, mais elle était bien trop féminine pour le frustré que j'étais devenu. Mina a fini par lui présenter Bébé pour les taz et la coke et au fil des plans elles se sont mises à traîner de temps en temps avec nous. Disons qu'elles venaient acheter plus souvent et qu'elles restaient un peu pour consommer. L'image d'Épinal colorée aux drogues de synthèse des petites bourgeoises qui descendent de leur montagne pour s'encanailler avec les mauvais garçons. Pourquoi faut-il toujours que les filles sans histoire soient attirées par les connards qui vont les envoyer elles et leurs rêves de gamine se fracasser la gueule dans le mur de leurs illusions perdues ?

Bébé et son frère s'étaient mis en colocation. Une grande baraque sur les hauteurs de Grenoble. Ambre et Mina y passaient parfois perdre leurs après-midi à traîner dans le jardin au milieu des chiens d'attaque. Il a suffi d'une fois pour qu'Ambre devienne la nouvelle proie. C'est sûr que l'innocence de son regard dénotait au milieu des femmes de dealers endurcies par le poids des prods et des années. Ils ont tous voulu la chopper : Steve, Conor et tous les autres, mais par un incompréhensible miracle c'est moi qu'elle a voulu. Évidemment je n'ai rien vu, il a fallu que Bébé me réveille pour que je prenne conscience qu'elle venait et restait surtout pour me voir. Ambre n'était pas mon style de fille, mais elle était le nouveau Graal à obtenir. Faute de désir ça comblait au moins mon ego ou ce qu'il en restait. Bien sûr Clément se l'était déjà tapée quelques mois avant en soirée, mais la conquérir, même en deuxième, m'assurait malgré tout une certaine gloire. Je l'ai donc invitée.

Au téléphone le son de sa voix trahissait déjà beaucoup trop d'excitation pour réserver le moindre suspense. Pour la forme et respecter un simulacre de séduction j'ai attendu la fin de notre sortie en ville, mais au vu de son regard quand elle est arrivée, j'aurais pu l'embrasser dès la sortie du bus. Ce succès aurait dû au moins flatter ma vantardise, mais je n'arrivais même plus à profiter de ces moments-là. Dès nos premiers rendez-vous j'ai bien vu que je l'impressionnais ou plutôt l'image de brasseur ténébreux que je m'étais construite faisait son effet. Elle me disait que c'était quelque chose pour elle de venir m'acheter du shit. Qu'elle s'en faisait toute une histoire chaque fois qu'elle passait avec Mina alors que je la recevais chez ma mère, dans ma chambre, assis en bas de mon lit superposé. À quoi ça tient une illusion.

Très vite elle a voulu que l'on se voie plus souvent. Elle me faisait de grandes déclarations les yeux un peu trop écarquillés, disant qu'elle se sentait bien, rassurée, en confiance et c'était encore pire quand elle se défonçait. De mon côté tout n'était qu'une longue suite d'errements et de malaises. Parcouru tout de même par quelques éclairs d'érotisme fulgurants. Ambre était la sensualité incarnée. Mais même à ce niveau-là c'était une catastrophe. Le sexe était devenu une source d'angoisse indicible. Non vraiment il n'y avait rien à sauver de cette mascarade. Pour elle comme pour moi, il fallait que ça s'arrête au plus vite. Mais pas aussi lamentablement. Ironiquement ma lâcheté m'avait peut-être évité un naufrage encore plus grand. Le temps de notre courte idylle Ambre avait dû subir une ovariectomie qui l'avait plongée dans une angoisse maternelle incontrôlable. Elle n'avait de cesse de parler grossesse, bébé et accouchement. J'éludais toujours le sujet et cela ne faisait qu'augmenter la distance entre nous. Mais au moins cela prouvait qu'à défaut de courage il me restait un soupçon de lucidité. Comment ne pas voir qu'au milieu de nos 20 ans fracassés, l'arrivée d'un enfant aurait été un massacre ? D'autres n'ont pas eu cette chance. Le premier gars sur lequel Ambre a jeté son dévolu après moi s'est retrouvé père en moins de six mois.

Après la rupture il n'a pas fallu longtemps pour que tout finisse par se payer. La misère sexuelle et affective a ses limites. J'ai découvert que l'expression toucher le fond n'a aucun sens. Il existe un lieu qui n'a ni début ni fin, ni haut ni bas et encore moins de fond. Et que la réalité peut devenir une idée comme les autres. Ma mère a fait ce qu'elle a pu, mon père n'en a jamais rien su et la psy que j'ai croisée deux fois a bien tenté de me faire revenir, mais la seule chose qu'elle a obtenue était encore ce que je savais faire de mieux : la fuite.

Il est des endroits où l'on encaisse comme on peut. Alors on ferme sa gueule, on baisse la tête et on en roule un autre.

15 heures

Souvent il ne se passe rien. L'ennui ce n'est pas glacial. C'est tiède, comme baigner dans sa propre pisse. Comment le temps peut-il à ce point se dilater ? Jusqu'au vertige, jusqu'à nous engloutir. La mort, ce n'est pas donné à tout le monde. La mort c'est pour ceux qui ont encore le panache de se sublimer. Pour tous les autres, il reste le vide et le quotidien. Alors on attend. On attend que ça se passe.

Ben

Je suis tous les jours chez Ben le musicien. Qui l'eût cru ? Mais malgré le temps passé avec lui, je ne le vis que comme quelque chose d'accessoire, une parenthèse secondaire. L'essentiel reste ailleurs comme si la quantité ne pouvait rien face à l'intensité.

Mon délabrement mental a laissé quelques traces. Dès le réveil de monstrueuses boules d'angoisse me déchirent le ventre et reviennent par vagues tout au long de la journée. Je ne supporte plus d'être loin de chez moi et dès que je me retrouve dans un espace fermé je m'assure d'être près de la sortie. J'ai de plus en plus de mal à mettre le nez dehors et passe la majorité de mes soirées cloîtré dans ma chambre. Bien évidemment je n'en parle à personne et gère seul mon automédication à grand renfort de spliffs, d'alcool et de traces épisodiques de coke. J'ai refusé catégoriquement tous les traitements que les rares professionnels de santé que j'ai croisés m'ont supplié de prendre sans délai. On appréciera la cohérence de celui qui vit vingt-quatre heures sur vingt-quatre sous cannabinoïdes depuis des années, se défonce deux fois par semaine avec à peu près tout ce qui lui passe sous le nez et joue la vierge effarouchée face au grand Satan du lobby pharmaceutique. C'est pénible les drogués.

Excepté le week-end où je bosse au resto et hors périodes de brasse, je passe donc une bonne partie de la semaine chez Ben qui tente de me donner quelques bases musicales et reste convaincu de mon prétendu talent de rappeur. Je suis à présent en solo. Après quelques répets, un demi-couplet écrit en catastrophe et deux sessions studio chez Ben dont une où nous étions en pleine montée d'acide et où il s'en était pris à une marionnette posée dans l'entrée de l'appartement parce qu'elle le regardait de travers, Clément a laissé tomber notre embryon de groupe. Le rap n'aura été qu'une passade. En musique comme pour le reste, Clément se lasse vite, très vite.

Ben avait transformé une des chambres de son appartement en home studio et malgré mon incapacité à me mettre au boulot il avait réussi à me faire poser quelques couplets maladroits sur des instrus improbables. Il m'a eu par la bouffe. Vu mon heure de lever j'ai commencé à aller chez lui pour le goûter. Il m'a ensuite invité à venir le midi. Ce qui m'a donné l'occasion de manger des pâtes à la carbonara en guise de petit déjeuner. Puis un jour il m'a proposé les pains au chocolat avec le café et réussi l'exploit de me faire lever avant 11 heures. J'ai réussi tant bien que mal à garder le rythme et je débarque désormais chez lui, sauf en cas de bizness à gérer, du lundi au vendredi aux alentours de 10 heures les yeux encore gonflés de la veille, m'accrochant tant bien que mal à ce mince espoir d'échapper à mon destin enviable de brasseur/serveur.

Car Ben était ma planche de salut. Le jour où je l'ai rencontré, j'ai su qu'il était celui qui pourrait m'offrir un bon de sortie de la fosse à purin dans laquelle j'étais en train de m'enterrer. Et la suite m'a donné en grande partie raison, malgré mes errances, mes retards et mes erreurs. Ben avait tout ce qui me manquait : le sourire, le talent et le positif. C'était une chance que je ne pouvais pas laisser passer et je lui ai donc caché la vérité : je n'en avais rien à branler du rap. J'en écoutais, mais comme tous les mecs de mon âge. Il aurait fait de la bossa-nova que je me serais inventé une ascendance brésilienne. Je devais sûrement être ce qu'il y avait de plus éloigné d'un rappeur dans tout Grenoble mais si c'était le prix à payer, je voulais bien endosser le rôle. Ce n'était pas comme si c'était la première fois que je mentais à tout le monde et à moi-même en premier.

En dehors de son goût pour les causes perdues, ce qui me sauvait avec Ben c'était aussi son amour du shit et des prods en général. C'était un fumeur compulsif qui enchaînait les joints dosés homéopathiquement du soir au matin. J'ai vite relevé qu'à défaut d'être bon je pourrais me rendre indispensable et assurer mes arrières en veillant à ce qu'il ne manque jamais de rien. Je le fournissais donc en shit gratuitement ou à des tarifs imbattables, m'achetant ainsi un peu de sursis à moindre coût et compensant ma nullité musicale par mes talents de brasseur. Mais notre relation n'était pas qu'intéressée, en tout cas pas qu'au niveau de la drogue. Ben était un dominant qui n'existait que s'il était le chef. Je retrouvais chez lui la même assurance surjouée qui emplissait l'appart de Manu, des trentenaires qui ont tout vu, tout fait et un avis sur tout. De mon côté, que ce soit dans le deal ou ailleurs j'avais toujours été un très bon numéro deux. On était faits pour s'entendre. Alors malgré notre différence d'âge, au fil des joints et des journées de studio, une curieuse amitié à géométrie et hiérarchie variables avait vu le jour. Certains disaient que Ben était comme un père de substitution ou une sorte de grand frère. Il y avait sûrement un peu de vrai. Sauf que moi je n'ai jamais fumé de trois feuilles ou fait de soirées coke avec mon père, je ne l'ai jamais écouté pleurnicher pendant des heures sur ses histoires de cœur, je ne lui ai jamais vendu de shit ni retourné Grenoble en pleine pénurie pour lui trouver une boulette parce que sa meuf venait de le quitter et encore moins dégotté 2 grammes de speed en urgence pour qu'il passe un bon week-end. Alors, va pour le grand frère.

Jour de chance

Le shit avale tout. Quand votre consommation finit par être quasi permanente et que vous en êtes à allumer un spliff avant même d'avoir déjeuné, il ne comble plus grand-chose à part son propre manque. Les brasseurs n'y échappent pas. Passé l'excitation des premières affaires, ils sont vite rattrapés par la monotonie du déjà-vu. Mais parfois c'est formidable.

C'est formidable parce que votre dealer a touché et qu'il a bien voulu vous faire croum.

Parce que la transaction s'est bien passée et que vous êtes rentré chez vous entier, sans croiser les flics.

Parce que votre mère n'en a rien su et que les voisins n'ont rien vu.

Parce que les plaquettes font 100 grammes et pas 94 comme la dernière fois.

Parce que le nouveau shit est tellement bon, ou parce que vous n'en pouviez plus de fumer l'ancien, qu'il vous défonce comme jamais.

Parce que vous avez écoulé votre stock en un temps record et que vos clients vous en redemandent.

Parce qu'ils vous ont payé cash et que vous n'aurez pas à leur courir après pour récupérer votre thune.

Parce que vous vous êtes assuré un énorme bout de conso et même quelques billets.

Parce que vous avez sauvé la soirée en ramenant à fumer et que vous êtes au centre de l'attention.

Parce que vous avez pu régaler tout le monde et que cette fille à qui vous avez dépanné une boulette vous a lâché son numéro.

Parce qu'il s'est enfin passé quelque chose et que vous avez réussi un truc.

Parce que les occasions de sourire sont rares et les bonnes nouvelles encore plus.

Et parce qu'en dehors de brasser vous n'êtes pas bon à grand-chose et que de toute façon il n'y a rien d'autre à foutre.

JB 1

Il est là, accoudé au bar en train de siroter son verre avec sa gueule de plombier, ses lunettes en cul de seize et son air satisfait. Il nous mate et il est content. Putain je les supporte plus. À chaque fois qu'on va manger au restaurant de mon cousin, qui est devenu la cantine familiale, il y en a toujours un pour te gâcher le repas. Un de ces pauvres types qui vient pour s'inventer une vie. Qui pense en « être » parce qu'il roule en Mercedes et boit son Ricard à côté des voyous. Mais non mon gars t'en es pas. T'es juste un branleur avec un nom à consonance italienne qui vient prendre sa pause du midi. C'est tes chantiers et les heures que t'as passées à te briser le dos les mains dans la merde qui te l'ont payé, ta Merco. T'en es pas et t'en seras jamais et c'est très bien comme ça. Il est où le problème ? Ça ne te suffit pas d'être artisan ? T'as honte de quoi, d'être plombier ? Mais c'est très bien plombier. Pourquoi tu complexes ? Peut-être que ça t'excite en fait ? Tu fantasmes sur eux c'est ça ? Mais tu crois qu'ils ne t'ont pas vu arriver à dix kilomètres ? Je te jure des fois on a l'impression que tu vas te transformer en rouleau de PQ tellement tu leur lèches le fion. Et tu leur paies à boire en plus ? Tu ne voudrais pas leur sucer la bite pendant que t'y es ? Mais tu ne vois pas que ce n'est pas ton monde ? Que tout ce que t'as à y gagner au mieux c'est une ardoise au bar, un bizness foireux et une carotte sur un chantier qu'ils ne te paieront jamais ? T'as pas saisi qu'ils vont te dévorer tout cru ? Non sérieusement, arrête. Finis ton verre, avale ton plat du jour et rentre chez toi. Va t'occuper de ta femme et de tes gosses au lieu de perdre ton temps et ton honneur.

Mais le plombier ne voulait pas nous lâcher et il tenait le regard en plus ce con ! Callahan boulottait ses lasagnes sans sourciller, mais ce jour-là je n'avais plus la patience. On n'allait pas se faire gâcher le repas par un stronzo en mal de sensations fortes. On était chez nous merde. Mais avant d'aller me le faire, par respect, j'ai fait venir Tonton à notre table pour le prévenir que j'allais régler son compte et sa bedaine au plombier.

– Che c'è ? Tutto a posto ? Ça va les lasagnes ?

– Oui les lasagnes impec, merci. Mais le plombier là au bar c'est quoi son problème ?

– Le plombier ? Quel plombier ?

– Lui là avec sa gueule de con et ses lunettes. Il n'arrête pas de nous mater ! Depuis qu'on s'est installés, il nous fixe. Je te jure c'est trop là, je vais me le faire !

– Tu parles de qui ? De lui là ? Celui qui est accoudé au bar ?

– Oui lui !

L'œil de Tonton a viré au noir. Il a posé sa main sur mon épaule comme pour me la broyer et j'ai compris instantanément que je n'allais rien faire au plombier ; mais alors rien du tout.

– Allez venez je vous présente.

Quand l'œil de Tonton virait au noir, il ne fallait pas trop discuter. Je me suis levé suivi de Callahan qui finissait de mastiquer sa bouchée fourrée à la saucisse napolitaine. Le plombier, qui avait suivi la scène depuis le bar, ne bronchait toujours pas et continuait à siroter son verre en nous matant. De près, il avait l'air un peu doux pour un plombier. Finalement ce n'était peut-être qu'un commercial venu noyer son ennui. Tonton a fait les présentations :

– Alors je vous présente mon collègue JB. JB voilà mes neveux.

– Ah tes neveux ? Enchanté les gars ! Ça va ? Alors on fait la pause, tranquillement ? Faudra qu'on boive un coup à l'occasion ! De toute façon on se recroisera ici hein ? Finissez bien le repas. Allez salute !

Il m'a fallu quelques secondes pour me détacher du plombier. Mon cerveau s'est alors mis à traiter l'image à toute vitesse, croisant et recroisant les millions de fichiers enfouis dans ma mémoire. Quand la recherche est arrivée au niveau des coupures de presse, le tri s'est arrêté et je l'ai reconnu. Mes lasagnes sont remontées tellement vite qu'il a fallu que je me concentre pour ne pas les gerber sur le comptoir. Callahan n'était pas mieux. Il était là, devant nous. JB. Celui que tout le monde connaissait, mais que personne ne connaissait. Celui qu'on craignait plus que tout, mais qu'on désirait plus que tout. À Grenoble tout le monde voulait son JB. Et encore plus dans le bizness. On rêvait de dire que c'était un ami. Peut-être pas vraiment un ami, mais un bon pote. Enfin, disons qu'on le fréquentait. Plus exactement on l'avait vu, une fois, en vrai. Ou plutôt on connaissait quelqu'un qui l'avait vu. En fait on avait entendu parler d'un gars qui l'avait peut-être croisé un jour quelque part. Finalement la source importait encore moins que la vérité. L'essentiel était d'en avoir un bout, une trace, un souvenir que l'on exhiberait comme un trophée. Tout le monde avait son mot à dire sur JB et son frère : les gars du bizness, les caissières de Carrefour, les poivrots du PMU, les flics, les buralistes, les lascars, les racailles, les journalistes, les collégiens, les commerciaux, les ingénieurs, les secrétaires, les ouvriers… Chacun y allait de son anecdote, inventée ou bien réelle. Il faut dire que JB et son frère avaient tout dévoré. Après avoir fait le ménage à la fin des années 80, ils avaient mis la ville en coupe réglée : racket, extorsion, prostitution, jeux, trafics en tout genre. Ils géraient leur bizness d'une main de fer et contrairement à la génération précédente des Italiens ne s'embarrassaient pas du racisme et traitaient avec tout le monde : Arabes, Corses, Gitans… Sur Grenoble et jusqu'à Lyon on ne faisait pas plus gros, ni plus méchant. On était tout au bout de la chaîne alimentaire, au sommet de la pyramide.

Les présentations faites, on est vite retournés à nos lasagnes. Tonton nous avait mis au jus, l'essentiel était là. Dès lors, à chaque fois qu'on allait au restaurant, on y croisait JB. Au bar la plupart du temps ou dans le bureau de mon cousin, rarement assis à table. Il était affable, souriant, mais toujours à l'affût. Tonton ne manquait jamais une occasion de faire le lien et de m'en apprendre un peu plus. La connexion avec ma famille s'était faite dans la douleur. Voyant que son affaire tournait bien, JB et son frère avaient envoyé une équipe au restaurant de mon cousin pour lui annoncer qu'il devait, comme les autres, cracher sa petite enveloppe. Mon cousin avait appelé Tonton à la rescousse. En réponse JB avait envoyé une seconde équipe, de la division du dessus. Tonton avait alors dû employer les grands moyens et avait fait intervenir un ancien associé de mon grand-oncle Don Corleone, qui malgré son âge conservait encore une certaine aura sur Grenoble. Selon les mots de Tonton c'était une manière de dire : « Tu viens à deux, on sera dix. Tu viens à dix, on sera cent. Tu viens à cent, on sera mille. Alors qu'est-ce qu'on fait ? La guerre ou on s'arrange ? » Même s'ils pouvaient gagner la guerre, JB et son frère avaient vite perçu l'intérêt de s'épargner une bataille et de travailler avec ma famille en utilisant le restaurant de mon cousin comme succursale. Callahan et mes cousins trouvaient ça sympa. Pour moi ce fut le big bang.

Dans le deal il existe une sorte de jeu tacite qui régente et régule la majeure partie des échanges et que l'on pourrait appeler le « Tu sais pas qui je connais » et dont une partie donne à peu près ça : « À qui je prends ? Moi je prends à lui. Ça calme hein ?! » ou « Ah tu brasses avec lui ? Mais moi je te ramène celui-là donc tu vas vite te détendre » ou encore « Mais qu'est-ce que tu vas faire avec ton équipe ? Mon grossiste c'est machin ! » et bien sûr le fameux « Tu veux me niquer ? Mais tu sais pas qui je connais moi ».

Et au « Tu sais pas qui je connais » celui qui abattait la carte avec la plus grosse tête calmait les ardeurs du camp adverse. C'est grâce à son talent bien sûr, mais aussi beaucoup grâce à ce jeu que Lilith pouvait mener une telle carrière. JB et son frère étaient la quinte flush royale. Ceux avec qui tu faisais tapis. À Grenoble personne ne pouvait surenchérir et dorénavant j'avais ça dans mon jeu. Car Tonton n'avait pas eu besoin que je lui explique ou lui avoue quoi que ce soit pour comprendre que j'avais, à mon petit niveau, repris le flambeau du fameux bizness si cher à ma famille. Résonnent encore en moi ses paroles emplies de sagesse et de poésie qui bordèrent le délicat chemin qu'empruntait le jeune communiant que j'étais : « Si un jour tu te rates ou que tu pisses trop loin dans Grenoble appelle-moi et on réglera l'affaire avec JB. OK ? » Je m'étais senti touché par la grâce divine. Elle avait une gueule de plombier, trinquait au champagne et allait se vider les couilles dans les bars à putes de Grenoble, mais elle imposait le respect. Et la peur.

Mais la déflagration a entraîné d'autres bouleversements plus inattendus. Jusqu'alors le deal m'avait donné le sentiment d'être à la marge. Le choix de l'illégal m'assurait d'être en dehors du système. À travers lui j'assouvissais mes fantasmes adolescents d'insoumission. Être brasseur c'était d'une certaine manière être un rebelle. Si la reconnexion avec ma famille m'avait fait grandir un peu trop vite, la rencontre avec JB m'a définitivement fait basculer dans l'âge adulte. Plus Tonton m'en apprenait, plus ma vision devenait pénétrante. Tel un matrixé ayant abusé des pilules rouges après les avoir confondues avec des taz, la réalité tout entière m'apparaissait sous un jour nouveau. Je ne voyais plus les restaurants, je voyais l'enveloppe derrière l'addition. Je ne voyais plus les chantiers, je voyais les dessous-de-table coulés dans les fondations. Je ne voyais plus les sociétés, je voyais les lessiveuses. Je ne voyais plus les règlements de comptes, je voyais les OPA. Et je ne voyais plus les drogues, mais de simples marchandises, négociables, achetables, braquables, stockables, revendables, consommables et interchangeables à l'infini. Si le cours de la batavia avait rejoint celui de la coke, JB se serait instantanément reconverti en maraîcher.

En vérité il n'existait aucun système parallèle, aucun marché noir, aucune économie souterraine. Ces termes et ces concepts n'étaient que des coquilles vides ne servant qu'à rassurer et endormir la populace. Légal, illégal, licite, illicite… tout cela ne voulait strictement rien dire. Il n'y avait qu'une seule réalité : le profit, partout et tout le temps. Le produit, le service, la provenance ou la destination n'avaient aucune espèce d'importance. Le monde n'était qu'un immense champ de bataille ultralibéral parcouru par les flux incessants des capitaux. Tel un trou noir en perpétuelle expansion l'économie ne connaissait ni frontières ni limites ; ni dedans ni dehors. Elle était une et indivisible. JB n'était pas en marge du système, il en était le cœur, recherchant en permanence l'épicentre, là où le bénéfice était maximum. Et moi en tant que brasseur je n'étais qu'un atome noyé dans la masse. Acteur anonyme de l'inexorable fuite en avant, je jouais mon rôle, comme les autres, comme tout le monde.

Coke

J'ai vécu la démocratisation de la coke. J'étais là pour ce moment historique où elle a quitté son statut de drogue élitiste pour celui de produit de grande consommation ; de première nécessité.

Mes débuts avec la coke remontent à la fin du lycée. Quand j'ai commencé à m'en approcher, grâce à Bébé, le gramme coûtait 1 000 francs. Mille balles pour 1 gramme. Autant dire qu'à moins d'en revendre, seuls quelques privilégiés pouvaient se payer le luxe d'une soirée coke. Deux ans plus tard, j'achetais le mien 400 francs à Sam et pour de la coke de première qualité. Un an après j'en fournissais à des rugbymen de village qui voulaient mettre un peu de piment dans leur troisième mi-temps sonorisée au Patrick Sébastien. On était tout en bas. La coke n'avait pas terminé son ascension, non, partie du sommet, elle avait fini son irrésistible descente. Dorénavant elle irriguait toutes les couches de la société, de haut en bas, de gauche à droite, d'un extrême à un autre ; comme le sang qui afflue et bouillonne dans un corps en surtension. La coke c'est l'expression ultime du système ultralibéral, sa matérialisation parfaite. Sa forme la plus pure, la plus raffinée ; la plus bête aussi. Tout a déjà été dit dessus et comment elle s'est répandue aux quatre coins du globe. Inutile d'en rajouter, mais j'étais aux premières loges quand c'est arrivé. Pas de cours de macro-économie, moi je l'ai vu au microscope.

J'ai mis du temps à taper ma première trace. Je me noyais dans le shit depuis des années, j'avais mangé mes premiers psilos à 15 ans, tâté des solvants au collège, fêté mes 16 ans seul dans ma chambre avec 5 grammes de tcherno, une bouteille de whisky et 2 litres de 1664, craché ma première glaire de sang à dix-sept, je gobais des taz, bouffais des amphèts et j'avais même déjà survécu à un bad trip au LSD, mais la coke non, de manière incompréhensible j'en avais peur. Quand Bébé tapait avec ses potes ou ses dealers je me débrouillais toujours pour passer mon tour. Prétextant un problème au nez ou une redescente de soirée un peu rude, je me contentais d'en fumer quelques lattes sur une clope. Ce qui d'ailleurs ne sert à rien. La température de combustion d'une cigarette est bien trop élevée et détruit les produits actifs avant même qu'ils puissent être inhalés. Donc arrêtez les clopes à la coke. C'est dans votre tête, c'est du placebo. La C si tu la fumes, tu la bases.

Je retardais donc le moment où ça arriverait car je savais fatalement que ça arriverait. Et c'est arrivé comme pratiquement tout le reste : dans ma chambre. Bébé était passé à la maison un après-midi quelconque avec Conor. Ils faisaient une halte avant d'aller écouler leur nouvelle livraison de taz dans les bars de Grenoble. Une fois de plus Conor était déjà arraché quand ils sont arrivés et à peine entré dans ma chambre il s'était empressé de préparer plusieurs séries de traces. Comme d'habitude j'avais eu droit aux mêmes questions, aux mêmes remarques et aux mêmes petites humiliations. La pression était là mais pas plus forte ni plus envahissante qu'à l'accoutumée. Mais ce jour-là, au milieu des BD d'Astérix et des pots de crayons de couleur que je n'avais pas rangés depuis la fin du CM2, j'ai tapé. Pourquoi cette fois-là ? Il faut bien une première fois à tout. J'ai tapé et j'ai été déçu. C'était donc ça le produit ultime ? Celui qui générait le plus d'argent, donnait le plus de pouvoir et déchaînait le plus de violence ? C'était ça la drogue qui était en train de supplanter toutes les autres ? Un truc aux effluves d'hydrocarbures qui t'arrache le nez pour te balancer une montée de toute-puissance et une belle envie de chier ? Pas de fou rire incontrôlable, pas d'hallucinations, pas de détente et en plus ça te coupe la faim ? Bien sûr je n'avais tapé qu'une petite trace, mais la première fois que j'avais bouffé un exta, même avec le premier quart ça avait été autre chose.

Pendant plusieurs semaines je n'y ai donc pas retouché. Je restais sur le souvenir de cette découverte en forme de semi-déception. Trois mois après c'est moi qui faisais goûter la coke à mes amis d'enfance. J'ai l'image de Lino déguisé en petit Indien pour notre premier carnaval en maternelle, j'ai aussi gardé son regard le jour où il s'est penché pour sniffer sa première trace. Les souvenirs c'est comme le reste, on a ceux qu'on mérite.

Toutes les drogues accrochent et peuvent créer une forme de dépendance, mais la coke est l'une des plus insidieuses. Celle justement qui au départ ressemble le moins à une drogue comme on l'entend couramment. Pas d'effets secondaires incompatibles avec une vie sociale, pas de stigmates physiques trop lourds à cacher, non juste la sensation d'avoir enfin trouvé la partenaire idéale pour affronter le quotidien. D'ailleurs vous ne vous êtes jamais senti aussi bien, aussi « vous ». Adieu ce vieux fond d'angoisse qui vous mine, envolés les doutes et la peur qui vous plombent. Avec la coke tout est plus simple. Bon c'est vrai que les lendemains sont parfois un peu difficiles, mais pas de problème une petite trace et c'est reparti. Juste une petite. Une dernière. Rien qu'une dernière et j'arrête. Promis. Après celle-là je bloque. T'inquiète pas je gère.

Tout le monde pense pouvoir gérer la coke, mais personne ne peut. Personne. On commence à taper le week-end pour prolonger la fête en espaçant les prises sans difficulté puis on se retrouve à gratter les fonds de tiroir pour acheter un demi-gramme mal servi un jeudi après-midi et on finit à taper avec son café du matin pour lancer la journée. Et ça, c'est juste si on la sniffe. Je n'ai jamais été dedans au point de m'y perdre totalement. Ce n'était pas mon produit ; trop dur, trop froid, mais j'ai connu les soirées qui n'en sont pas tant quand il n'y a pas de coke et les descentes tellement violentes qu'on croirait y laisser son plexus. Quelqu'un a dit un jour « La cocaïne c'est le diable dans un flacon. » C'est sans doute aussi une preuve de l'existence de Dieu.

Manu

– Salut roya c'est moi. Ça va je te dérange pas ?

Comme Nicholson, Manu m'appelle souvent roya, frère en arabe. Je ne suis pas arabe, il le sait, mais mon physique et mes survêtements lui suffisent à assouvir son complexe socio-ethnique et lui donner l'illusion d'être pote avec un Maghrébin. Étant le seul bronzé parmi sa clientèle bobo/hippie, forcément c'est tombé sur moi. Pas grave j'ai l'habitude. C'est souvent un peu plus fourbe chez les gauchos. Les mecs de droite ont au moins l'honnêteté d'assumer leur racisme.

– Ah salut non. Ça va et toi ?

– Ouais ça va. Tu fais quoi là ?

– Là ? Heu… pas grand-chose pourquoi ?

– Je passe te récupérer ? Je vais à la piscine avec les gosses. Tu viens avec nous ?

– À la piscine ?! Ben… Je sais pas trop.

– Allez vas-y fais pas ton timide ! Je suis en route là. Je suis chez toi dans dix minutes. T'habites toujours près de la station-service ?

– La piscine ? Ça va être chaud j'ai pas de maillot. J'ai que des shorts de bain et ils vont pas me laisser rentrer avec.

– T'inquiète mon roya j'ai prévu le coup, je t'en ai pris un. Allez prépare-toi on arrive. Les gamins vont être trop contents de te voir. À toute !

Aujourd'hui je suis allé à la piscine avec Manu. C'était la première fois que je vivais une journée de farniente avec un de mes dealers, accompagné de ses gosses en plus. À passer deux fois par semaine chez lui pour choper de la weed je suis devenu un des favoris de Manu. Il me garde même parfois à manger. Autant j'avais réussi à gérer les repas de famille où l'on se retrouve à jouer au Playmobil avant de passer à table avec les enfants du mec qui stocke des kilos de beuh dans sa chambre, autant je n'avais pas vu venir le coup de la baignade. À peine rentré dans la voiture, le sac plastique rempli de 200 grammes de têtes de weed qui dormait à mes pieds m'a immédiatement mis dans le bain. J'étais apparemment le seul à être choqué par l'odeur, car ni Manu ni sa marmaille ne semblaient importunés. Bien entendu il n'avait pas choisi une piscine lambda, il n'avait pas prévu d'aller à Jean-Bron en plein centre-ville comme tout bon Grenoblois qui se respecte. Non, il lui fallait quelque chose en phase avec son nouveau statut de dealer qui ne sait plus comment claquer son fric. On s'est donc retrouvés à Saint-Martin-d'Uriage. Uriage est une enclave bourgeoise historique plantée sur les hauteurs de Grenoble. Une station thermale renommée avec hôtels de luxe, casino, restaurants étoilés et courts de tennis en terre battue pour retraités sous ISF. Eh bien Saint-Martin-d'Uriage c'est le village juste au-dessus, géographiquement et socialement. Le genre d'endroit où l'on ne croisait pas de gens comme moi et surtout pas comme Manu. Avant d'y monter avec lui, j'ignorais même qu'il y avait une piscine municipale. Dès l'entrée, quand Manu a acheté les billets, j'ai perçu un léger malaise, mais c'est quand on est sortis des vestiaires que j'ai eu envie de faire demi-tour. Et pas à cause du ridicule de mon corps cintré dans un moule-bite informe. La traversée de la pelouse sous les regards hallucinés des locaux m'a paru interminable. Manu lui était comme un coq en pâte, exhibant fièrement ses tatouages et sa bedaine houblonnée en parlant bien trop fort. Au moins malgré la foule et la taille du bassin, on n'a jamais été à l'étroit dans l'eau.

Ça fait quelque temps qu'il roule en solo. Le trio qu'il formait avec Chabichou et Loïc a explosé en plein vol. Leur amitié n'a pas résisté aux centaines de kilos de beuh qu'ils ont fait rentrer en France, ni à l'arrivée de la coke et encore moins au fait que Chabichou baisait la femme de Loïc. Leur bizness était devenu ingérable. Ils avaient naïvement pensé qu'ils pourraient indéfiniment écouler des quantités astronomiques de weed en toute tranquillité dans une ambiance boy-scout de franche camaraderie. Comme si le fait de travailler avec de l'herbe les immunisait des retombées radioactives du deal. Connards de hippies. Ils avaient commencé à déchanter quand Chabichou s'était fait braquer du côté de Lyon. C'est sûr que les mecs de Bron n'avaient pas dû en croire leurs yeux quand ils l'ont vu débarquer la fleur au fusil et les mains dans les poches de son sarouel pour effectuer la transaction. Un calibre pointé sur le front et l'affaire avait été vite plié. Manu m'avait aussi parlé d'une voiture plastiquée en Italie, mais ça sentait un peu fort le mytho. Ce qui était sûr par contre c'est qu'ils avaient suscité la curiosité de la concurrence. Quelques gros dealers grenoblois commençaient à se demander d'où sortait cette putain d'herbe compressée que l'on reniflait à tous les coins de rue. J'avais mieux mesuré l'étendue de leurs connexions quand lors d'un séjour chez des cousins en banlieue parisienne j'avais croisé une des weed que Manu écoulait dans l'appartement d'un brasseur. Mais le vrai problème de leur bizness c'était leur clientèle ; et Chabichou. Il adorait se faire mousser en racontant comment il organisait son réseau et faisait rentrer ses kilos en France. Il avait suffi de quinze minutes de trajet la seule fois où il m'avait ramené chez moi pour qu'il m'explique tout dans les moindres détails : le canton de Suisse dans lequel il se fournissait, la marque de la voiture sur laquelle il avait fait installer un double fond pour passer la frontière et le trajet des guides de montagne qu'ils payaient pour faire passer la beuh en France via les cols des Alpes. Et comment il avait baisé la femme de Loïc. Sur le coup j'ai pensé qu'il me mettait au parfum car il savait que j'étais moi aussi un brasseur, mais je me suis rendu compte qu'il en parlait à n'importe qui le soir où j'ai vendu un 10 grammes à un babos lors d'une soirée et que tout en enroulant son joint le type m'a ressorti point par point l'histoire de la voiture à double fond.

Le lendemain j'étais chez Manu qui blanchissait à mesure que je lui racontais l'incident. Il savait très bien que des clients comme le babos, il en avait des dizaines, qui avaient des dizaines de potes, qui avaient des dizaines de potes… et que ça faisait autant de bouches ouvertes dans la nature impossibles à contrôler. Non vraiment c'était mieux que ça s'arrête. Loïc n'avait jamais eu les épaules d'un dealer. Les rares fois où je l'avais croisé, il était invariablement transparent. Le genre de gars que l'on remarque à peine et à qui on coupe la parole dès qu'il l'ouvre. Chabichou était définitivement une merde et Manu avait besoin de couper le cordon. Leur relation était tellement tordue que comme un gosse cachant à ses parents qu'il s'est mis à fumer il n'osait pas dire à Chabichou qu'il tapait de la coke. Pourtant il en tapait et pas qu'un peu. Avec Nicholson ils étaient en train d'y plonger. Et pas que le nez, la tête tout entière. Si Manu consommait principalement en sniff, Nicholson passait tout en base. Baser la coke c'est la fumer après l'avoir travaillée avec du bicarbonate ou de l'ammoniac pour récupérer des cailloux de coke extrêmement pure. C'est d'ailleurs la même technique que l'on utilise pour le crack, mais dire baser ça fait plus classe. Ça fait moins peur surtout, on pense n'être encore qu'un simple consommateur de C. Un de ceux qui aiment vraiment ça, mais pas un de ces déchets qui ruine sa vie à Stalingrad. On se rassure comme on peut.

Grâce au réseau qu'il s'était créé avec la beuh, Manu n'avait pas eu de mal à rentrer en contact avec quelques gros brasseurs et dealers de coke ni à piocher dans sa clientèle pour refourguer des grammes. Il avait quasiment arrêté de bosser et passait ses journées à gérer son bizness. À monter les étages et fréquenter de plus en plus de fils de putes, Manu avait fini par décrocher la timbale en la personne du Pourciau qui était un hybride rare de dealer/cramé ayant un pied dans le Milieu traditionnel et l'autre partout où il pouvait gratter quelque chose. Manu n'avait rien vu venir et le temps de quelques bizness il s'était fait vampiriser et le Pourciau était désormais omniprésent. Sous ses airs de gros lard débonnaire il ne laissait rien passer et avait des parts dans tous les bizness de Manu. Il était sur tous les fronts et capable d'endosser tous les rôles. Le lundi il était à la recherche de 3 kilos de shit, le lendemain c'est lui qui ramenait cinq mille taz, la semaine qui suivait il avait un plan pour avoir de l'essence à moitié prix et deux jours après c'était lui qui posait 400 grammes de coke sur la table. Et c'est le premier que j'ai vu nous mettre à disposition un téléphone portable au forfait illimité. Pour me prémunir de sa gloutonnerie, la première fois que le Pourciau s'est lancé dans une partie de « Tu sais pas qui je connais » je lui ai simplement dit où j'allais manger le samedi soir et que le patron était mon cousin. C'était un coup en deux bandes : s'il fréquentait autant de monde qu'il le claironnait, le Pourciau était obligé de connaître l'adresse et de savoir que si j'en parlais comme ça c'est que je pouvais me le permettre. Il connaissait l'adresse et le nom de mon cousin. À partir de ce jour-là le Pourciau s'est toujours montré fort aimable et s'est gardé de toute manœuvre inconsidérée à mon égard.

La zone

Ma mère a vu Yann faire la manche devant le bureau de tabac. Je voulais la préserver en lui cachant qu'il était à la rue, mais il ne m'avait pas dit qu'il venait dans le quartier aujourd'hui. La vision du copain de son fils qu'elle avait reçu chez elle pour le goûter en train de quémander la pièce aux passants a été un peu raide à avaler.

Ça fait quelques mois que Yann a lâché son appart, son couple et tout le reste. Il ne reste plus grand-chose de l'étudiant en psychologie que j'ai connu. Le rasta blanc utopiste a laissé place au punk à chien nihiliste. Le glissement s'était fait petit à petit, mais j'ai su qu'on ne reviendrait plus en arrière le soir où il m'a recueilli après que je m'étais fait détruire la jambe à ce concert, en voyant la déception dans son regard quand il a réalisé que je n'étais pas en train de faire une overdose, mais bêtement de m'évanouir à cause de la douleur. Yann a donc réalisé son rêve : il est un zonard. Pour lui c'est un accomplissement. La ligne de front de la rébellion, le degré ultime de l'intégrité. De mon côté j'y vois plus l'expression terminale de son désespoir. Mais Yann lui est un guerrier. Il mène la lutte et part chaque jour au combat en ouvrant sa première cannette de bière à 8 % dès 9 heures du matin et continue la bataille jusqu'en fin de soirée en se défonçant avec à peu près tout ce qui passe. La semaine il écume les trottoirs de Grenoble et le week-end il disparaît en free où il augmente encore la dose. Nos fantasmes du temps de notre rencontre de décrocher du shit et vivre d'amour et d'eau fraîche n'ont pas résisté à son entrée dans l'âge adulte. Je suis pourtant très mal placé pour faire la morale à qui que ce soit en termes de consommation de produits divers et avariés et que celui qui n'a jamais vomi ses tripes à cause d'une trace de Subutex me jette la première paille ; mais Yann voyage dorénavant aux confins des trous noirs de la crame. Les prods sont devenus l'alpha et l'oméga de ses journées. Le shit et l'alcool ne lui servent plus qu'à se maintenir au gré des montées et descentes qui s'enchaînent. Speed, coke taz, buvards, micropointes, opium, LSA, datura, champignons, rachacha, solvants, kétamine, médocs… En plus des prods classiques, Yann est devenu une véritable pharmacie ambulante. Il maquille tout cela d'un pseudo-vernis scientifique en mixant botanique de squat et ésotérisme de teknival, l'injection étant sa seule limite. Ce qui lui permet, quand on lui fait remarquer qu'il y va un peu fort, d'affirmer avec assurance qu'il n'est pas un toxico. Excepté l'entretien de ses chiens et un budget bouffe réduit au strict minimum afin de ne pas crever d'inanition, ses finances s'organisent entièrement autour des drogues grâce à la manche et à la brasse bien évidemment.

La zone a toujours été un marché parallèle du deal. C'est un des milieux où l'on se drogue le plus, mais il reste en marge de la majorité des réseaux. Pour les dealers – sauf avec le crack, mais qui est un phénomène cantonné à la région parisienne – c'est trop sale, trop pauvre, trop souterrain. Pourtant, il faut bien que les produits arrivent. Il existe donc quelques points de passage. Par appât du gain, par dépendance ou simplement en raison de leur position sur l'échiquier, certains jouent le rôle de passerelle entre les deux mondes. C'est le cas des teufeurs, les free étant l'un des principaux lieux de brassage des zonards avec le reste de la population. Et il suffit d'avoir déjà vécu la fin d'un teknival pour savoir qu'il est parfois bien difficile de deviner qui est zonard et qui ne l'est pas.

La zone c'est ceux qui dorment dehors et ceux qui rêvent de le faire. C'est les punks à chien qui tapent la manche devant Franprix et les teufeurs qui ont du mal à redescendre. C'est ceux qui sont déjà en squat ou qui sont en train d'y basculer leur colocation. Ceux qui passent de ville en ville et cuvent leur 8.6 sur les bancs en plein après-midi. C'est les toxicos, les pochetrons, les vieux clochards et les éclopés plus ou moins consentants. Ceux qui sont à la rue car ils n'ont pas eu le choix et ceux qui ont décidé de vivoter sur l'excédent incompressible du néolibéralisme occidental. C'est une société à part entière avec sa culture, ses codes, ses rites et ses légendes. C'est avec Yann que j'y ai réellement goûté, mais je l'avais côtoyée depuis tout petit.

Jusqu'à mon arrivée au collège il y avait dans mon quartier le plus gros squat de Grenoble, installé dans une ancienne usine désaffectée. Les graffeurs avaient eu le temps de cartonner les lieux, mais depuis plusieurs années plus personne ne pouvait y pénétrer sans être invité. Mais parfois la gigantesque porte d'entrée en métal s'ouvrait et laissait alors apparaître un paysage à la *Mad Max* fait de monticules de ruines et de véhicules désossés gardés par des apaches en treillis et rangers de l'armée. Les héros de ce temps-là s'appelaient Grand Yann, Slim ou Scarabée, une des rares filles à battre le pavé grenoblois, connue pour sa meute d'une dizaine de chiens tous plus bâtards les uns que les autres. Les postes cassettes crachaient du punk anarchiste, le fond de l'air était chargé de Rohypnol et le sol des squares parsemé des dernières seringues de la grande vague de l'héro.

L'atterrissage de Yann dans la zone correspond à l'arrivée de la génération punks à chien que les vieux clochards ont accueillie avec un mélange de scepticisme et de bienveillance résumé par cette phrase de Raymond dit Diablo : « Les jeunes aujourd'hui, ils partent en vacances, mais ils veulent plus revenir. » C'est aussi le moment choisi par toute une génération de zonards polonais pour venir s'installer à Grenoble et secouer le train-train aviné du milieu. Pour eux c'était comme débarquer à Disneyland. Quand on a survécu en vivant à la rue dans un pays de l'ex-bloc de l'Est, la zone française c'est un peu le Club Med. En débarquant, les Polonais n'ont pas seulement montré aux petits Français comment on se battait dans un concert de hardcore mal sonorisé, ni fait baisser de plusieurs crans les normes d'hygiène dans les squats de la ville, ils ont aussi ramené dans leurs sacs des kilos de speed qui déclencheraient bientôt une épidémie sans précédent ; mais on en reparlera plus tard si vous le voulez bien.

Yann était donc à la rue. Pour le voir, je n'avais d'autre choix que de lui rendre visite sur ses spots de manche et là où il avait décidé de passer la nuit ; ou là où il *pouvait* passer la nuit. Ça m'a permis d'observer l'humiliation à hauteur de trottoir, de constater que les toxicos à l'héro étaient finalement capables d'activité physique, de réaliser que les chiens avaient réellement une personnalité et que les berges de l'Isère abritaient un village caché. Et de comprendre que même si j'avais toujours été un agglomérat branlant de contradictions, je ne finirais jamais dans la zone. Ce n'était pas pour moi, ce n'était pas mon monde. Même avec toutes les possibilités de bizness qu'elle offrait, je n'y ai jamais brassé. Je ne dis pas que je n'y ai jamais négocié un plan ou deux, y a des coups qu'on ne peut décemment pas laisser passer, mais on ne peut pas appeler ça brasser. Je me contentais donc d'y plonger par à-coups pour maintenir le lien avec Yann qui n'avait lui plus aucune envie, ou plus la force, de retourner à la surface ; mais jamais assez longtemps pour me faire totalement aspirer. Car mieux qu'une drogue la zone est dangereusement addictive et une fois pris au piège de son étreinte rares sont ceux qui arrivent à s'en échapper.

Clope

Callahan est de passage à la maison ses valises chargées de cartouches de cigarettes. Si en France il est moins risqué de braquer une banque que de s'attaquer à un camion de la Seita, il existe des pays où les fabricants de cigarettes jouissent d'un peu plus de liberté et où il est assez facile de s'en procurer en quantité. Car les grands groupes cigarettiers alimentent de concert le marché officiel et la contrebande. Callahan a donc une petite centaine de cartouches à faire partir. On s'est vite mis d'accord sur le prix et la marge, on savait d'avance qu'on aurait besoin l'un de l'autre sur cette affaire.

Brasser des cigarettes est sans doute la forme de bizness la plus intéressante sociologiquement. La clope industrielle n'est pas seulement la drogue la plus élaborée à tout point de vue : scientifique, technologique, commercial… C'est surtout celle qui fait tomber toutes les barrières éthiques et morales. Excepté la vente à la sauvette, je n'ai jamais vu un fumeur refuser un paquet de cigarettes moins cher, jamais. Peu importe son origine ethnique, sociale, ses finances, son rapport à la loi, qu'il soit pour ou contre les impôts, les taxes, qu'il soit familiarisé ou non avec l'illégal ; il ne veut même pas savoir si c'est des vraies ou des fausses, il en veut, c'est tout. J'en ai vendu à mes amis, à leurs parents, à leurs grands-parents, à mon boulot, à JB, au restaurant de mon cousin, aux collègues de travail de ma mère, c'est même elle qui a fait l'intermédiaire. La cigarette est la seule drogue où la notion de crime s'efface totalement. Personne ne discute le prix, la qualité, la quantité, l'origine. Il y en a, on en prend.

La clope c'est la drogue ultime, le rêve de tout dealer. C'est pour ça que l'État garde la main dessus.

Sam 2

– Démarre ! Vas-y démarre vite. On se barre. Allez on bouge. Démarre !

C'est tout ce que Bébé a dit quand il est rentré dans la voiture et il est resté silencieux durant tout le trajet. Mathias nous a déposés chez moi. On l'a remercié en lui dépannant un bon bout de shit et il est reparti aussitôt. Je pense que c'est la dernière fois qu'il nous rend service. En même temps on ne l'a pas forcé. Mais est-ce qu'on lui a réellement laissé le choix ?

Ce jour-là Sam avait appelé Bébé en catastrophe car il venait de tomber en panne en descendant de chez lui avec Samir. Le hasard a voulu que Mathias passe pile à ce moment-là pour me prendre de la beuh. Il était le seul de nous trois à avoir le permis et une voiture. On les a donc réquisitionnés lui et sa bagnole. À peine j'étais arrivé que Sam m'avait pris dans ses bras et soulevé comme si j'étais son petit cousin. Il en faisait toujours trop, dans le bon comme dans le mauvais. Je détestais cette hypocrisie. Il n'y avait jamais eu quelque chose s'approchant un tant soit peu de l'amitié entre nous. Chaque bizness fait avec lui me le rappelait suffisamment. Le temps de brancher les pinces pour redémarrer la voiture et on était repartis. Sam avait rendez-vous avec Yacine. Espérant bien gratter quelque chose de cette réunion au sommet,

Bébé avait demandé à Mathias de faire le détour. Venir dans cette cité même en plein jour c'était déjà beaucoup lui demander, on n'a pas poussé le vice jusqu'à le faire monter dans l'appartement, surtout chez Hachim, mais on n'allait pas non plus le laisser tout seul sur le parking. Je suis donc resté avec lui à écouter du Method Man sur autoradio cassette en attendant le retour de Bébé. Ça a été rapide. Moins de cinq minutes après, on l'a vu débarquer au pas de course le visage fermé. Sam venait de tomber dans un guet-apens.

Arrivé chez Hachim, Yacine et ses acolytes les attendaient déjà dans le salon. Dans la joie et la bonne humeur, la fine fleur des quartiers sud s'était installée autour de la table basse pour taper quelques poutres et parler bizness. Samir, qui servait toujours de boy, était parti à la cuisine chercher quelques bières. La porte de la chambre s'était ouverte. Celle du salon s'était refermée. Conor était apparu et c'était parti en couille. Ça n'avait jamais été un dealer Conor, pas même un brasseur, mais c'était très risqué de se le mettre à dos. Et il avait décidé qu'il était hors de question qu'il subisse une minute de plus les humeurs de Sam. Mais il n'y avait pas que lui qui avait des comptes à régler. Yacine, Hachim et tous les autres commençaient à trouver qu'il prenait beaucoup de place et un peu trop la confiance. Il était temps de le faire redescendre, violemment. Sam avait toujours été un loup solitaire. Il n'avait pas d'équipe derrière lui et pas réellement d'associé en dehors d'Anna. Sa solitude était son point faible. Comme je l'ai déjà dit, arrivé à un certain niveau de deal, le talent et les muscles ne suffisent plus. Il faut assurer ses arrières et sa sécurité. Le vrai pouvoir ne peut faire l'économie de la puissance. Pris dans l'exaltation de sa réussite, Sam avait perdu de vue toutes les règles de base du bizness et avant tout la première : ne jamais confondre amitié et intérêt. Et il était en train d'en payer le prix, fort.

À la deuxième salve de gifles, quand Hachim lui a ordonné de lui filer sa montre et son portefeuille et que l'appart s'est mis à résonner des hurlements de Conor, Bébé a profité de la confusion pour s'éclipser. Il a abandonné Samir à sa panique et a dévalé les étages sans se retourner. En le voyant arriver, Mathias a bien senti que ça puait la merde. Il a voulu savoir ce qui s'était passé et pourquoi on devait partir aussi vite, mais Bébé lui a juste ordonné de démarrer et a commencé à se rouler un joint. J'ai comblé les silences sur le trajet du retour, mais je n'ai pas pu empêcher son malaise. C'était le parfait cliché du skateur/snowboardeur Mathias, mais pas un mauvais bougre. On l'avait rencontré grâce à Clément et je lui vendais souvent la beuh de Manu qu'il montait ensuite en station, il se vantait même d'en avoir revendu à un skieur professionnel aux 2 Alpes. Mais tout comme le fait d'user leurs baskets sur le béton n'a jamais fait d'eux des cailleras, fumer du shit n'a jamais transformé les skateurs en brasseurs. Mathias s'était toujours proclamé être un « entre-deux ». Il aimait se voir à la croisée des deux mondes, un pied dans les fixations de son snow et l'autre au milieu des plaquettes de shit. Au moins maintenant il savait où était sa place. D'ailleurs après cette journée il n'est jamais revenu me prendre quoi que ce soit.

La nouvelle du guet-apens s'est répandue dans Grenoble aussi brusquement qu'on tape une ligne de coke sur la cuvette d'un chiotte de boîte de nuit. Sam a disparu de la circulation et on ne l'a recroisé que bien des mois plus tard. Bébé avait réussi à retrouver sa trace par l'intermédiaire d'un de ses clients et m'avait demandé de l'accompagner pour récupérer de la thune datant d'une vieille histoire de shit. Sam s'était réfugié dans un immeuble défraîchi construit sur les anciennes pompes funèbres de Grenoble. La chute avait été brutale. Il s'était séparé d'Anna et tenait dorénavant plus du zonard amoché que du dealer flamboyant. Son studio insalubre avait tout du squat d'héroïnomane : toilettes bouchées sur le palier, matelas jeté au sol en guise de lit et journaux étalés sur le parquet pour les merdes de ses chiots. Sam était grassouillet et bouffi. Sa peau desséchée parsemée de croûtes trahissait les abus de prods. Ça faisait beaucoup pour une simple mise à l'amende. Certes il y avait l'humiliation, mais ça n'expliquait pas une telle métamorphose.

Il n'était pas le premier à se faire dépouiller, le deal comme tous les autres bizness ne se nourrit que de compétition, de victoires arrachées et de défaites au goût amer. Du shit à la haute finance, l'économie est un sport de combat ; avec mise à mort. Sam connaissait tout cela par cœur, combien de fois avait-il usé de son statut pour appliquer lui-même la sentence ? Alors il fallait une certaine dose de discernement pour voir au-delà de l'épaisse couche de crasse et de symptômes maniaco-dépressifs, mais derrière la décrépitude de façade Sam semblait plus heureux dans cette nouvelle vie. Finalement il avait toujours été un cramé plus qu'un dealer et sûrement un enfant apeuré avant d'être un truand.

En nous recevant dans son taudis, il avait maladroitement tenté de sauver les apparences et voulu rejouer les scènes du passé, celles du temps de sa splendeur, mais le casting avait changé autant que le décor. Tout sonnait faux. Sam n'avait pas perdu que son bizness, on l'avait surtout privé de l'aura qui allait avec. Il lui restait sa colère, mais ça ne pèse pas bien lourd face au pouvoir. Les gamins eux avaient bien grandi. Bébé était désormais un brasseur installé avec de solides appuis, ceux qui avaient tant fait défaut à Sam. Quant à moi, même sans tout révéler, mon immunité familiale mettait tout le monde d'accord et me donnait une assurance trop naturelle pour être feinte. Alors quand Bébé a exposé la raison de notre venue, Sam a essayé de montrer les dents et d'aboyer comme à la grande époque, mais le cœur n'y était plus. Il a eu la décence de s'arrêter avant que ça ne vire au pathétique. Il est descendu au distributeur et a retiré le fric de Bébé sans discuter.

Sam avait fait son temps. D'autres avaient pris sa place, comme d'autres prendraient un jour celle de Yacine. Avant d'être à leur tour dévorés, supplantés et effacés par de nouveaux venus ou une longue peine. Tel était le cycle immuable du bizness et personne n'y changerait quoi que ce soit. Surtout pas les flics qui ne pouvaient que compter les points et les douilles en attendant que ça se passe. Autant vider l'océan avec une petite cuillère. On n'y échapperait pas non plus à moins de s'arrêter à temps. Mais combien l'avaient dit ? Combien avaient essayé ? Et est-ce qu'un seul avait réussi ?

Euro

Ça devait être l'affaire du siècle. On ne parlait que de ça, à la une partout et sur toutes les lèvres. Une révolution qui bouleverserait nos vies à tout jamais. La vulgate libérale tournait à plein régime. On nous demandait adaptation, goût du risque et flexibilité. Certains prévoyaient un krach de l'économie, d'autres une accélération incontrôlable de la croissance. C'était du sérieux, toutes les strates de la nation étaient en état d'alerte maximum. On avait vu passer des convois blindés, armés et surprotégés comme jamais pour les transferts de fonds. Nous-mêmes nous perdions en analyses, prévisions, projections et prédictions. Allait-il falloir arrondir au supérieur ou à l'inférieur? Fallait-il prévoir une réorganisation complète de l'offre au détail? Comment organiser et normaliser la nouvelle grille tarifaire et surtout comment anticiper et répondre au plus vite à la concurrence? Rendez-vous compte: un changement de monnaie, à l'échelle d'un continent! Mais le passage à l'euro comme le changement de millénaire qui s'était résumé à une énième soirée coke avec Bébé s'est avéré être un non-événement. Le temps que les brasseurs s'aperçoivent que les billets de 5 euros étaient de piètre qualité et qu'un enfoiré de client débarque avec des pièces pour faire l'appoint et en deux semaines les barrettes à 100 francs ont laissé place aux bouts de 20 et 40 euros sur l'ensemble du territoire et l'histoire a été réglée aussi sec. Un non-événement oui, ma vie n'était plus qu'une suite de non-événements.

Teuf 2

J'ai amené Lino et le Gitan en teknival. Ils n'étaient jamais allés en teuf et voulaient voir à quoi ça ressemblait. Après leur avoir fait découvrir la coke et les taz c'était bien la moindre des choses que je pouvais faire.

Depuis plusieurs années un gros teknival a lieu chaque été autour du 15 août. Il draine des teufeurs venus de toute la France et de l'étranger. Pour cette édition il était organisé sur le plateau du Larzac. Et quand je dis organisé je suis encore loin du compte. C'en était fini des fêtes sauvages et clandestines et des desperados qui défiaient les autorités en arrachant leur liberté. Les teknis étaient devenus des rassemblements officiels, déclarés, surveillés et préfecturés. Sarkozy lui-même était intervenu cette année-là.

Tout était tellement sous contrôle qu'il aurait été plus honnête de rebaptiser l'évènement « festival ». Une portion d'autoroute avait été libérée pour servir d'accès au site, il y avait des citernes d'eau potable, des postes de secours tenus par les pompiers, des tentes de Médecins du monde et plus de cinq cents flics pour sécuriser la zone. À l'intérieur c'était pire. Il y avait des stands de merguez frites, les Tanges avaient branché des congélateurs en série pour écouler des cannettes et on pouvait acheter des tee-shirts. La Foire du Trône, les pommes d'amour en moins, la crame en plus. Là au moins les choses n'avaient pas changé. Non elles avaient explosé. Cinq minutes après notre arrivée j'avais déjà pu faire mon choix entre trois vendeurs de taz, quatre de buvards et six de coke. Et la bonne nouvelle c'est qu'on pouvait dorénavant chauffer tranquillement sa cuillère à l'arrière du camion et préparer son taquet d'héro en toute sécurité sans risque d'agression. C'est beau la tolérance. Bien qu'on se serait cru au salon interprofessionnel des brasseurs de prod, je me suis contenté d'acheter quelques taz. Le LSD en teuf avec des débutants, non merci, et j'étais monté avec quelques grammes de coke à Bébé dans les poches. On lui avait d'ailleurs servi de voiture ouvreuse, le prévenant lui et son équipe des contrôles et barrages de gendarmes sur la route. Bébé ne partait jamais en teuf à vide.

Le teknival était énorme. Presque cinquante mille personnes sur le week-end. Des kilomètres d'enceintes, de chiens et de capuches à perte de vue. Il faisait beau, il faisait chaud, la drogue coulait à flots au milieu des antimilitaristes en treillis camouflage et des écolos en poids lourds abreuvés au diesel, mais qu'est-ce que je me suis fait chier. Le seul moment m'ayant tiré de ma léthargie c'est quand un Italien a commencé à s'embrouiller avec sa copine et qu'un cramé se prenant pour un justicier a voulu lui lâcher son chien dessus. Le berger allemand complètement paniqué a fini par se retourner contre son maître et lui déchiqueter un bout de bras. C'est ton seul ami, tu nous emmerdes quand tu fais la manche à nous taxer de la thune pour soi-disant lui acheter des croquettes et t'es même pas foutu de le dresser correctement ? Trouve-toi un boulot putain.

Excepté cet exploit canin, tout le reste n'était qu'ennui. J'étais retourné plusieurs fois en teuf depuis ma première et ça c'était plutôt bien passé, en tout cas les prods avaient toujours fini par faire illusion ; mais là c'était insupportable. Partout les mêmes gueules défoncées, les mêmes casquettes, les mêmes piercings, les mêmes camtars, les mêmes vomis, les mêmes sonos recrachant de la machine à laver sans âme… Des clones. Enlève la drogue il en reste quoi ? En rentrant du tekni j'ai mieux saisi la blague de mon pote PTX : « Tu sais ce que dit un teufeur une fois qu'il est redescendu de sa perche ? Putain, mais c'est quoi cette teuf de merde ! » Heureusement le supplice a été de courte durée. En bons novices Lino et le Gitan n'avaient pas pris assez de cash et se sont retrouvés à sec en moins de vingt-quatre heures. On est donc partis à la recherche d'un distributeur, mais on n'est jamais retournés au tekni. Tout le monde avait eu sa dose.

On a fini nos dernières traces de coke sur l'autoroute, ce qui nous a permis d'agresser un père de famille en 405 break qui venait de nous faire une queue de poisson. Agressé en roulant hein, à cent trente sur la voie du milieu avec ses gamins en panique sur la banquette arrière pendant que je tentais de briser la vitre passager de la 405 avec un magazine roulé dans la main. Puis entre la fatigue et la redescente, le Gitan nous a fait une crise d'angoisse au volant. On s'est arrêtés sur la première aire d'autoroute pour faire une pause. Après avoir éclusé un pack de vingt-six, on s'est réveillés deux heures plus tard le visage collé dans notre bave au milieu des vacanciers médusés. Ce n'était pas plus mal que ça soit organisé un minimum finalement. Et peut-être aussi que j'étais tellement naze que je n'arrivais plus à apprécier quoi que ce soit.

Mais Lino était content. Il avait coché sa case et pouvait passer à autre chose, lui. Car Lino ne brasse plus, définitivement. Autant il arrête de fumer toutes les deux semaines, autant là c'est pour de bon. Pourtant son équipe avec Luciano et Igor fonctionnait plutôt bien. Un honnête petit bizness de shit : une conso assurée, quelques billets à dépenser, des clients satisfaits et un grossiste arrangeant. Peu de risques, peu de stress, peu d'ennui ; la belle vie dans une plaquette. Bon il est vrai que l'internement en psychiatrie de Luciano pour cause de crise psychotique aiguë les avait poussés à prendre une pause forcée, mais ils auraient très bien pu continuer en duo Igor et lui. Sauf que lui aussi s'est rangé. Et pourquoi moi je ne le fais pas ? Pourquoi une fois sa consommation assurée, cette première étape dont rêvent tous les fumeurs, Lino n'en a pas voulu plus ? Pourquoi n'a-t-il jamais voulu grossir, gravir et conquérir ? Chercher à savoir qui était le dealer de son dealer ? Le dealer du dealer ? Et voulu être leur dealer ? Pourquoi certains y trempent les lèvres et d'autres s'y noient ? Lino, Igor et la majorité de mes amis ont vécu le deal comme une erreur de jeunesse, une passade que l'on oublie comme un amour de vacances. Moi ça a fini par me définir. Et j'en suis encore à l'écrire.

Bon sens 2

« Mais ils ont quoi dans la tête les jeunes ? Hein franchement tu ne vas pas me dire ? Y sont contents de rien faire de leur vie ? De foutre la merde et gâcher leur avenir ? Ils ne peuvent pas se bouger le cul un peu sérieusement ? Faut pas qu'ils s'étonnent après ! Non mais sérieusement des fois on se demande ce qu'ils ont dans le crâne ! »

Les jeunes ? Ils ne savent pas quoi faire de leur vie alors ils essaient déjà de ne pas la perdre sur un coup de tête.

Les jeunes ? Ils n'ont pas encore ton cynisme. Ils n'ont pas encore assez de vice pour se voiler la face. Ils voient le monde tel qu'il est et ils se le prennent en pleine gueule. Et ne te trompe pas ils voient parfaitement qui tu es.

Les jeunes ? Ils s'endorment au shit, vomissent à l'alcool, s'endurcissent à la coke, se brûlent à la MDMA et s'anesthésient à la kétamine. Les jeunes, ils ne font pas la fête, ils s'oublient.

Les jeunes ? Ils regrettent déjà leur passé, ils détestent le présent et ils n'ont pas d'avenir. Et tu voudrais leur parler de leur futur ?

Les jeunes ? Leur plus grande peur c'est de finir comme toi alors remballe tes conseils et ta morale.

Les jeunes ? Ils ont bien compris que c'était déjà foutu pour eux. Et tu voudrais qu'ils la ferment et qu'ils restent tranquilles ?

Les jeunes ? Pour ceux qui en ont encore ou des pas trop déglingués, ils veulent bien écouter leurs parents. C'est d'ailleurs à cause ou grâce à eux qu'ils n'ont pas encore tout lâché.

Les jeunes ? Ils traînent de Paris à Marseille, de l'Ariège au Pas-de-Calais, du fin fond de la campagne jusqu'en bas des tours. Ils traînent, mais ils traînent ensemble.

Les jeunes ? Ils ont un trop-plein d'hormones, un trop-plein d'angoisse, un trop-plein de stress et malgré ça ils sont pleins de vide.

Les jeunes ? Ils ont des rêves de chutes sans fin, des flashs de nœuds coulants et des fantasmes de carnages dans la foule. Et si tu les testes ils te niquent ta mère.

Alors qu'est-ce qu'ils ont dans la tête les jeunes ? En vrai tu ne veux pas le savoir.

Bébé 2

Une année de plus. Encore une. Vingt-et-un ? Vingt-deux ? Moi même parfois j'ai un doute quand on me demande. De toute façon qu'est-ce que ça change ? Il y a peu de chance qu'une date sur le calendrier bouscule quoi que ce soit. Les semaines, les mois et à présent les années se suivent et se ressemblent au point de se confondre. Prévisibles et interchangeables à l'infini, mes journées ne sont qu'une éternelle répétition. J'en viens presque parfois à regretter les cours qui donnaient un semblant de structure à mon quotidien. Les arrivages de shit et le réchauffement climatique sont devenus les derniers marqueurs temporels qui subsistent. La canicule de 2003 et son cortège de morts m'auront au moins permis de situer mon été.

Ben le musicien qui a eu la grandeur d'âme, ou la crédulité, de ne pas encore me dégager n'a de cesse de me répéter qu'il faut que je m'accroche et qu'en bossant la musique les choses iront en s'améliorant, mais je ne vois rien venir. C'est même pire. Quand j'ose jeter une oreille sur mes sessions studio, la première pensée qui me vient c'est de me pendre sans délai avec le câble de mon micro. Finalement en dehors de l'achat/revente de shit et d'herbe, le seul endroit où je m'en sors à peu près c'est au resto. Là au moins je suis en réussite. À me tuer la santé et à récurer les chiottes de la clientèle, mais en réussite malgré tout. J'y ai même rencontré Cherry. Une créature de clip originaire des Comores belle à se damner. L'exploitation a parfois du bon. Les premiers services passés à ses côtés, je n'en revenais pas de travailler avec une fille aussi magnifique. Il y avait un décalage saisissant à admirer cette gravure de mode évoluer au milieu des nappes souillées et des assiettes sales. Quand en la connaissant un peu plus j'ai réalisé qu'elle était capable d'échanger sur autre chose que les parfums d'après-shampooings il a fallu que je me gère. Mais quand j'ai su qu'en plus elle fumait des joints là j'ai perdu le contrôle. Il fallait que je me branle avant chaque service pour ne pas vriller pour de bon. Les week-ends se sont enchaînés, nous nous sommes lentement rapprochés, enfin pour être précis ma capacité à lui payer des joints à volonté me permettait de la fréquenter en dehors des services et l'inexplicable s'est alors produit. Je lui ai plu. C'est même elle qui a fait le premier pas. Bon, j'ai été son second choix après qu'elle s'était ramassée avec un autre serveur du restaurant, on ne bouleverse pas l'ordre immuable des choses et la hiérarchie du désir féminin comme on change de narine pour taper son speed, mais elle a bien voulu de moi. Les premières semaines de notre courte idylle ont été semblables à un long trip ininterrompu. Mais passé les hallucinations sensorielles à profiter de ce corps et de ce visage irréel, j'ai constaté qu'une créature de clip pouvait être tout aussi névrosée que vous et qu'on se lasse de tout, même de la beauté. Ces quelques mois auront malgré tout permis de dégonfler la baudruche de mes tourments existentiels, en voyant ce que je prenais pour de stratosphériques angoisses à la profondeur vertigineuse disparaître comme par enchantement avec la pratique d'une activité sexuelle minimum. C'est fou comme tout devient relatif quand la sœur jumelle d'Aliyah vous gobe la langue, puis le gland. On est bien peu de chose.

S'il y en a un qui ne connaissait pas l'immobilisme et se nourrissait du changement, c'était Bébé. Après avoir fait le constat qu'il obtenait plus d'orgasmes avec les filles qui le suçaient dans sa cage d'escalier qu'avec Dora, il avait préféré retrouver sa liberté et s'était pris un appartement dans l'une des bourgades embourgeoisées du Grésivaudan. Mais ce retour officiel au célibat n'était pas la seule nouveauté. Déjà reconnu pour ses talents de brasseur de shit et de taz, il jouissait dorénavant du statut de dealer de coke installé. Pour cela il se fournissait auprès du Mexicain, l'une des étoiles montantes du bizness grenoblois, le nouveau boss en passe de supplanter Yacine dans leur quartier. Ce partenariat avec l'élite de la racaillerie permettait à Bébé d'écouler plusieurs centaines de grammes par mois et de s'en enfiler quelques-uns par semaine. Dorénavant le voir signifiait être prêt à côtoyer la coke sous tous ses aspects : vendeurs de C, acheteurs de C, consommateurs de C, consommatrices de C, gratteurs de C, toxicos à la C, après-midi C, soirée C, after C, plan cul sous C… le produit irradiait chaque strate de son quotidien et de son duplex loué en espèces. Cette réussite ammoniaquée rapportait un paquet de pognon à Bébé, mais aussi de nouvelles fréquentations toujours plus vénéneuses. En plus des dealers, brasseurs, cramés et sans cervelles habituels, il fallait dorénavant se coltiner des équipes de détrousseurs dont le talent caché consistait à débusquer le maillon faible de chaque soirée pour ensuite le mettre en confiance et monter avec ou sur lui l'embrouille qui leur permettrait à terme de le dépouiller. Dès qu'ils rôdaient dans les parages, il fallait peser chaque mot et chaque geste au risque d'en dire ou d'en montrer trop. Bébé contenait les charognards le temps où ils étaient sur son territoire, mais ce qui se passait au-delà était hors de son contrôle. Mais ce n'était pas tant ce nouveau palier atteint sur l'échelle déjà complètement explosée des risques Seveso de notre quotidien, ni même mon incapacité grandissante à supporter d'être en présence de plus de trois personnes qui m'éloignait de Bébé et espaçait de plus en plus mes visites, non c'était la coke. Toutes ces mains moites, ces aisselles dégoulinantes, ces yeux trop ouverts, ces mâchoires trop serrées, toute cette agitation aussi vaine que vide et surtout, surtout tous ces peigne-culs qui n'arrivent pas à contenir leur envie de parler. Ça me révulsait. Je ne vais pas raconter que je ne tapais jamais ou refusais toutes les bouteilles de base qui me passaient sous le nez, j'en étais bien incapable ; mais c'était devenu plus par habitude qu'autre chose. J'étais écœuré. Les cristaux de poudre obtenus à l'aide d'une douzaine de produits toxiques et trois ou quatre de coupe ne me laissaient plus que le goût insipide de la lassitude. J'exécrais la coke, mais grâce à elle j'ai au moins su que je ne pourrais jamais dealer un produit que je n'aimais pas profondément. Proportionnellement j'avais accès aux mêmes quantités de shit que de taz, coke ou trips, mais je n'ai jamais été tenté de brasser autre chose que le cannabis et ses dérivés. Chercher, trouver, transporter, stocker, peser, conditionner, dépanner, échanger, oui ; je n'allais pas comme par magie échapper à mon environnement – qui le peut ? – et je n'en avais aucune envie ; mais brasser non.

Je voyais donc de moins en moins Bébé, Yann filait le parfait amour avec sa nouvelle copine et Clément avait quasiment disparu de la circulation, trop occupé à se perdre dans sa relation avec Poly. En dehors des week-ends au resto et du studio chez Ben les occasions de sortir de chez moi se faisaient de plus en plus rares et à l'inverse de celui qui nous accueille tous, mon univers se réduisait de jour en jour aux 12 mètres carrés de ma chambre et aux 20 centimètres de la lame de mon couteau à détailler.

La boucle

Je ne sais même plus pourquoi je fume. Par habitude, par lassitude, par réflexe, par dépit ? Le joint est devenu l'extension de mon être, ma définition. Si, si, on peut faire tenir sa vie dans un deux feuilles. Je ne fume plus par plaisir sauf à de rares exceptions où après m'être envoyé des doses astronomiques je ressens vaguement quelques effets. Je fume parce qu'être clair m'est devenu insupportable. Je fume pour combler le manque. Et une fois que je l'ai comblé, je regrette. Alors j'arrête de fumer. Mais le manque revient, inlassablement. Alors je le comble. Et je regrette.

Le cannabis c'est formidable. Mais c'est comme tout, si on en abuse ça peut devenir un problème, un gros. Surtout chez nous où on le consomme avec du tabac. Cette habitude héritée du kief marocain nous paraît une évidence, mais dans le reste du globe, c'est une hérésie. Un peu comme si on dégustait le champagne coupé à la bière. L'alchimie des deux plantes fonctionne pourtant très bien. Tellement bien que sans le savoir, la plupart des consommateurs qui se pensent accros au shit ou à l'herbe le sont en fait au combo tabac/cannabis et le tabac est responsable de bien plus d'effets secondaires chez les fumeurs de joints que ce que l'on imagine.

Prenez un simple fumeur de clopes et sevrez-le à sec du jour au lendemain. Laissez passer les deux premières semaines d'excitation et revenez observer les dégâts. Stopper les spliffs c'est vouloir arrêter deux drogues simultanément et même en le faisant de manière progressive ça peut devenir un vrai chemin de croix. Combien de tes potes disent pouvoir s'en passer, mais n'ont jamais arrêté plus de quelques semaines et en sont toujours à s'en rouler un à 40 piges ? Le cannabis est une drogue complexe, agissant sur tellement de plans physiques et psychologiques qu'il est impossible de tous les lister. On le consomme bien sûr par plaisir, mais aussi beaucoup de manière inconsciente en réponse à des phénomènes et mécanismes plus profonds : insomnie, douleurs chroniques, anxiété, nervosité, dépression… Et on ne stoppe pas un traitement de fond d'un claquement de doigts. La fume, c'est aussi un excellent moyen de se fuir et d'enfouir. Quand ça fait des années que vous ne vous êtes pas retrouvé face à vous-même, les retrouvailles peuvent être violentes. Vous rajoutez par-dessus tout ça l'arrêt du tabac et vous avez une petite idée de ce qui vous attend. Alors chaque jour qui passe je comble et je regrette.

Manu 2

De kilo en kilo et de gramme en gramme, l'atmosphère s'était petit à petit alourdie chez Manu. La détente de la weed avait laissé place à la rationalité clinique de la balance. À se transformer en dealer on ne cultive pas vraiment sa légèreté, mais avec Manu ça avait vraiment empiré à cause du Pourciau. Pour renforcer son emprise, ce dernier avait consciencieusement fait le ménage et éliminé tous ceux qui représentaient une menace potentielle dans son entreprise de parasitage. Il s'était donc mis à monter la tête de Manu et de son horrible bonne femme contre Nicholson. Ils ne manquaient jamais une occasion de déverser leur fiel dans son dos, lui reprochant son obsession pour la base, son train de vie ou son basculement dans le deal.

Pourtant, Nicholson s'en sortait plutôt bien. Il s'était rapidement créé un joli réseau. Il avait réussi à basculer de client régulier quasi toxico à brasseur respectable. Il prenait ses plaquettes de shit aux frères de Hamza et sa coke à deux ou trois belles ganaches de Grenoble. On avait vu des débuts plus timides. Le Pourciau avait bien senti la menace et faisait tout pour s'en débarrasser. Il n'avait pas eu à forcer son talent, Manu avait rapidement pris ombrage du nouveau statut de Nicholson. Il ne se gênait pas pour taper les super-prods que ce dernier ramenait régulièrement, mais il était le plus souvent condescendant et posait un regard dédaigneux et supérieur sur ses affaires et tout ce qui pouvait venir de lui. Le deal est souvent un très bon révélateur d'amitié ; ou son pire fossoyeur.

Mais plus que le bizness, la jalousie ou même le Pourciau c'est la coke qui était en train d'aspirer tout ce beau monde. La C, il vaut mieux commencer à l'âge des premières expériences, des tentatives et des ratés. Elle se dilue mieux noyée dans le flot des erreurs de jeunesse. Goûter à la coke sur le tard c'est très dangereux. Le pire c'est les trentenaires bien installés, avec femme, enfants et crédits. Ceux qui se croient sauvés des eaux et revenus de tout. Ils pensent pouvoir gérer la coke comme ils gèrent leurs heures sup et leurs adultères. C'est les mêmes qu'on récupère deux ans après avec 10 kilos en moins et plus que leurs yeux pour pleurer sur leurs dettes et leur divorce.

Nicholson passait la plupart de ses soirées la bouche greffée à sa bouteille de base et chez Manu la petite trace offerte avait remplacé le tarpé de bienvenue. Il fumait toujours autant et brassait encore des quantités astronomiques de beuh comme l'attestaient ces deux fûts de 100 litres remplis de têtes dans lesquels j'avais plongé les mains, mais la coke était devenue omniprésente. En quantité ou au détail, il y en avait toujours. Manu n'était pas encore officiellement un brasseur de coke, mais ce n'était plus qu'une question de temps. Sa femme qui ne branlait rien de la journée en raison d'un arrêt longue maladie pour dépression et qui gobait déjà son pilulier de traitement psychiatrique à la bière tiède complétait désormais son ordonnance en grattant tous les trois quarts d'heure des lignes sur les cailloux de son homme. Ça lui faisait un bien fou, comme l'attestait ce soir où elle avait tenté de se trancher les veines avec un couteau de boucher devant ses gosses. Quand je lui faisais remarquer que sa consommation devenait de plus en plus régulière, Manu me répondait d'un ton paternaliste qu'il n'était plus un gamin, qu'il en avait vu d'autres et que ce n'était pas la coke qui allait le faire dévisser. La dernière fois que j'ai tapé chez lui, il avait préparé les traces dans sa chambre car les gosses venaient de rentrer de l'école. Le plateau était posé sur le rebord de la vieille cheminée condamnée située en face du lit, juste à côté des deux fûts de weed. J'ai tapé comme on écrit, de la gauche vers la droite. Quand j'ai relevé la tête, j'ai aperçu la fille de Manu qui me regardait en silence dans l'entrebâillement de la porte. J'ai eu envie de mourir.

Dealer

Je parle d'un temps que les moins de 20 ans ne peuvent pas connaître. Et c'est très bien comme ça. Ils ne ratent pas grand-chose.

Je parle d'un temps, et je vous arrête tout de suite épargnez-moi les souvenirs de plans à la sauvette au coin d'une ruelle sombre qui relevaient plus de l'agression consentie que du deal, où pour trouver de la drogue, quelle qu'elle soit, il fallait connaître quelqu'un ; physiquement. L'ultralibéralisme n'a finalement pas que des mauvais côtés. L'explosion du marché de la drogue a permis d'effacer les ultimes traces de simulacres de rapports humains entre les vendeurs et les acheteurs.

Je parle d'un temps où on n'allait pas chercher sa conso comme on passe récupérer son Big Mac au drive. D'un temps où la livraison n'existait pas – aurait-on seulement pu imaginer que la livraison serait un jour possible ? –, d'un temps sans internet, sans anonymat.

Je parle d'un temps où les dealers étaient rois. Où les vendeurs avaient droit de vie ou de mort sur leur clientèle.

Je parle d'un temps où lorsqu'on avait un bon plan, lorsqu'on connaissait un bon dealer qui avait du bon matos, on le gardait jalousement et on se débrouillait pour être dans ses petits papiers. Faire partie de ses favoris et ainsi s'assurer qu'il pense à nous quand il avait touché ou quand il avait reçu une qualité spéciale et surtout qu'il nous prévienne au plus vite pour ne pas avoir à se contenter des restes.

Je parle d'un temps où on attendait fébrilement que son dealer touche. Car quand il n'avait rien, on n'avait rien non plus. Ou alors il fallait partir à la recherche d'un autre bon plan, mais ça ne courait pas les rues et encore fallait-il en avoir des plans. Et quand bien même on en avait, la discrétion était de mise car si l'infidélité était découverte elle déclenchait parfois des représailles qui pouvaient aller jusqu'à la fermeture pure et simple du robinet d'approvisionnement.

Je parle d'un temps où il fallait être recommandé, accompagné, car les dealers ne vendaient qu'aux clients identifiés et validés. Connaître quelqu'un imposait de connaître un autre quelqu'un.

Je parle d'un temps où on était dans l'obligation de fréquenter son dealer, on avait vu son visage, on connaissait son prénom et même parfois son nom. On allait chez lui, on s'asseyait dans son salon. Et quand on le voyait, une curieuse comédie s'installait, faite d'attentes, de méfiance et de proximité factice. D'un côté comme de l'autre on était obligé de baisser la garde. Il fallait bien meubler les silences. Parler même pour ne rien dire c'est forcément se dévoiler un peu.

Je parle d'un temps où pour trouver de la drogue, il fallait connaître quelqu'un. Et c'est très bien que ce soit fini.

Yann 2

Il a réussi. Après des mois à s'enfoncer toujours plus loin dans la défonce et la zone, Yann touche enfin du doigt son rêve : il a son camion. Pas un camping-car déguisé, pas un fourgon amélioré ou un utilitaire hors d'âge réhabilité avec deux matelas, une étagère branlante et un bout d'isolant. Non, un camion, un vrai. Grand, gros, imposant ; le genre que tu manœuvres avec soin et que tu ne peux pas garer n'importe où. Le camtar, c'est le Graal du teufeur et de pas mal de zonards. Un sacré symbole aussi, avoir son camion et vivre dedans ça veut dire plus d'appart, plus de squat, plus d'attaches. La liberté de bouger où tu veux quand tu veux. L'anarchie sur quatre roues propulsées au diesel, ça vous pose un rebelle ça madame. Il y a ceux qui ont le courage de franchir le cap et les autres.

Si Yann avait réussi à remonter la pente et sortir la tête de la bouche d'égout où il risquait à tout moment de s'étouffer dans sa gerbe, c'était, comme souvent avec les hommes, grâce à une femme. La Signoret était la patronne du bar où il allait boire son café du soir ou son blanc matinal lors de ses longues sessions de manche. Elle n'avait pas résisté à ses dreadlocks et ses beaux yeux bleus appelant désespérément à l'aide. Si pour ne pas sombrer définitivement Yann avait eu besoin de raccrocher au commun des mortels, la Signoret, elle, se devait de larguer les amarres de toute urgence au risque d'imploser dans sa vie en cours d'embourgeoisement irrémédiable. Leur rencontre se situait à équidistance sur le chemin inversé de leurs vies et leur offrait un point d'équilibre inespéré.

À peine quelques semaines après leur rencontre, Yann avait lâché la manche et la zone, et la Signoret son bar et son mec. Ils avaient pris un petit appartement, acheté un van et commencé à mettre de l'argent de côté en faisant les saisons et les vendanges. Yann aimait raconter qu'ils économisaient aussi grâce au bénéfice du shit et des prods qu'il brassait, mais ça couvrait à peine leur consommation. Là aussi le phénomène des vases communicants avait un peu stabilisé la balance. Même s'il restait un phénomène hors catégorie, Yann se cramait un peu moins et la Signoret qui n'avait connu que la coke mondaine du centre-ville parfaisait son apprentissage de la défonce. Mais même si les prods étaient omniprésents, on peut dire que ces deux-là formaient un joli couple. Fusionnels comme deux lycéens, se tenant la main quand ils baladaient leurs chiens, coulaient leurs douilles ou vomissaient leurs graines de LSA. Entre deux récoltes de fruits, ils venaient régulièrement me rendre visite quand ils repassaient sur Grenoble. Yann avait transmis son amour de la nature à la Signoret et ils m'emmenaient parfois avec eux en montagne pour chercher des psylos en bouffant des taz et des gélules d'éphédrine. Non vraiment ils étaient beaux à voir.

Bon il y avait bien eu une fois ou deux où les démons de Yann avaient ressurgi après une cuite et où la Signoret avait dû s'échapper du van et se réfugier chez les voisins pour éviter d'y passer, mais on n'allait pas noircir le tableau pour si peu. De mois en mois, les tourtereaux avaient fini par amasser un joli petit pactole qui, additionné aux économies de la Signoret et au bénéfice du deal toujours selon la version de Yann, leur avait donc permis de s'acheter un camion. Le camion. Un Mercedes blanc et rouge avec une gigantesque caisse déjà en partie aménagée. Sa taille et son aspect presque militaire impressionnaient. Yann me racontait qu'ils étaient les stars du parking lorsqu'ils allaient en teuf. Pour se familiariser avec la bête, ils avaient enchaîné les petits trajets et stationnaient souvent au milieu des champs dans la vallée. C'était agréable de passer les voir. Le cadre était champêtre, les chiens gambadaient au grand air, la Signoret décorait le camion et Yann tapait ses bangs au soleil. Il avait retrouvé en partie cette douceur qui lui allait si bien. Il buvait moins et s'était même remis à écouter du reggae.

Et puis un jour ce fut le grand départ. Ils avaient décidé de vraiment prendre la route. Leur road trip débutait par la Bretagne. La Signoret voulait voir l'océan et il y avait pas mal de teufs dans la région. Ils projetaient ensuite de quitter la France et parcourir l'Europe en suivant la trace des travellers historiques. Yann m'avait gentiment proposé de faire un bout de chemin avec eux pour voir si ça pouvait me plaire, mais ce n'était définitivement pas mon truc. J'aimais le béton de la ville, pas l'asphalte de la route. J'étais sincèrement heureux pour lui. Il avait réussi à avancer quand je m'épuisais à patauger sur place. Avant de partir, la Signoret et lui avaient tout verrouillé. Ils s'étaient débarrassés de toutes leurs affaires superflues, les chiens étaient à jour de leurs vaccinations, ils avaient fait refaire leurs passeports et étaient même allés faire réviser le camion chez un concessionnaire officiel Mercedes. Et ils quittaient la région en ayant soldé toutes leurs dettes et récupéré tous leurs croums. C'était carré, là où quelques mois en arrière Yann était incapable de respecter un rendez-vous sauf pour chopper des prods. Après une dernière journée passée au milieu des champs, ils sont partis dans le soleil couchant direction l'aventure. Je les ai quittés avec un petit pincement au cœur. C'était un bout de mon adolescence qui s'en allait.

Passé Montbrison, après moins de 300 bornes de route, le camion a rendu l'âme. Moteur serré. Le dépanneur leur a dit qu'il était bon pour la casse. Mercedes leur a dit d'aller se faire enculer. Ils sont rentrés à Grenoble en train. Plus d'affaires, plus de logement, plus de projet. Fin du rêve.

JB 2

Il y a les excités qui n'en reviennent pas d'en être et qui en font trop. Les terrorisés qui n'osent plus esquisser le moindre geste ou prononcer un mot. Les faux calmes qui surjouent la maîtrise et le détachement. Les complexés transpirant l'envie et la jalousie. Ceux qui noient leur malaise dans l'alcool et ceux qui n'arrivent pas à le cacher. Le pire c'est les hystériques qui s'oublient. Plus aucune retenue et encore moins de dignité, si familiers qu'ils en deviennent vulgaires. Derrière le bar il y a mon cousin le regard éteint qui enchaîne les verres comme on creuse sa tombe. Pourtant c'est grâce à lui qu'on est là, il pourrait en retirer un peu d'orgueil, mais tout l'indiffère. Je n'ai jamais su qui de sa tristesse ou de son ennui le dévorait de l'intérieur, mais même l'alcool semblait ne plus le toucher. En salle il y a Tonton qui comme d'habitude garde un œil sur tout le monde. Et au milieu il y a moi. Je les juge, mais je ne vaux guère mieux. J'aurais pu être n'importe où ailleurs, mais au final je suis là, fasciné par la bête. Finalement JB était le seul à être naturel. Ou peut-être que lui aussi jouait son rôle ? Malgré l'agitation et les sollicitations permanentes, il ne bronchait pas et trinquait comme je l'ai toujours vu faire : faussement débonnaire, mais sondant et analysant sans relâche les âmes et son environnement.

La veille, Callahan m'avait pourtant prévenu qu'on partirait de bonne heure pour aller prendre l'apéro au restaurant, mais j'avais quand même réussi à me mettre en retard. Levé en catastrophe je n'avais pas eu le temps de fumer avant de partir et une fois sur place pas moyen de m'échapper pour aller m'en griller un. Je ne buvais jamais sans être défoncé ou plus exactement étant en permanence sous bédo je ne connaissais l'effet de la boisson que mélangé au shit. L'alcool c'est vraiment la drogue du pauvre, le bout du bout, le dernier palliatif avant l'effondrement terminal. Ce n'est pas pour rien que les vieux toxicos revenus de tous les prods et les dépressifs incurables finissent tous dedans. En synergie ça donne un truc vaguement intéressant, mais seul c'est le néant.

Passé la sixième coupe de champagne, le manque s'est fait cruellement sentir. J'ai goûté à la montée de l'alcool sans la douceur du shit, sa violence, sa lourdeur et sa bêtise. « Salute JB ! » « Attends je vais trinquer avec JB ! », « Mon pote JB ! », « Mon ami JB ! », « JB ! » « JBBB ! JBBBBBBB !!! » Plus que le Veuve Clicquot c'est toute cette débauche de léchage de cul, ce concerto de puceaux en rut qui me donnaient la gerbe et des envies de meurtre. Ils avaient réussi, ils y étaient et ils le savaient. Ils pourraient rentrer chez eux repus et comblés. Tels des élus choisis parmi la masse grouillante des prétendants, ils pourraient raconter qu'il l'avait approché, côtoyé et même touché ; en vrai. Et cette victoire sans péril les rendait méprisables. Je mentirais en disant que cela ne me faisait rien. Seuls ceux qui ignoraient son existence pouvaient rester insensibles à sa présence mais je n'en étais plus là. J'y étais déjà passé, je l'avais déjà vécu et j'étais bien trop arrogant pour m'en contenter.

J'en voulais plus. Il m'en fallait plus. Et je n'allais pas laisser passer ma chance. Tout brasseur, aussi petit soit-il, est bercé par des rêves de conquêtes et de domination. Dealer c'est rechercher le profit, mais je le répéterais sur tous les tons : c'est aussi et surtout rechercher le pouvoir. Et si on ne peut pas l'obtenir, on veut au moins s'en approcher au plus près.

D'un essaim bruyant et désordonné, les faux-bourdons jouaient des coudes pour frôler la reine qui restait admirablement stoïque. JB ne bronchait pas. Accoudé au bout du comptoir, il enchaînait les coupes, levant son verre à intervalles réguliers au rythme des toasts tous plus inutiles les uns que les autres. J'avais jusque-là participé à l'apéro légèrement en retrait du bar pour rester au calme, mais si je voulais réussir mon coup il fallait que je plonge moi aussi dans la mêlée. Je me suis donc posté au comptoir et par un jeu de chaises musicales alcoolisées me suis peu à peu rapproché. Il n'y avait bientôt plus que deux personnes entre nous. « Allez salute ! », « À la tienne JB ! ». Plus qu'une. Encore un bouchon qui saute, une bouteille qui se vide. « Salute ! JB ». Le tabouret à ma gauche s'est libéré. J'y étais. À ma grande surprise, JB m'a remis.

– Eh mais t'es le neveu de Tonton ? Comment ça va ? Salute !

Chez les Siciliens, on est toujours le fils, le frère, le cousin ou le parent de quelqu'un. Seul le privilège de l'âge vous donne le droit d'exister par vous-même.

– Ça va merci et vous ? Salute !

J'ai avalé une énième gorgée de champagne. Plus que jamais en manque, l'alcool commençait à devenir réellement inconfortable, mais j'étais trop près du but pour battre en retraite. Je n'allais pas laisser les remontées acides me voler ce moment. Juste avant de me lancer, des flashs d'images où Tonton et mon cousin me faisaient amèrement regretter d'avoir osé franchir la ligne rouge m'ont assailli, mais au vu de l'enjeu ça restait un risque tout à fait acceptable. Alors j'ai sauté, sans filet.

– Excusez-moi, mais je peux vous poser une question ?

– Oh tu peux me tutoyer tu sais, c'est la famille.

– Ah oui désolé, mais j'ai du mal à tutoyer les anciens.

– Eh ! Je suis pas un ancien encore !

– Non c'est pas ça, mais vous comprenez ?

– Oui t'inquiète pas je vois. T'as le respect c'est bien. Salute !

Encore une demi-coupe de champagne et l'arrière du crâne en feu.

– Et donc je peux vous poser une question ?

– Oui bien sûr je t'écoute.

– Bon voilà je peux pas trop parler là parce qu'il y a Tonton, mais je fais un peu mes trucs vous voyez ? Rien d'énorme, mais disons que je me débrouille quoi.

– Je vois, je vois… T'inquiète pas tu peux parler.

– OK merci. Ben en fait je me demandais comment vous faites pour gérer tout ça ? Comment vous faites avec les autres ? Vous savez bien qui vous êtes et comment les gens vous voient. Ils ne sont jamais naturels avec vous. Ils ne peuvent pas être naturels. Personne ne peut l'être, ni les hommes, ni les femmes. Ils viennent forcément vers vous par intérêt et si ce n'est pas directement par intérêt ils vont forcément changer leur manière d'être. Alors comment vous faites pour gérer ça ?

Pour la première fois, JB m'a paru quitter le pilote automatique sur lequel il était branché depuis notre arrivée.

« Ouais JB ! SALUTE !!! » Un des potes de mon cousin voulait trinquer une fois de plus avec son « pote » JB.

– Vous voyez, lui par exemple. Comment vous faites pour supporter ça ? Là il est persuadé d'être votre ami, mais vous ne le connaissez même pas.

– Qui ? Lui là ? J'en ai rien à foutre.

– Non mais là c'est un parmi tous les autres. C'est tout le temps comme ça avec tout le monde. Comment vous faites alors ?

JB a posé sa coupe et s'est tourné vers moi.

– Tu sais les gens je les vois comme ils sont. Je les vois arriver de tellement de loin. Je sais très bien ce qu'ils veulent et je sais encore plus sur qui je peux compter ou pas.

– Mais comment vous faites pour gérer ça ?

– Qu'est-ce que tu fais dans la vie ?

– Moi ? Ben je travaille en restauration et je fais un peu de musique. Et puis je fais mes trucs comme je vous ai dit.

– Et t'aimes bien la musique ?

– Oui j'aime bien. C'est sûr que ça me plairait d'en faire mon métier.

– La musique c'est bien, tu devrais continuer. Si j'ai un conseil à te donner, fais ce que tu veux, mais ne fais pas comme moi. Pour moi c'est fini, je peux plus faire machine arrière. J'ai passé trop de temps en prison et même dehors je ne serai jamais tranquille. Je ne peux pas être avec ma femme quand je veux et pareil pour mes gosses, je ne peux pas les voir quand j'ai envie. Je suis obligé de dormir à droite à gauche tous les soirs et je ne sais jamais quand est-ce que je serai chez moi. Tu sais je vais te raconter quelque chose. Quand j'étais gosse mon père il me disait tout le temps que je ne tenais pas en place, toujours à courir. Que même à table je ne m'asseyais que sur une fesse. Moi j'étais jeune et tu sais comment c'est, les vieux on les écoute que d'une oreille. Les anciens, on pense toujours qu'ils radotent et qu'ils racontent des conneries, mais j'aurais dû l'écouter, il avait raison le vieux. Mais aujourd'hui c'est fini, je peux plus faire autrement. Ma vie c'est ça et je ne peux plus la changer. Alors si j'ai un conseil à te donner : fais ce que tu veux, mais fais pas comme moi.

C'était donc ça le sommet ? Tout ça pour ça ? Une vie pour le conquérir et une fois en haut on n'y trouvait qu'une autre prison en forme de regret. Plus grande, plus luxueuse et sûrement infiniment moins ennuyeuse, mais une autre quand même. JB était semblable à ces grands requins condamnés à se mouvoir éternellement sous peine de sombrer au fond de l'océan. Il était baisé, comme nous tous. Tout ceci était donc vain. Le deal, le bizness… À quoi bon si la fin elle-même n'avait rien à offrir ? Et qu'il n'y avait au bout du compte même pas de fin. En dehors de ceux de ma mère, les mots que JB a prononcés ce jour-là ont été les seuls à avoir trouvé un écho en moi. Et quelque chose s'est inversé. Bien sûr je n'ai pas arrêté de brasser le jour même, ou la semaine d'après ni l'année suivante, mais un long, très long processus s'est enclenché.

C'est la dernière fois que j'ai vu JB. Peu de temps après la consigne nous a été donnée de ne plus aller au resto de mon cousin, trop risqué. Quand j'ai osé demander en famille le pourquoi de cette interdiction, on m'a répondu : trop risqué. Au départ j'ai pensé à de potentielles embrouilles qui pouvaient entraîner des représailles ou des explications un peu trop musclées. On voulait nous éviter le mauvais coup ou la balle perdue. Même et surtout à la place de JB le pouvoir se devait d'être maintenu. Il fallait en permanence rappeler et prouver son statut. Mais le danger venait finalement d'ailleurs. Début décembre, après quatre ans d'enquête, JB, son frère et une bonne partie de leurs proches sont tombés. Les chefs d'accusation étaient tellement nombreux que les flics racontaient avoir retenu à peu près tout le code pénal sauf l'homicide. Dans un concert ininterrompu de rumeurs et de ragots, Grenoble s'est mise à bruisser de commentaires sur l'affaire. Encore une fois chacun avait quelque chose à dire sur les deux croque-mitaines de la cuvette.

Après plusieurs semaines sans nouvelles j'ai retrouvé Tonton pour un réveillon de Noël crépusculaire chez mes grands-parents. Il avait perdu 12 kilos et pris quelques rides. Impanata, pâtes fraîches, poissons, viandes, torrone… Il avait malgré tout assuré un repas pantagruélique et l'ensemble de la logistique pour alléger les vieux. « Tonton il a joué et il a perdu. Quand on joue, faut accepter de perdre. » Voilà tout ce que j'ai eu en guise d'explication sur les évènements. Ça et un traditionnel regard appuyé accompagné d'une habituelle main ferme sur l'épaule pour bien me faire comprendre que je n'aurais rien d'autre. Ça faisait un peu court comme confidence sur une des affaires judiciaires les plus importantes de l'année, mais il fallait s'en contenter. Est-ce qu'il avait été arrêté, placé en garde à vue, entendu, poursuivi, traqué, menacé… ? On pourra dire ce que l'on veut sur les valeurs et la morale des anciens, mais ils avaient au moins la dignité du silence. Et de toute façon qu'est-ce que j'avais à gagner à savoir quoi que ce soit ? Un ego encore plus boursouflé ? Un sentiment d'impunité encore plus grand ? Est-ce que j'avais sincèrement besoin de ça ?

Drogue(s)

www.larousse.fr

Drogue : Substance psychotrope naturelle ou synthétique, généralement nuisible pour la santé, susceptible de provoquer une toxicomanie, et consommée en dehors d'une prescription médicale.

Drogué, droguée : Intoxiqué par l'emploi de drogues ; toxicomane.

« La drogue c'est mal. La drogue c'est dangereux. La drogue, ça détruit. La drogue ça tue. La drogue [*mot négatif de votre choix*]. »

On se drogue pour faire la fête, pour oublier, pour s'oublier, se sentir vivant, par ennui, par flemme, par dépit, pour noyer son chagrin, assécher sa peine, retrouver le sourire, pour aimer, parce qu'on ne s'aime plus, pour dormir, pour maigrir, retrouver l'appétit, pour travailler, parce qu'on est au chômage, pour arrêter de penser, pour baiser, faire comme les autres, par solitude, par goût du risque, par peur de la mort… Certes. Mais on se drogue avant tout parce que c'est bon.

Tant que les campagnes de prévention continueront à ne parler que des effets négatifs et des éventuelles conséquences dramatiques de l'utilisation des drogues, tant qu'elles infantiliseront les consommateurs et mentiront aux futurs usagers ; elles ne serviront strictement à rien. Elles ne servent d'ailleurs strictement à rien. Elles ne régulent rien, ne freinent rien et ne stoppent rien. Depuis trente ans, les saisies et la consommation de drogues dites illégales sont en augmentation sur tous les produits. Tous sans exception. L'être humain s'est drogué, se drogue et se droguera toujours.

Votre vrai premier joint, votre vraie première trace de coke, votre vraie première cuite, votre vrai premier taz, votre vrai premier buvard, votre vrai premier shoot d'héro… On se drogue parce que c'est bon.

Nicholson

Quatre-vingts grammes de coke. Il se trimbalait avec 80 grammes de coke dans sa bagnole, juste pour sa conso. Il a dû écraser pas loin d'un gramme pour préparer deux traces. Elles étaient si grosses que j'ai cru me déchausser les molaires pendant la montée. Lui a tout juste senti la sienne. Sniffer ne lui fait plus rien, il ne tape que par politesse, comme on accompagne à l'apéro. Il n'y a que les montagnes de cailloux qu'il s'envoie en base qui le font encore un peu frissonner. Quatre-vingts grammes de coke, posés à côté du levier de vitesse comme on laisse traîner son paquet de clopes et son briquet. Quand je lui ai fait remarquer que c'était quand même un peu risqué, j'ai bien senti qu'il ne voyait pas du tout où était le problème.

Nicholson était en train de partir, ailleurs, quelque part, loin très loin d'ici. Il se mettait tellement de coke qu'il lui arrivait de n'être même plus en état de venir bosser au resto. D'ailleurs je me demandais bien pourquoi il continuait à travailler. Les excuses qu'il sortait au directeur ressemblaient à celles d'un collégien qui commence à sécher les cours : improbables et ridicules. La quantité astronomique de prods qu'il engloutissait commençait à lui vriller la tête c'était une évidence, mais le vrai problème c'était la quantité qu'il en vendait. Nicholson était devenu un gros brasseur, un vrai. C'en était fini du brave gars bien sympathique qui servait de faire-valoir à Manu. À acheter et revendre toujours plus de grammes et de plaquettes et être de toutes les soirées en centre-ville, il s'était mis à côtoyer les équipes les plus en vue de Grenoble, dont celles qui ressortaient dans les histoires de règlements de comptes qui agitaient la cuvette.

Nicholson avait réussi à se faire un nom. Bébé et Lilith étaient venus m'en parler et il passait ses samedis soir avec Hachim. Un gros brasseur, pas de doute là-dessus. Le souci c'est qu'il brassait comme il se cramait : à l'extrême. Toujours entre deux plans, deux croums et deux embrouilles, Nicholson avait gravi les échelons bien trop vite et bien trop défoncé pour apprendre à gérer un tant soit peu son bizness. Régulièrement les frères de Hamza envoyaient un de leurs loufiats ou une de leurs maîtresses au resto pour lui mettre un coup de pression et lui faire cracher un peu de thune histoire de combler les dettes qu'il avait accumulées. Étant identifié comme un bon pote de Hamza je servais souvent d'intermédiaire et me retrouvais en plein service entre deux cafés, une crème brûlée et trois entrecôtes à faire passer des messages, des enveloppes et même parfois des chèques quand Nicholson était vraiment dos au mur. Un jour c'est sa voiture qu'on a trouvée retournée de fond en comble sur le parking à l'arrière du restaurant en guise d'avertissement. J'ai d'abord pensé qu'il se tapait une bonne parano et qu'on lui avait simplement forcé sa 306, mais effectivement rien ne manquait dans l'habitacle. Tout était là : le poste, les CD, les clopes, les fringues, la monnaie, les clés, les déchets… Il y avait juste un Post-it en plus collé sur le tableau de bord avec un message de menaces griffonné dessus.

Ses affaires étaient autant explosées que le foyer de sa pipe à coke et nombreux étaient ceux qui lui prédisaient une chute aussi brutale que son ascension, mais à chaque fois Nicholson réussissait à s'en sortir et même mieux il continuait à grimper. Il était désormais à la lisière du Milieu, là où l'on cause faux papiers, blanchiment, escroquerie à l'assurance et au crédit. Généralement, on en cause à voix basse. Nicholson, lui, le hurlait sur tous les toits. Je n'arrivais plus à savoir s'il était simplement inconscient ou définitivement perché. Il me faisait l'effet d'un condamné à mort qui aurait été le seul à avoir oublié la date de son exécution. Je voulais bien continuer à le fréquenter épisodiquement, mais même s'il pouvait m'offrir des plans, des quantités et des prix imbattables, je me refusais à tout bizness avec lui.

Nicholson était en train de partir. Mais il n'y allait pas tout seul. Tout était en train de partir. J'étais certes très mal placé pour faire la morale à qui que ce soit en termes de délitement généralisé, mais il me restait au moins un semblant de clairvoyance pour apercevoir la montagne de merde que nous avions accumulée déferler en vague scélérate à l'horizon. Bébé s'enfonçait toujours un peu plus loin dans ses bizness avec le Mexicain, fournissant même Yacine à l'occasion ; ce dernier étant en phase de tricardisation avancée dans son propre quartier et un peu partout ailleurs. On ne se voyait presque plus. Je fuyais toujours autant son appart et nos rares échanges se résumaient à des monologues hystériques où ne résonnaient que des phrases composées d'« oseille », « plus d'oseille », « plans pour faire plus d'oseille », « trouver de nouveaux plans pour faire encore plus d'oseille ». Et ça marchait aussi très bien en remplaçant oseille par coke ou salope. Mais le pire, si tant est qu'il existe une échelle de la décrépitude du deal, c'était peut-être Manu. Le Pourciau régnait désormais seul sur ses affaires. Seul Nicholson avait survécu. Pas à cause de son amitié avec Manu, tout entre eux n'était plus que mensonges, jalousie et ressentiment et aussi accessoirement soirée basage de coke, mais à cause du réseau qu'il s'était créé et qui pouvait représenter une réelle menace en cas de guerre ouverte. Pour moi c'était différent d'une part parce que Manu m'appréciait sincèrement et de l'autre parce que je ne faisais plus vraiment de bizness avec lui. C'était de toute façon devenu impossible. Le Pourciau était omnipotent. Il décrochait une fois sur deux quand on appelait Manu, lui prenait le téléphone des mains quand la discussion ne lui convenait pas et ouvrait même quand on sonnait à la porte. Et Manu ne bronchait pas. Si Nicholson avait troqué sa naïveté contre une bonne dose de folie pure, Manu n'avait jamais pu se départir totalement de son costume d'adolescent attardé et ça le rendait d'autant plus dangereux. J'ai pressenti qu'il ne fallait pas tarder à disparaître le jour où il m'a raconté, des étoiles dans les yeux, qu'il avait trouvé une enveloppe anonyme en papier kraft format A4 dans sa boîte aux lettres dans laquelle étaient glissées des photos prises au téléobjectif de lui et de ses gosses à la sortie de l'école. Je n'ai même pas cherché à savoir où était la vérité. Si c'était vrai, il fallait décaniller sans tarder et s'il en était à inventer des histoires comme ça il fallait disparaître de toute urgence en effaçant ses traces. Sa femme s'est chargée de couper les ponts à ma place.

Manu 3

La toute dernière fois que j'ai mis les pieds chez Manu c'était pour lui acheter quelques grammes de coke pour Ben. Il ne m'a pas reçu comme d'habitude autour de la table ronde placée dans le hall où j'avais tant de fois roulé mon spliff et manipulé des sachets de weed, non, pour la première fois il m'a reçu dans son salon. C'était grand, lumineux et joliment décoré, la plus belle pièce de l'appartement. Manu n'y avait installé que des meubles anciens qui associés au parquet en chêne massif et aux longs rideaux encadrant les portes-fenêtres donnaient un beau cachet Second Empire à l'ensemble. Comme quoi on peut être fan de ska et avoir du goût. Au milieu de la pièce, dos à la lumière du jour trônait un secrétaire Louis XV. Sur l'abattant ouvert était posé un grand plateau doré avec en son centre un énorme monticule de coke. C'était tellement cliché que je n'ai pas pu m'empêcher de sourire.

Manu ne connaissait pas la raison de ma visite, mais il ne m'a proposé ni beuh ni quoi que ce soit d'autre, il ne parlait plus que de coke. Et ses prix étaient prohibitifs par rapport au reste du marché. J'ai vainement tenté de négocier, mais Manu ne voulait rien savoir et s'est mis à m'expliquer que lui ne vendait pas la merde de monsieur tout le monde, non lui il avait de la végé, de l'écaille de poisson même ; d'ailleurs il fallait que je regarde mieux à quel point sa coke brillait. Si ça ce n'était pas la preuve qu'il avait de l'écaille hein ? Bref toutes les légendes de merde de l'époque. J'étais un peu déçu qu'il me sorte ce genre de baratin que l'on réserve habituellement au tout-venant. Jusque-là j'avais toujours eu droit à un traitement de faveur, des égards particuliers peu importe le produit ou la quantité, mais Manu était visiblement passé à autre chose. Je ne pouvais pas lui en vouloir, il ne fallait pas s'attendre à un sursaut d'humanité de la part d'un gars qui avait consciencieusement bâti sa carrière de dealer année après année et qui était en train de s'y perdre.

En souvenir du bon vieux temps j'ai préféré battre en retraite et ne pas m'embrouiller avec lui. Mais c'est alors que ce qui lui servait de femme s'en est mêlé. Elle a commencé à intervenir dans la discussion, couper la parole à Manu, le reprendre puis monter toute seule dans les tours en m'expliquant que si je n'étais pas content je pouvais aller voir ailleurs. Je lui ai gentiment fait comprendre que ce n'était pas elle que j'étais venu voir et qu'elle pouvait se carrer ses conseils dans le fion, que jusqu'à preuve du contraire le dealer ici c'était son mec et qu'il était assez grand pour se débrouiller tout seul. Je pensais lui faire fermer sa gueule, elle a disjoncté. Sa voix de poissonnière dépressive s'est mise à faire trembler les murs de l'appartement. Recroquevillée sur elle-même, à deux doigts de la convulsion, elle vociférait une bouillie de menaces et de postillons, son petit corps obèse tendu comme si elle était sur le point d'exploser. C'était répugnant. Manu a mollement essayé de la calmer, mais ça n'a eu aucun effet. À le voir gueuler dans le vide puis regarder ses pieds, j'ai compris que c'était terminé. Il ne gérait ni sa femme, ni ses affaires, ni sa conso ; il ne gérait plus rien en fait. J'ai attendu sans broncher que la grosse finisse sa crise, j'ai laissé tomber le plan et je suis parti, définitivement. Dans les semaines qui ont suivi, Manu a continué à m'appeler et à me laisser des messages qui sont restés sans réponse. Les relances se sont espacées et ont fini par s'arrêter après quelques mois.

Ma lâcheté m'avait toujours donné un certain don pour la fuite, mais là c'était une question de survie. Comment ne pas voir que ce cloaque rempli de prods, de thunes et d'ego en déliquescence était sur le point de nous engloutir ? Que le temps de Manu comme celui de Nicholson était compté ? Et plus largement notre temps à tous.

23

Un jour j'ai écrit :

« Je suis de la France éternelle et des oubliés. Au sel des embruns sauvages et la douceur des seringues usagées. »

Mouais… Ce qui est plus certain c'est que j'ai bientôt 23 ans et je n'ai pas la moindre idée de qui je suis. Jusqu'où peut-on passer à côté de sa vie ?

Ma seule réussite est peut-être d'avoir survécu.

Survécu au disque de rap que Ben a, contre vents et marées, fainéantise et ratés, réussi à me faire terminer et qui sera sans l'ombre d'un doute enterré six pieds sous terre à peine sorti. En tout cas le résultat m'est tellement insupportable à écouter que je ferai tout ce qu'il faut pour. En plus du rap, guidé par une espérance qui confinait au mystique, ou à l'aveuglement, Ben a également pris le risque de m'emmener avec lui dans ses cours de musique pour tenter de me former à l'enseignement. Luttant contre le manque de shit et la fatigue, je passais les mercredis après-midi à éviter autant que possible le regard des élèves ou de leurs parents qui me renvoyait brutalement à un sentiment d'imposture totale. Mais comme toujours Ben sublimait ma médiocrité et transformait le tout en résultat acceptable. Néanmoins son amour des causes perdues connaissait tout de même quelques limites et après des années de patience il avait un grand besoin de nouveauté et s'était entiché d'une nouvelle roue crevée en la personne d'une chanteuse dont la voix n'avait d'égal que le talent, mais incapable comme tant de ses semblables d'entrevoir que sa beauté était une malédiction, la peste qui allait empoisonner chaque seconde de sa carrière mort-née. Cette nouvelle collaboration représentait une menace potentielle pour la place privilégiée que je m'étais tant bien que mal efforcé de maintenir auprès de Ben, mais à multiplier les projets il se retrouvait désormais dans l'obligation d'organiser un minimum ses activités au risque de se retrouver bloqué dans son expansion.

Par chance sa phobie administrative qui faisait déborder sa boîte aux lettres de lettres de relance et de mises en demeure et ses lacunes scolaires annihilaient toute tentative de structuration. Je n'y connaissais absolument rien en administratif, mais même si elle s'avérait être totalement caractérielle et le plus souvent dangereusement imprévisible, je n'allais pas lâcher du jour au lendemain la bouée de sauvetage qui m'évitait de couler à pic. Après tout ça ne devait pas être plus compliqué de monter une structure que de gérer un bizness de drogue. Le shit et les prods ne pouvaient me rendre indispensable éternellement auprès de Ben et puis honnêtement, au minimum, je lui devais bien ça. Qui m'avait autant donné ces dernières années ? Je suis donc passé du rôle d'apprenti à celui d'assistant officieux, accentuant encore un peu plus ce sentiment de schizophrénie qui ne me lâchait plus.

Survécu au restaurant. Après cinq ans de bons et loyaux services, j'ai rendu mon tablier. La musique ne me ramène toujours pas un centime et n'est pas près de le faire, mais j'ai pour une fois fait preuve d'un minimum de courage et pris le risque de tout miser dessus. Un risque mesuré tout de même. Grâce à mes bons rapports avec le grand patron, j'ai réussi à obtenir un licenciement bidon qui me permettra de toucher le chômage pendant deux ans. Pas de quoi être totalement autonome, mais suffisant pour ne pas être un poids pour ma mère. J'avais pourtant une carrière toute tracée. C'était tout sauf glamour la restauration en ce temps-là, il n'y avait pas encore eu Top Chef, Gordon Ramsay et les foodies d'Instagram, mais j'étais bon et j'aimais ça. Mon boss m'avait proposé à plusieurs reprises de prendre les rênes d'une de ses affaires en me nommant directeur avec la paie, les avantages et la voiture de fonction qui allaient avec. Une proposition qui ne se refusait pas. Pas à mon âge ni dans ma situation. Il y avait la pression, sociale, familiale, amicale et matérielle, il y avait surtout mon état de délabrement avancé ; mais je ne voulais pas capituler tout de suite. Même si mes chances de réussite étaient quasi nulles, il fallait que je tente le coup, que j'aille voir où menait le tunnel aperçu derrière la porte dérobée entrouverte avec Ben. Que j'aie au moins la satisfaction d'avoir essayé ; au moins cette excuse pour supporter mon reflet dans la glace une fois que la toile m'aurait engloutie. C'était maintenant, après le poids des années et du confort serait impossible à combattre, la peur trop grande, le risque trop effrayant et la rage bien trop diluée. Mon grand-père disait « prends-la bien rouge c'est une couleur qui déteint ». Et puis une fois à l'intérieur, on ne s'échappe pas comme ça de la restauration. Elle est une prison sans geôlier dont les bagnards consentants regagnent chaque jour leurs cellules. Combien j'en avais vu tenter l'évasion et revenir d'eux-mêmes se poster derrière les barreaux de leurs fourneaux ou le zinc du bar devenu mur d'enceinte. Inadaptés. Le monde du dehors leur était devenu hostile et étranger. La faïence reflétant la lumière crue des néons et le labyrinthe des tables à dresser étaient désormais leur refuge. À même pas 25 ans j'étais déjà épuisé par l'existence, mais trop jeune pour prendre perpèt.

Survécu aux prods. Survécu, pas arrêté. Les mots ont un sens. Mon idée de retarder au maximum mon premier joint de la journée n'était peut-être pas une si mauvaise idée finalement. En même temps c'est la seule que j'ai eue, le seul effort que j'ai bien voulu concéder. Pour le reste je n'ai aucun mérite. Les taz m'ennuient, les amphèts sont introuvables, les trips ingérables et la coke m'écœure toujours autant. J'ai bien tenté de commencer la journée à la bière, mais j'ai l'estomac trop sensible. Bien sûr les cocktails de molécules que je m'enfile à longueur de soirée réservent parfois encore quelques menus plaisirs, même si c'est au bout du bout de la nuit, même s'il faut encore et toujours augmenter la dose, mais au final ne reste qu'une immense étendue vaseuse de lassitude. J'ai donc redécouvert ce que c'était de vivre clair, quatre heures par jour de 8 heures à midi du lundi au vendredi. Le week-end c'est différent. Je dis vivre clair mais je devrais dire vivre en manque, car c'est lui qui sous-tend chacun de mes faits et gestes, mais, et c'est un grand mais, j'arrive à ne pas fumer de la matinée. On a des réussites à la hauteur de ses moyens. Les miens sont très limités.

Mais par chance pour mon ego, le temps a fait son œuvre. La fête est finie et les héros sont fatigués. Les adolescents rêveurs ont disparu, ils se sont tous fait dévorer.

Ne reste que des vieillards cyniques englués dans leur dépendance. Pour ceux qui sont encore parmi nous. Alors au milieu des survivants et des gueules cassées pataugeant dans la boue glaireuse de leurs regrets je me rassure à bon compte en me disant que ça pourrait être pire. Ça peut toujours être pire. Si, si, faites-moi confiance, ça dépend à qui ou à quoi on se compare.

Sas

Et survécu au deal.

La parano a parfois du bon. Si l'anxiété creuse chaque jour un peu plus mon ulcère et me rapproche dangereusement des frontières de la santé mentale, elle a au moins eu le mérite de me maintenir en alerte. Mes craintes étaient fondées, la catastrophe annoncée a bien eu lieu ; et c'est loin d'être terminé.

Manu est tombé. Je ne sais pas exactement où et quand, mais il a entraîné tous les autres dans sa chute. En croisant les infos, il en ressort une opération d'une certaine envergure avec écoutes, filatures, gendarmes et peloton d'intervention au petit matin. Il fallait bien ça au vu des volumes et des sommes en jeu. Même si je me tiens le plus loin possible du champ de bataille, j'ai gardé des sources relativement fiables et on n'est pas dans la rumeur ou les mythos. Les gendarmes carrément ? Manu devait être content, lui qui rêvait d'être pris au sérieux. Alors il faudra qu'on m'explique pourquoi il est libre et parade dans le centre-ville au lieu de croupir à l'ombre. Mais je pense avoir trouvé tout seul. Si on est capable de balancer son pote d'enfance pour 50 grammes de tcherno, ça ne doit pas être bien dur d'envoyer à l'abattoir son ex-pote de défonce devenu rival pour éviter de prendre du ferme. Pas besoin d'être infiltré à la PJ pour comprendre que

Manu a sauvé son cul en donnant tout ce qu'il pouvait et Nicholson en premier.

Car Nicholson aussi profite du grand air saturé en ozone de Grenoble, mais lui c'est en fauteuil roulant. Je ne l'ai pas croisé en personne et je ferai tout pour que ça n'arrive jamais, c'est Lilith qui m'a annoncé la nouvelle après l'avoir vu débarquer en soirée en poussant sur ses roulettes. Mais ce n'est pas en glissant sous la douche que Nicholson a perdu l'usage de ses jambes. Non, il s'est fait planter en taule pendant qu'il purgeait sa peine. Celle que Manu voulait à tout prix éviter. Une lame rouillée plantée dans la moelle épinière pour finir tétraplégique ; pas mal comme projet de réinsertion. La prison y a pas à dire ça vous change un homme. Et puisqu'il paraît que la femme est l'avenir de l'homme, sa copine l'avait largué à la seconde où la porte blindée de la maison d'arrêt s'était refermée derrière lui. On ne sait jamais, des fois que Nicholson ait besoin d'une piqûre de rappel sur la bonté de la nature humaine. Alors oui je vous entends déjà : « Eh ben fallait réfléchir avant hein ! Voilà ce qui arrive quand on cherche les problèmes. Il avait qu'à rester loin des embrouilles et ça ne lui serait jamais arrivé tout ça ! Ça finit toujours mal ces histoires. Faut pas venir pleurer après ! » Oui, oui, bien sûr… Mais c'est un peu cher payé pour de la coke et du shit, pour de la drogue quoi. Vous savez celle que vous vous envoyez vous et vos gosses tous les week-ends. Elle ne tombe pas du ciel. Il faut bien que certains s'en occupent et vous la vendent. Alors oui il y a un risque, comme pour tout, mais pas au point de perdre l'usage de ses jambes en maison d'arrêt.

Lilith m'avait parlé de Nicholson, Bébé m'avait parlé de Nicholson, beaucoup de gens parlaient de Nicholson depuis sa sortie anticipée. Son affaire n'avait pourtant pas fait la une du *Dauphiné*, mais cette notoriété grandissante laissait à penser qu'il travaillait avec des équipes encore plus grosses que ce que je pensais. Et ça ne faisait que renforcer mes projets de disparition. Même si je m'étais retiré bien avant la chute de l'empire, je n'avais aucune idée précise de quand avait débuté l'enquête et qui elle ciblait au départ. Est-ce que les flics visaient Manu ou est-ce qu'il l'avait utilisé pour faire tomber Nicholson ? Est-ce que j'étais sur les photos, les écoutes, les procès-verbaux ? Est-ce qu'ils en avaient fini ou est-ce que ça ne faisait que commencer ? Ou pire, est-ce que c'était Noël avant l'heure et qu'un petit con dans mon genre les avait gentiment mis sur la piste de tous les brasseurs, dealers, cramés et grossistes qu'il fréquentait, comme autant de cadeaux déposés au pied du sapin. Alors à l'image de ces civils terrés dans un bunker de fortune attendant la fin des bombardements pour sortir de leur cache, je guette la moindre accalmie sans savoir si elle annoncera la fin du conflit ou la prochaine déflagration qui me démembrera. Mais il faut bien survivre et parer à l'essentiel, alors je tente parfois de timides et rapides percées à l'extérieur, slalomant entre les mines, les balles perdues et les cadavres pour retourner au plus vite à l'abri. Dehors c'est l'hécatombe, la méfiance et le mensonge sont partout ; les survivants la jouent solo.

Je vous l'accorde la métaphore guerrière est un poil mélodramatique. Vous connaissez les rappeurs, faut toujours qu'ils chialent un peu sur leur sort mais dans les faits on n'est pas loin. Je ne vois pratiquement plus personne et assure le minimum vital en stockant juste ce qu'il faut pour fumer. Tel un malade asymptomatique, je guette les moindres signes avant-coureurs de l'infection, m'imposant une quarantaine drastique pour éviter toute nouvelle contamination et si possible d'empoisonner mon entourage. Pour être tombé par hasard, malgré toutes les précautions que je prenais, sur d'anciens clients de Manu, je savais que la situation était définitivement hors de contrôle. Il y avait ceux qui en savaient trop et qui parlaient trop et ceux qui n'en savaient pas assez et qui parlaient trop quand même. Disparaître au fond du trou que j'avais patiemment creusé s'avérait être la bonne option ; ou la moins mauvaise. Il était trop tard pour espérer endiguer quoi que ce soit, mais si je pouvais éviter le naufrage total. D'autant que ce n'était guère plus engageant du côté de Bébé, dont le nouvel associé avait appris la sortie de prison de son grossiste à qui il devait un paquet de thunes, paquet qu'il avait bien sûr dilapidé depuis longtemps. Un chouette gars ce grossiste, apparemment lié à une série de règlements de comptes meurtriers qui défrayaient la chronique sur l'agglomération. Règlements de comptes qui rappelaient furieusement ceux des équipes avec lesquelles travaillait Nicholson. Comme à son habitude Bébé se délectait de la panique générale dans un rire narquois, mais je n'avais plus le goût. Les embrouilles, gyrophares et procédures qui autrefois rapportaient galons d'expérience et crédibilité laissaient désormais des corps en putréfaction sur les bas-côtés et des peines si lourdes qu'elles vous plongeaient dans l'oubli.

Alors je me terre et j'attends. J'attends que ça arrive. Car ce n'est qu'une question de temps. Comment imaginer une seule seconde que tout ce merdier ne va pas me rattraper ? Que je ne vais pas moi aussi être touché d'une manière ou d'une autre ? J'étais peut-être le contraire du courage, mais toutes ces années perdues à dealer m'avaient forgé un réalisme implacable et un cynisme à toute épreuve. Ne jamais sous-estimer le cynisme des gens. Alors j'attends l'impact ; j'espère juste que le choc ne sera pas trop violent.

La vague

Au premier plan, encadrée par les montants de la fenêtre, la cour de l'immeuble qui après des décennies d'abandon vient d'être refaite sans que l'on sache vraiment pourquoi. Un enrobé déposé à la perfection, une dalle parfaitement lisse et harmonieuse qui aurait fait un terrain de foot au-delà de toutes nos espérances, un court de tennis grandeur nature, nous qui slalomions entre les merdes de chien, la mousse vert-de-gris et les graviers qui nous déchiraient les genoux. Mais il n'y a plus personne pour jouer. Les gosses ne sortent plus. La peur des parents et le déferlement des écrans les cloîtrent désormais à domicile mieux qu'une pandémie. En léger décalé, la longue façade blanche parsemée de carreaux de verre qui nous servait de mur de squash et de pelote basque réinventée. Mais là encore les voisins peuvent dormir tranquilles, plus personne n'y fait rebondir quoi que ce soit. Un peu plus loin le gigantesque cerisier qui défie le temps et les hommes comme un arbre esseulé sur une île déserte. Il ne faudra pas longtemps pour qu'un projet immobilier le fasse disparaître. Chaque mètre carré de la ville est voué à être enfoui sous une dalle ou transpercé par des fondations. L'appétit des promoteurs est féroce, Grenoble n'est pas extensible à l'infini. Même s'ils en rêvent, on ne pourra pas raser les montagnes, pas tout de suite. Alors la moindre parcelle, la moindre friche est ardemment convoitée, le moindre espace est en sursis. En plan intermédiaire, une enfilade de bâtiments en escalier aux toits griffonnés par les antennes télé et le lycée qui pointe à la lisière des nuages. Et enfin tout au fond Belledonne et ses couleurs qui suivent les saisons. J'ai tellement de fois admiré la vue que je pourrais la redessiner les yeux fermés.

D'abord les feuilles. Elles sont si fines aujourd'hui qu'elles en sont presque transparentes. Dans le temps le papier était si épais qu'on pouvait écrire dessus et sa combustion décuplait l'âcreté des joints. J'ai toujours préféré les petites feuilles pour un collage en L avec le filtre à droite. Les longues sont pratiques c'est sûr, mais je suis toujours resté accroché à mon deux feuilles. Ensuite, le shit. Même plus besoin de briquet ou d'allumettes. Les plaquettes sont aujourd'hui tellement grasses qu'il suffit de gratter son bout avec l'ongle de l'index pour l'effriter. Dire qu'avant on fabriquait parfois des « fours » avec une petite feuille qu'on embrasait entièrement pour chauffer nos boulettes. Personne ne regrettera le tcherno. Après, le tabac. Une blonde, une vraie, industrielle et raffinée. Par pitié, épargnez-moi vos roulées de hippies. Une clope donc, c'est bien la seule chose qui n'ait pas changé, sauf le prix. Ça fait rêver la politique quand tu vois que la seule marge de manœuvre des mecs qui nous dirigent depuis cinquante ans est d'augmenter les taxes sur les drogues et le carburant. C'était bien la peine de faire l'ENA tiens. Puis l'assemblage. Mélanger le shit au tabac, placer le collage sur son mix, poser sa main par-dessus, retourner le tout d'un geste maîtrisé. Récupérer l'ensemble encore fragile entre ses doigts, lui donner un peu de corps en suivant la pliure de la feuille, placer son filtre – marocain s'il vous plaît – et vous voilà arrivé au moment crucial. Le roulage : une infinité de gestes et d'ajustements millimétrés que chaque fumeur a personnellement développés. Un enchaînement virtuose pour façonner à la perfection une véritable œuvre d'art. Ne reste ensuite qu'à effectuer selon les goûts de chacun un léger tassage vertical et vous n'aurez plus qu'à vous débarrasser de l'éventuel excédent de papier en le déchirant ou en allumant directement votre joint. J'ai roulé tellement de fois que je pourrais le faire les yeux fermés.

Ce n'est pas parce que je ne fume plus le matin que je n'ai pas droit à un extra de temps en temps. Aujourd'hui je ne vais pas chez Ben alors j'en profite. Café joint, ça c'est un petit déj' de champion. J'aime bien fumer dans la cuisine, de toute façon j'ai toujours aimé les cuisines. Si je pouvais j'y passerais le plus clair de mon temps. J'aime la drogue, mais rien ne pourra jamais supplanter la bouffe. Même raide défoncé, il faut que j'aie l'estomac plein. Il m'est déjà arrivé de troquer un bout de shit contre un sandwich en teuf. D'ailleurs ce jour-là on était avec des potes à Clément et il y avait un gars dans le groupe qui commençait à

Ah putain, mais qui sonne à la porte à cette heure-là ?! Il n'y a jamais moyen d'être tranquille. Si c'est les Témoins de Jéhovah qui reviennent, je me les fais. Pourtant je leur ai tenu la jambe tellement longtemps la dernière fois en les coinçant avec leurs incohérences qu'ils sont partis d'eux-mêmes et on ne les a plus revus. Au moins à Mistral, Teisseire ou Villeneuve ils sont tranquilles. On ne les voit pas trop là-bas, les Témoins de Jéhovah ou les Mormons.

Pourtant ça devrait leur plaire les quartiers. Tous ces musulmans ça en fait des brebis égarées à ramener dans le droit chemin. Après y a la misère qui va avec. Faut avoir la foi comme on dit. Non sérieusement j'ouvre la porte d'un coup sec et je me les fais. Sauf que cette fois ils vont dégager en deux secondes, ça ne va pas traîner. Oh les cons ils n'ont même pas allumé la lumière dans l'allée. On ne voit rien dans le judas, pas moyen de savoir combien ils sont. Bon ben ça sera la surprise. Allez c'est parti ! Sur la vie de ma mère ils vont voir ce qu'ils vont

– Salut roya ! J'te dérange pas ?

Nicholson.

À suivre

Déjà paru dans la collection

SANG-FROID

VOLKER
KUTSCHER
LE POISSON
MOUILLÉ
UNE ENQUÊTE
BERLINOISE – I
LE BEST-SELLER
À L'ORIGINE DE LA SÉRIE
BABYLON BERLIN

DAN
SHERMAN

UNE DYNASTIE D'ESPIONS

nouveau monde

SANG-FROID

VOLKER
KUTSCHER
LA MORT
MUETTE
UNE ENQUÊTE
BERLINOISE – II
LE BEST-SELLER
À L'ORIGINE DE LA SÉRIE
BABYLON BERLIN

STUART
WOODS
HOLLYWOOD
MAFIA
nouveau
monde
SANG • FROID

JACQUES
BAUDOUIN

L'ESPION DE JADE

nouveau monde éditions

SANG▲FROID

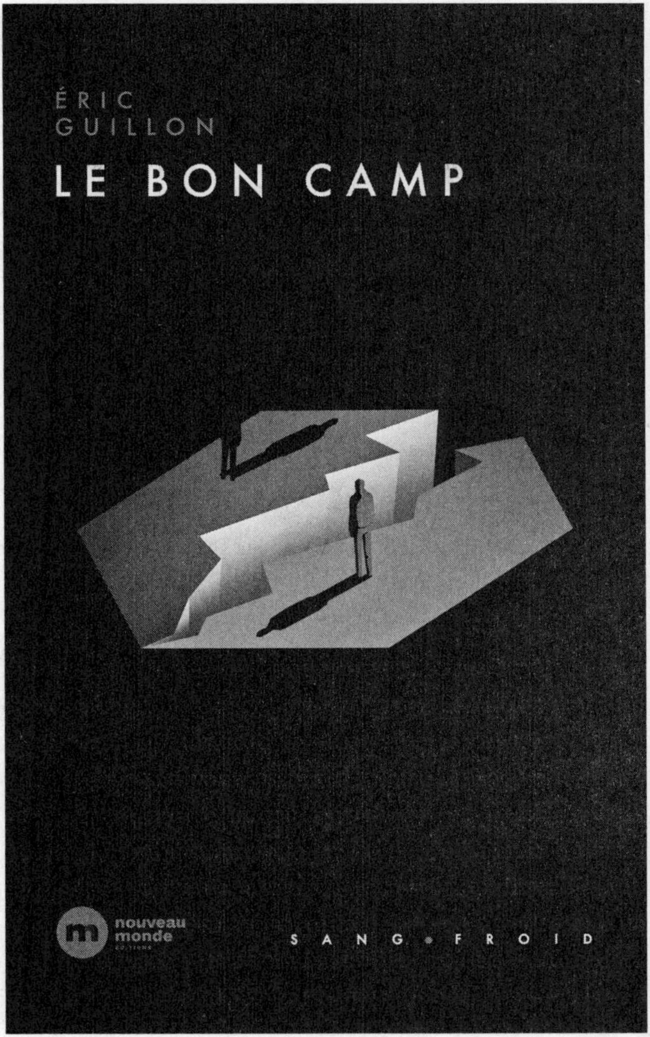
ÉRIC
GUILLON
LE BON CAMP
nouveau
monde
SANG FROID

LOUIS
BERGER
LE QUATORZIÈME
STRATAGÈME
TRAHISON À LA
DGSE

CLAUDE
MERLE

LES DIABLES DU MONT SAINT-MICHEL

nouveau monde éditions

SANG FROID

DOMINIQUE
DUDOUBLE

À LA RECHERCHE DU TANK PERDU

nouveau monde éditions

SANG • FROID

VOLKER
KUTSCHER
GOLDSTEIN
UNE ENQUÊTE
BERLINOISE – III
LE BEST-SELLER
À L'ORIGINE DE LA SÉRIE
BABYLON BERLIN

INÉDIT

THIERRY
JOUMARD DES ACHARDS

LA MALÉDICTION GIBELIN

nouveau monde éditions

SANG-FROID

Achevé d’imprimer en France par Normandie Roto Impression s.a.s.
en décembre 2024 - Dépôt légal : janvier 2025 - N° d'impression : 2405686